SW MB 24

Sontje Beermann

Die kleine Pension Dünenblick

Das Buch

Eine malerische Insel, die Weite der Nordsee und eine neue Liebe

Runa ist zufrieden mit ihrem Leben in Hamburg und ihrer eigenen Kanzlei. Doch als ihre Mutter ins Krankenhaus eingeliefert wird, muss sie in der elterlichen Pension Haus Dünenblick auf Helgoland einspringen. Die Lage vor Ort ist ernster als gedacht und sie braucht dringend einen Plan zur Rettung der Pension. Dabei kommen ihr die sympathischen Annäherungsversuche ihres Gastes Felix gar nicht gelegen, obwohl sie sich zu dem Autor hingezogen fühlt.
Paula plant, sich auf Helgoland eine Zukunft aufzubauen. Sie mietet sich bei Runa ein, um sich ein Hotel anzusehen, das zum Verkauf steht. Sie möchte ihren Eltern zeigen, dass sie auf eigenen Beinen steht und nicht auf das Familienunternehmen angewiesen ist. Doch im Zuge ihrer Recherchen entdeckt sie, dass einigen Hotelinhabern auf der Insel übel mitgespielt wird, unter anderem auch Runas Familie. Die beiden Frauen müssen sich zusammentun, um den Ruf der alteingesessenen Familien auf der Insel zu retten.

Die Autorin

Sontje Beermann ist Personalleiterin und lebt mit ihrer Familie im Herzen des Ruhrgebiets. Das Schreiben ist seit Teenagerzeiten ihre größte Leidenschaft. Ihre facettenreichen, romantischen Geschichten würzt sie am liebsten mit Humor, Musik und ab und zu einer Prise aufregendem Prickeln. Die Autorin schreibt und veröffentlicht seit 2016 erfolgreich Romane, die ans Herz und unter die Haut gehen, weil sie an die großen Gefühle und Chancen im Leben glaubt.

Sontje Beermann

Die kleine Pension Dünenblick

Ein Küstenroman

FOREVER

Forever by Ullstein
forever.ullstein.de

MIX
Papier
FSC® C083411

Originalausgabe bei Forever
Forever ist ein Verlag der Ullstein Buchverlage GmbH, Berlin
Januar 2020 (1)

Umschlaggestaltung:
zero-media.net, München
Titelabbildung: © FinePic®
Innengestaltung: deblik Berlin
Gesetzt aus der Quadraat Pro powered by pepyrus.com
Druck- und Bindearbeiten: CPI books GmbH, Leck

ISBN 978-3-95818-511-1

Kapitel 1

Runa

»Moin, Runa, mien Deern. Dr. Uhlemann am Apparat, Paracelsus-Klinik Helgoland.«

Ein kalter Schauder lief ihren Rücken hinauf, und sie umklammerte den Telefonhörer eine Spur fester. Eine Flut von Horrorszenarien zog an ihrem geistigen Auge vorbei und hinterließ einen trockenen Hals. Sie rollte die Zehen in ihren Pumps ein. Ihre Mutter war zurzeit allein zu Hause, dieser Anruf konnte nur eines bedeuten.

Runa Eggers räusperte sich und rief sich zur Ordnung. »Guten Tag, Dr. Uhlemann! Was ist passiert? Wie schlimm ist es?«

»Keine Angst«, wiegelte der Arzt ab, »deiner Mutter geht es so weit gut. Sie ist vor zwei Stunden gestürzt und wurde mit einem gebrochenen Oberschenkelhals eingeliefert. Wir haben die Erstversorgung übernommen und sie stabilisiert, aber zur Operation wird sie gleich von der Luftrettung ins WKK Heide überführt.«

»Um Himmels willen«, murmelte sie und griff sich an den Hals. Die Finger fanden die lange Perlenkette, die sie nur im Büro trug, und verhakten sich darin.

»Wirklich, Runa, du musst dir keine Sorgen machen. Wir geben dem SAR sämtliche Unterlagen und Befunde für die Kollegen im Westküstenklinikum mit. Sie wird gleich morgen früh operiert.«

»Und dann?«

»Das besprich bitte mit den Kollegen vor Ort.«

»Gut, vielen Dank!«

»Keine Ursache. Schau doch mal wieder auf einen Schnack vorbei, wenn du auf der Insel bist. Alles Gute!«

»Mach ich, danke«, murmelte sie, obwohl er bereits aufgelegt hatte.

Runa legte ebenfalls den Hörer auf und schluckte. Das hatte ihr gerade noch gefehlt! Ihre Mutter fiel die nächste Zeit aus, ihr Vater würde erst in zwei Wochen aus der Reha zurückkehren. Haus *Dünenblick* war somit führerlos.

Zwei Sekunden lang starrte sie auf den Bildschirm, dann stand sie von ihrem Schreibtisch auf, verließ ihr Büro und eilte zum Waschraum, den sie sich mit ihrer Partnerin und den Angestellten teilte. Sie spritzte sich zwei Handvoll kaltes Wasser ins Gesicht, presste das Handtuch darauf und schloss die Augen.

Ihr Kopf kam wieder in Gang, die ersten Rädchen griffen ineinander.

Sie ließ das Handtuch sinken, hängte es auf und musterte sich im Spiegel. Eine Strähne ihres mittelblonden Haares hatte sich aus dem Nackendutt gelöst, und sie steckte sie zurück an ihren Platz. Ihre Hände zupften den Kragen ihrer Bluse zurecht, glätteten den dunklen Rock und blieben auf dem Rand des Waschbeckens liegen. Es half nichts, sie musste einiges neu organisieren.

Runa atmete tief durch und verließ den Waschraum auf direktem Weg zu ihrer Büroleitung. »Sandra, ist Suse schon vom Prüfungstermin bei Hansen zurück?«

»Nein, sie meinte, sie komme nicht vor vier wieder rein.«

Runa schürzte die Lippen. »Okay, dann muss ich sie später anrufen. Ich muss ins Krankenhaus.«

Sandra Kröger riss die Augen auf. »Ist etwas passiert? Mit Stefan?«

Sie winkte ab und schüttelte den Kopf. »Nein, meine Mutter. Oberschenkelhalsbruch. Sie wird gerade von der Luftrettung Helgoland nach Heide überführt.«

»Ach du Schande! Kann ich irgendwie behilflich sein?«

»Ich befürchte, wir müssen die nächsten Tage einiges umorganisieren, aber ich melde mich später dazu.« Runa ging zurück in ihr Büro und ließ sich in den Chefsessel fallen. Nach einem Seufzer räumte sie die Unterlagen des Mandanten zusammen, bei dem eine ihrer Angestellten letzte Woche den Jahresabschluss durchgeführt hatte, schloss alle Dokumente und fuhr den Computer runter. Der Laptop wanderte mit einigen Papieren in ihre Arbeitstasche, dann ließ sie noch einmal den Blick über den penibel aufgeräumten Schreibtisch wandern und schlüpfte in ihren Trenchcoat. Wenn ihr Bauchgefühl sie nicht trog, würde sie frühestens in zwei Wochen zurückkehren.

Sie eilte durch die Automatiktüren und erreichte den zentralen Besucherempfang, nannte ihren Namen und fragte nach ihrer Mutter.

Die Dame dahinter konsultierte ihren Computer und hob den Kopf. »Ihre Mutter befindet sich noch in der Aufnahme. Sie können gerne schon auf die Station hochgehen, ich gebe den Kollegen Bescheid.«

Runa ließ sich den Weg erklären, bedankte sich und fuhr mit dem Aufzug hinauf. Gegen die Wand der Kabine gelehnt gestattete sie sich einen Augenblick der Schwäche und atmete mehrmals tief durch. Sie wusste, sie musste es tun, trotzdem rumorte dieses ungute Gefühl in ihrem Bauch.

Die Stationsleitung bat sie, im Wartebereich Platz zu nehmen, bis ihre Mutter in ihr Zimmer gebracht wurde. »Dr. Bennsen holt Sie dann ab«, ergänzte sie und schenkte Runa ein beruhigendes Lächeln.

»Gut, vielen Dank!« Sie rückte den Schulterriemen ihrer Handtasche zurecht und marschierte in das Wartezimmer hinüber. Glücklicherweise war sie allein mit dem Fernseher, auf dessen Bildschirm ein Nachrichtensender lief. Die innere Unruhe zwang sie zum Fenster, ans Sitzen konnte sie nicht einmal denken. Also lehnte sie die Stirn gegen das Glas und sah hinaus auf die Stadt und den schmalen Streifen blaugraue Nordsee am Horizont. Eine gefühlte Ewigkeit lang.

»Frau Eggers?«

Runa wandte sich zu der weiblichen Stimme um und blinzelte. »Ja?«

»Guten Tag, ich bin Dr. Bennsen.« Die groß gewachsene Brünette in OP-Kleidung und weißem Kittel trat mit ausgestreckter Hand auf sie zu.

»Runa Eggers.« Sie erwiderte den Händedruck. »Wie geht es meiner Mutter?«

»So weit gut, wir bereiten sie für die OP vor.«

»Jetzt schon?« Sie riss die Augen auf.

»Ja, wir wollen keine Zeit verlieren und Ihrer Mutter unnötige Schmerzen ersparen.«

»Ich hatte mit morgen früh gerechnet und muss noch mit ihr sprechen.«

»Das ist kein Problem, deswegen bin ich hier. Kommen Sie!« Dr. Bennsen wies zur Tür und eilte voran. Auf dem Weg überhäufte sie Runa mit medizinischen Fachausdrücken und detailreichen Informationen zur anstehenden Operation. Sie verstand nur, dass es ein Standardeingriff war und sie nicht mit Komplikationen rechneten. »Ihre Mutter hat eine gute Konstitution und wird sich schnell erholen.«

»Muss sie danach zur Reha?«

»Ja. Nach der OP bleibt sie noch eine gute Woche hier, danach steht die schnellstmögliche Mobilisierung an erster Stelle.«

»Was genau bedeutet das?«

»Dass sie von hier aus direkt zur Reha-Maßnahme transportiert wird.«

»Und wohin?«

»In die ENDO-Klinik Hamburg–Altona, ich habe bereits einen Platz anfragen lassen.« Die Ärztin öffnete eine Zimmertür und ließ Runa den Vortritt. »Sie haben zehn Minuten, dann holen wir Ihre Mutter ab.«

»Vielen Dank!« Runa lief zum Bett und ließ sich auf die Bettkante sinken. Ihre Mutter wirkte klein und blass in dem OP-Hemd und zwischen der Krankenhausbettwäsche.

»Ach, Runa, mein Kind«, sagte Petra Eggers seufzend und setzte ein gezwungenes Lächeln auf. »Es tut mir so leid.«

Runa ergriff ihre Hand und drückte sie. »Schon gut, Mama, du kannst doch nichts dafür. Was ist denn genau passiert?«

Petra schloss kurz die Augen. »Ich wollte die Apartments im ersten Stock vorbereiten, Freitag und Samstag kommen die nächsten Gäste.

Und da habe ich wohl die oberste Stufe verpasst.« Sie zuckte die Schultern. »Ich kann froh sein, dass Marie gerade nach Hause kam und mein Geschrei gehört hat.«

Runa dachte an die Nachbarstochter im Teenageralter, ein schüchternes Mädchen mit Brille, und schließlich an Haus *Dünenblick*. »Mama, wir müssen den Gästen absagen, solange du hier bist. Oder zumindest bis Papa aus der Reha zurückkommt.«

»Aber wie stellst du dir das vor?« Petra wurde eine Spur blasser. »Es geht um unseren Lebensunterhalt, wir können keinem einzigen Gast absagen. Sie werden seit letztem Jahr ohnehin immer weniger.«

Runa runzelte die Stirn. »Davon habt ihr mir gar nichts gesagt.«

»Wir wollten dich nicht beunruhigen.«

»Und nun? Wie soll es weitergehen?«

»Ruf Silke an, sie wird sich bestimmt vorübergehend um die Pension kümmern.«

Sie stöhnte und schloss für einen Augenblick die Augen. Maries Mutter arbeitete in Teilzeit bei der Inselverwaltung und hatte auch so genug zu tun. »Mama, das schafft Silke nicht neben Job und Familie. Das kannst du ihr nicht zumuten.«

»Dann bleibt nur noch eine Person, die uns helfen kann.« Ihre Mutter starrte sie an.

»Unsere Steuerkanzlei ist bestens ausgelastet, ich habe nicht mal Zeit für einen freien Tag.«

»Runa, das ist ein Notfall! Du wirst sicherlich mit deiner Partnerin etwas arrangieren und einen Teil der Arbeit übers Internet erledigen können, oder? Heutzutage ist doch so vieles möglich.«

Ihr Magen krampfte sich zusammen, während sie den Blick ihrer Mutter erwiderte und schwieg.

»Muss ich dich etwa um Hilfe anbetteln?« Petras Gesichtsausdruck war eine Mischung aus Ungläubigkeit und Frust. »Du bist unser einziges Kind!«

Verdammt, wenn es doch nicht ausgerechnet Helgoland wäre! Runa sackte in sich zusammen und seufzte. »Nein, natürlich musst du nicht betteln. Ich fahre gleich morgen früh mit dem Halunder Jet, die Fahrkarte habe ich bereits online gekauft.«

»Warum machst du dann so ein Gewese?«

»Weil ich nur nach dem Rechten schauen wollte. Aber wie es aussieht, werde ich wohl dort festsitzen, bis Papa wieder da ist.«

Petras Züge wurden weich, sie griff nach der Hand ihrer Tochter. »Genieß die Zeit in deiner Heimat, du warst schon ewig nicht mehr länger als zwei Tage da.«

Runa dachte an die Häuser aus den Siebzigern, die engen Gassen ohne Autoverkehr, die Abgeschiedenheit. Da war es wieder, dieses mulmige Gefühl.

»Ich werde es versuchen«, stieß sie hervor und nahm ihre Handtasche auf den Schoß, kramte ihren altmodischen Organizer heraus. »Aber jetzt brauche ich noch ein paar Informationen.«

Punkt neun Uhr legte der Halunder Jet von den Landungsbrücken ab und fuhr die Elbe hinauf. Der nagelneue Katamaran der Helgoline konnte täglich knappe siebenhundert Passagiere nach Helgoland und zurück befördern und bot ihnen dabei jeden erdenklichen Komfort. Das alte Modell war eine Alternative zum Ausbooten zwischen Hauptinsel und Düne gewesen, doch die Zeit der Börteboote war längst vorbei. Die Seebäderschiffe legten inzwischen alle im Südhafen an, genauso wie der Halunder Jet.

Sobald sie auf ihrem Platz angekommen war, hatte Runa den Laptop vor sich auf dem schmalen Tisch aufgebaut und das E-Mail-Programm gestartet. Die zwei Stunden bis Cuxhaven wollte sie ihren Internetempfang noch ausnutzen und alles Nötige in die Wege leiten. Sie verfasste E-Mails an einige ihrer Angestellten und delegierte so viele Aufgaben wie möglich. Ihre Partnerin und Freundin Suse bat sie, einige Kundentermine zu übernehmen, und versprach, sie am Abend anzurufen.

Dazu hatte ihr gestern die Zeit gefehlt. Während ihre Mutter im OP lag, war sie nach Hause gedüst, hatte einen Koffer für zwei Wochen gepackt und ihre Nachbarin über ihre Abwesenheit informiert, damit sie sich um ihre wenigen Pflanzen kümmerte. Außerdem hatte sie Silke, der Nachbarin von Haus *Dünenblick*, eine Nachricht geschickt, wann sie am nächsten Tag ankam.

Am späten Abend hatte sie im WKK Heide angerufen, um mit ihrer Mutter die letzten Details zu klären und mit der Ärztin zu sprechen. Die Operation war gut verlaufen, und Petra Eggers saß bereits wieder aufrecht im Bett, ein spätes Abendessen vor sich auf dem hochgeklappten Tischchen des Nachtschranks. Trotzdem würde sie erst in gut zwei Monaten nach Hause zurückkehren.

Danach war Runa nur noch erschöpft ins Bett gefallen.

Auch ihrem Freund Stefan versprach sie ein Telefonat am Abend. Sie waren seit über einem Jahr zusammen, und trotzdem konnte sie sich noch immer nicht an diese Bezeichnung gewöhnen. Das sagte man in ihrem Alter doch gar nicht mehr, oder?

Gut, dann eben Partner. Aber auch das fühlte sich falsch an, schließlich wohnten sie nicht zusammen und trafen sich nur am Wochenende. Er war Teilhaber einer Wirtschaftsprüfungsgesellschaft und unter der Woche fast immer unterwegs. Selbst wenn er in seinem Hamburger Büro saß, war er genauso eingespannt wie sie.

Als sie in Cuxhaven ablegten, fuhr sie den Laptop runter, verstaute ihn in der Tasche und lehnte sich zurück. Ein Kellner blieb neben ihr stehen, fragte nach ihren Wünschen, und sie bestellte sich Kaffee und Orangensaft.

Ihr Blick schweifte zum Fenster hinaus, auf die Nordsee und den noch diesigen Himmel, doch die Sonne kämpfte sich bereits hindurch. Die Dünung war minimal und im Katamaran nicht zu spüren. Erst recht nicht, als er die Geschwindigkeit erhöhte und die Überfahrt zu Deutschlands einziger Hochseeinsel in Angriff nahm. Zu dem Ort, an dem sie geboren worden und aufgewachsen war. Und den sie nach der zehnten Klasse gar nicht schnell genug hatte verlassen können.

Nach dem Kaffee lehnte Runa sich zurück, schloss die Augen und döste, bis die Durchsage die Ankunft in Helgoland ankündigte. Sie setzte sich auf, rieb sich das Gesicht und trank ihren Orangensaft aus.

Kaum begann das eigentliche Anlegemanöver, sprangen die Mitreisenden auf, zogen sich an und begaben sich mit ihrem Gepäck zum jeweiligen Ausgang. Sie schmunzelte nur darüber und blieb so lange wie möglich sitzen. Das war der Einfluss ihrer Kindheit und Jugend auf Helgoland, sie ließ sich durch nichts und niemanden aus der Ruhe bringen. Niemals.

Auf dem Kai erwartete sie strahlender Sonnenschein, und viele der mit ihr angereisten Touristen öffneten ihre Jacken wieder oder zogen sie sogar aus. Auch das entlockte ihr ein Schmunzeln. Dieser Bereich des Hafens war geschützter, aber um die nächste Ecke konnte es wieder anders aussehen. Wind gab es hier immer, mehr oder weniger.

Die kurze Wartezeit nutzte sie, um die Seeluft tief einzuatmen. Der Wind stand günstig und trieb den Geruch des Schiffsdiesels von ihr weg, sodass sie das Meersalz förmlich auf der Zunge schmecken konnte. Wenn sie die Augen schloss und dem Rauschen der Wellen lauschte, die von außen gegen die Hafenschutzmauern schlugen, konnte sie sogar die Urlaubsatmosphäre spüren.

Runa nahm den Trolley mit der linken Hand und marschierte Richtung Ortsmitte im Unterland. Der Passagierstrom bog am Wasser- und Schifffahrtsamt um die Ecke, und schon wehte ihnen eine steife Brise entgegen. Um sie herum zogen die Urlauber die Reißverschlüsse wieder bis zum Kinn hoch.

Die Fischkutter am Westkai zur Rechten, führte der Weg durch das Hafengewerbegebiet und vorbei an den Hummerbuden, die noch nicht alle geöffnet waren. Die Sommersaison begann erst am ersten April, und die Seebäderschiffe würden aufgrund des Winterfahrplans erst etwas später eintreffen. Der Andrang der Tagestouristen komprimierte sich somit auf wenige Stunden am Nachmittag. Ein paar Möwen kreisten und kreischten über ihnen und bei dem Anblick musste Runa grinsen. Die Seevögel wussten genau, wann sie den Urlaubern ein Fischbrötchen aus der Hand reißen konnten.

Vor dem Fahrstuhl zum Oberland hatte sich bereits eine kurze Schlange von Urlaubern und ihren Koffern gebildet, doch nicht einmal fünf Minuten später betrat auch sie die Kabine. Runa bezahlte das geringe Beförderungsentgelt bei einem älteren Mann, der ihr vage bekannt vorkam und sie kurz aus zusammengekniffenen Augen musterte. Vermutlich einer der einheimischen Rentner, die die Tätigkeit als Fahrstuhlführer im Ehrenamt oder auf Minijobbasis ausübten.

Oben angekommen, wandte sie sich nach rechts und umrundete die Siedlung bis zum Norderfalm, um sich die Pension ihrer Eltern von der Küstenseite aus anzusehen. Ihr Vater hielt das Haus in Schuss, trotzdem konnten weder Farbe noch neue Dachziegel über den vergilbten Charme des Nachkriegshauses hinwegtäuschen. Im Erdgeschoss waren von hier aus rechts der Frühstücksraum und links die Wohnung ihrer Eltern zu sehen. Im ersten Stock und unter dem Dach befanden sich die insgesamt fünf Apartments, Einzimmerwohnungen mit Küchenzeile und Duschbad, zum Teil mit französischem Balkon. Auch an der Giebelseite des Hauses, die zum Wasser zeigte, gab es ganz oben einen solchen schmalen Austritt. Vor dem bodentiefen Fenster ihres ehemaligen Kinderzimmers, das den einzigen Einzelraum darstellte.

Ihr Blick schweifte ab, glitt über das dunkelblaue Meer und hinüber zur Düne, der Nebeninsel, die bis 1721 mit der Hauptinsel verbunden war. Schließlich seufzte Runa und straffte die Schultern, sie konnte es nicht länger hinauszögern.

Paula

»Und jetzt ein Hit-Dreier aus den Neunzigern, hier bei Radio Cuxhaven, eurem Lokalradio.« Der Ansage folgte der Senderjingle, dann setzten Klaviertöne mit Echo ein, Elektrosound. Paula lächelte. »Children« von Robert Miles war einer ihrer Lieblingstitel gewesen, damals in der fünften Klasse.

Sie hockte sich auf die Fersen und überflog den Inhalt ihres Koffers, bis auf ihre Toilettenartikel für morgen früh war alles drin. Perfekt.

Sie sprang auf, griff nach der Flasche Wasser auf dem Tisch und trat damit ans Fenster. Das Haus stand in dritter Reihe hinter dem Cuxhavener Seedeich, trotzdem konnte sie am Horizont einen Streifen Nordsee ausmachen. Irgendwo dort hinten lag Schleswig-Holstein, Friedrichskoog, aber sie stellte sich vor, dort läge ihr morgiges Ziel. Helgoland.

Die Insel, in die sie sich bereits als Teenager verliebt hatte, als sie mit Onkel, Tante und Cousine Melanie in den Urlaub gefahren war. Heute gewährte Melanie ihr Unterschlupf in ihrem Gästezimmer.

Von damals kannte sie auch das Objekt, das sie auf Helgoland auf Herz und Nieren prüfen wollte. Ein Vier-Sterne-Hotel, das die Besitzer aus Altersgründen und wegen fehlender Ambitionen der Kinder verkaufen wollten. Der Preis war in Ordnung, soweit sie es von außen beurteilen konnte.

Wenn alles klappte, wie sie es sich vorstellte, würde sie sich damit eine eigene Zukunft aufbauen können. Fernab ihrer Eltern und des Familienhotels hinter dem Cuxhavener Strand, das ihr Bruder, der älter als sie war, in wenigen Jahren übernehmen sollte. Dahingehend hatte sie nie eine Chance gehabt, egal wie hervorragend sie Ausbildung und Studium abgeschlossen oder Karriere gemacht hatte. Deshalb wohnte sie auch bei ihrer Cousine, ihre Familie würde noch früh genug von ihren Zukunftsplänen erfahren.

Sie verließ ihr Zimmer und ging zu Melanies Raum hinüber, klopfte an.

»Ja?«

Paula steckte den Kopf durch die Tür und grinste. »Lust auf ein Glas Wein zum Abschied?«

»Klar!« Die kurvige Blondine sprang von ihrem Bett und folgte ihrer Cousine in die Küche.

Paula hatte bereits zwei Gläser auf den Tisch gestellt und entkorkte gerade eine Flasche sizilianischen Rotwein. Melanie nahm noch eine Packung Grissini aus dem Schrank und legte sie geöffnet auf den Tisch, dann ließ sie sich auf ihren Stammplatz fallen.

»Du wirst mir echt fehlen.«

»Sind doch nur zwei Wochen.« Paula setzte sich ebenfalls und schenkte ein.

»Und wenn es all das ist, was du dir erhoffst? Dann bist du schneller weg, als ich gucken kann.«

Sie hoben ihre Gläser und stießen miteinander an.

»Helgoland ist aber viel näher dran als mein letzter Job«, wandte Paula ein. »Du kannst mich ganz oft besuchen kommen.«

Melanie trank einen Schluck und schüttelte den Kopf. »Weißt du, was ich nicht verstehe? Warum deine Eltern nicht würdigen, was du bisher erreicht hast. Rom, San Francisco, London, die besten Hotels. Und sie ziehen nicht einmal in Erwägung, dir einen Job in der Geschäftsführung anzubieten. Stattdessen stoßen sie dich noch ein Stückchen weiter weg.«

Paula biss die Zähne zusammen, ihr Magen verkrampfte sich. »Lass uns nicht darüber reden, ja? Ich freue mich jetzt erst mal auf Helgoland und das *Inselkind*. Und in zwei Wochen weiß ich, ob ich mir das richtige Projekt für meine Zukunft ausgesucht habe.«

»Ich drücke dir sämtliche Daumen, dass es das ist. Und dass du mal so richtig zeigen kannst, was du draufhast.« Melanie grinste.

»Darauf trinke ich!« Sie erwiderte das Grinsen und stieß mit ihrem Glas gegen Melanies.

Runa

»Runa? Gott sei Dank bist du da!«

Sie blickte über die Schulter, den Schlüssel im Türschloss der Pension, und brauchte einen Moment, um die Nachbarin zu erkennen. Dabei hatte sie nur ihre Frisur und Haarfarbe geändert.

»Hallo, Silke!« Runa ließ die Hand sinken und drehte sich um.

Silke zog die Fleecejacke enger um sich, kam über die schmale Gasse gelaufen und blieb dicht vor ihr stehen. »Wie geht es Petra? Ist es schlimm? Wie lange fällt sie aus?«

Runa versuchte ein Lächeln und steckte die Hände in die Manteltaschen. »So weit gut, die OP ist ohne Probleme über die Bühne gegangen, und in einer Woche fährt sie direkt zur Reha.«

Silke stieß den angehaltenen Atem aus und sackte in sich zusammen. »Ich bin so froh, dass es nichts Schlimmeres ist!« Dann musterte sie Runas Gesicht. »Aber das heißt dann wohl, dass sie so schnell nicht zurückkommt, oder?«

Runa nickte. »Es wird zwei Monate dauern.«

»Und was passiert in der Zwischenzeit mit eurer Pension? Gerald wird erst in zwei Wochen wiederkommen.«

»Das bleibt an mir hängen.« Sie zuckte die Schultern.

Silke hob die Augenbrauen. »Kannst du das denn so einfach? Du hast doch sicherlich viel zu tun mit deinem Steuerbüro.«

»Ich muss es wohl einrichten, es gibt ja sonst niemanden.«

Die Nachbarin streckte die Hand nach ihr aus und drückte ihre Schulter. »Wenn du Hilfe brauchst, komm rüber. Ich werde dich unterstützen, wo ich nur kann, ja?«

»Dank dir, Silke, das weiß ich sehr zu schätzen.«

»Braucht Petra irgendetwas? Was ist mit Kleidung?«

»Ich komme gerade von der Post, ich habe ihr einen Koffer geschickt.«

»Gut, gut …«, murmelte Silke, und ihr Blick verlor sich für einen Moment. Dann sah sie Runa wieder an. »Nun denn, du weißt ja, wo du mich findest.«

»Ja danke.«

Sie nickten sich noch einmal zu, und Silke eilte hinüber und verschwand in ihrem schmalen Reihenhaus.

Runa betrat das Haus ihrer Eltern und verharrte für einen Moment im Eingangsbereich der Pension. Es war viel zu still, sie konnte das Blut in ihren Ohren rauschen hören.

In ihrem Kopf reihten sich zu bewältigende Aufgaben aneinander: Reservierungen checken, Zimmer kontrollieren, Frühstücksraum und Küche überprüfen, Einkaufsliste schreiben, einkaufen.

Sie hängte ihre Jacke an die Garderobe, betrat den Frühstücksraum auf der linken Seite und schaute sich um. Passend zur Anzahl der Unterkünfte gab es sechs quadratische Tische mit jeweils zwei bis vier Stühlen, die ihre Mutter maritim dekoriert hatte. An den grauweißen Wänden hingen immer noch die alten Naturfotos der Insel, auf den Fensterbänken standen angestaubte Grünpflanzen, und von den Rails darüber hingen altmodische, halblange Gardinen mit Gelbstich.

Ein Seufzen stieg in ihrer Kehle auf, und sie ließ es heraus. Hier hatte sich mindestens zehn Jahre nichts verändert, kein Wunder, dass die Reservierungen zurückgingen.

Runa trottete in den nach drei Seiten offenen Küchenbereich hinüber, der die Verbindung zur Privatwohnung darstellte, und warf durch den breiten Durchgang zum Flur automatisch einen Blick zur Haustür. Dann öffnete sie die Tür auf der anderen Seite des Raums und betrat das Reich ihrer Eltern.

Das vorderste Zimmer ähnelte inzwischen einem Hauswirtschaftsraum, und der Sekretär ihrer Mutter versank beinahe zwischen den Schränken und Haushaltsgeräten. Runa klappte ihn auf und fand den schlichten Organizer, der als Reservierungsbuch fungierte, obenauf. Sie blätterte zum heutigen Datum, dann darüber hinweg. Hinter Zimmer Zwei stand für morgen die Ankunft von einer Paula Hansen, für übermorgen die Anreise eines Felix Ferle, Zimmer Drei. Direkt unter ihrem ehemaligen Kinderzimmer und mit der besten Aussicht auf die Düne.

Sie zog den Stuhl hervor, ließ sich darauf nieder und griff nach Stift und Zettel. Sie brachte die Punkte, die ihr bereits durch den Kopf schwirrten, in eine chronologische Reihenfolge und ergänzte »Zimmer putzen«, »Wäsche aufziehen/waschen« und »Inventar kontrollieren«. Dann starrte sie auf die Liste und seufzte. Wie deprimierend! Gerade einmal ein paar Stunden zurück auf der Insel, und sie wusste wieder, warum sie vor über fünfzehn Jahren fortgegangen war. Dieses Leben war noch immer nichts für sie.

Runa nahm einen weiteren Zettel und begab sich damit in die Küche, prüfte die Inhalte des Kühlschranks, der Schränke und der Vorratskammer. Da Haus *Dünenblick* nur Frühstück anbot, musste sie lediglich ein paar frische Zutaten besorgen und ein paar zusätzliche Lebensmittel für ihren privaten Bedarf.

Zurück im Büro, setzte sie sich wieder vor den Sekretär, warf einen Blick auf die Uhr und griff dann zum Mobiltelefon des Festnetzanschlusses, um ihre Kanzleipartnerin anzurufen.

»Hey, Suse, ich bin's. Runa.«

»Mensch, Runa, endlich! Was ist denn los? Sandra konnte mir nur wenig mehr sagen, als dass deine Mutter im Krankenhaus liegt.«

Runa seufzte und brachte ihre Partnerin auf den Stand der Dinge. »Ich werde wenigstens die zwei Wochen hierbleiben müssen, bis mein Vater wieder da ist. WLAN ist vorhanden, ich kann also einiges von hier aus erledigen, aber ihr müsst meine Termine übernehmen, delegieren oder verschieben.«

»Das kriegen wir schon hin, mach dir keine Sorgen. Familie geht vor.«

»Ich werde heute Abend eine Prioritätenliste anfertigen und rüberschicken. Ich muss sehen, wie ich die Pension zwischendurch organisiert bekomme. Hier ist eine Menge zu tun.«

»Gut, dann lass uns morgen Abend telefonieren. Bis dahin habe ich mir die Liste angesehen und vielleicht schon ein paar Ideen. Schreib auf jeden Fall dazu, was du selbst übernehmen musst oder willst.«

»Okay.« Runa strich sich ein paar lose Haare zurück.

»Hast du schon mit Stefan gesprochen?« Suse klang, als ob sie genau wüsste, welche Antwort sie erhalten würde.

»Nein, habe ich nicht. Mir haben sowohl Zeit als auch Ruhe dafür gefehlt.«

»Vielleicht kann er dich unterstützen.« Runa hörte einen Anflug von Zweifel in der Stimme ihrer Freundin.

»Ich glaube nicht, dass er das tun wird.«

»Oh, Runa ...« Suse seufzte und holte tief Luft.

»Spar's dir, okay?«, meinte Runa leise. »Ich muss erst einmal einkaufen gehen, die Läden schließen gleich. Und später rufe ich ihn an.«

»Gut, dann warte ich auf deine Liste, und wir hören uns morgen Abend.«

»Alles klar, bis morgen!«

Runa drückte auf den Knopf mit dem roten Hörer, starrte einen Moment das Display an und legte das Telefon beiseite. Sie griff nach dem Einkaufszettel, stand auf und zuckte zusammen. Ihre Hände fuhren zu ihrem Unterleib, sie krümmte sich und stöhnte. Mit geschlossenen Augen atmete sie in den Schmerz und versuchte, ihn zu lindern. Es gelang ihr nur ansatzweise.

Als sie wieder aufrecht stehen konnte, griff sie zu ihrer Handtasche, suchte nach einer Schmerztablette und spülte sie mit viel Wasser aus dem Küchenhahn hinunter.

Wenn ihre Ärztin sich morgen nicht meldete, würde sie am Montag wegen der Untersuchungsergebnisse nachhaken.

Die Lebensmittel waren verstaut, die Taschen ebenfalls.

Runa richtete sich auf und strich sich ein paar verschwitzte Haare aus dem Gesicht. Sie sah auf die Uhr. Gleich halb sieben. Sie würde Stefan auf der Fahrt zum Tennis erwischen.

Sie zupfte die Bluse zurecht, richtete ihr Haar und griff nach dem Handy.

Nach dreimaligem Freizeichen nahm ihr Freund den Anruf an. »Hallo, Schatz!«

»Hallo, Stefan!« Sie lauschte in die hohle Verzerrung der Autofreisprechanlage.

»Ich bin auf dem Weg zum Tennis«, teilte er ihr unnötigerweise mit, »aber gut, dass du anrufst. Deine Nachricht heute Morgen klang etwas seltsam, und wir haben unsere Pläne für dieses Wochenende noch gar nicht besprochen. Bleiben wir bei dir oder bei mir?«

»Stefan, ich bin nicht in Hamburg.«

»Nicht? Hast du einen Kundentermin? Aber Samstag bist du doch wieder da, oder?«

»Nein. Ich bin auf Helgoland.«

»Was?« Seine Stimme röhrte, sie zuckte zusammen.

»Du hast schon richtig gehört.«

»Aber was tust du da? Du hast mir gar nicht gesagt, dass du übers Wochenende zu deinen Eltern willst.«

Runa schlenderte in den Frühstücksraum hinüber und stellte sich vor das Fenster. »Das war auch nicht geplant. Meine Mutter liegt im Krankenhaus, in Heide.« Sie schob die freie Hand unter die andere Achsel und starrte zur Düne hinüber. Der Himmel war klar, und das kleine Eiland lag bereits im langen Schatten der Hauptinsel.

»In Heide! Was ist passiert?«

»Sie hat sich den Oberschenkelhals gebrochen. Nach dem stationären Aufenthalt geht es direkt zur Reha.«

»Und du bleibst bis Sonntag bei deinem Vater? Grüß ihn herzlich von mir!«

»Stefan, mein Vater ist noch zwei Wochen zur Reha. Wegen seines neuen Knies.«

»Oh, dann hilft Silke aus, und du schaust nur nach dem Rechten, ja?«

»Nein, ich schaue nicht nur nach dem Rechten. Ich bleibe, bis mein Vater wieder da ist.« Sie schloss die Augen und wappnete sich.

»Was?«, brüllte Stefan. Im Hintergrund ertönte ein Hupen, auf das er mit weiterer Verärgerung reagierte. »Du nimmst mich auf den Arm!«

»Nein, Stefan, du hast richtig verstanden.«

»Ich glaube das nicht!« Stefans Stöhnen war kaum zu hören.

Sie schwieg und wartete, doch mit dem, was dann kam, hätte sie niemals gerechnet.

»Du glaubst also, dass du mit deiner Ausbildung diesen ... Pensionsjob übernehmen musst, ja?« Er klang kalt und spuckte die Worte regelrecht aus.

Runa biss die Zähne zusammen, atmete tief durch. Es ging ihr gewaltig gegen den Strich, wie er ihre Familie abwertete. »Es geht hier weder um meine Ausbildung noch um den Pensionsjob an sich. Es geht darum, dass ich den Lebensunterhalt meiner Eltern sichere, indem ich sie zwei oder drei Wochen vertrete.«

»Und dafür setzt du deinen eigenen Lebensunterhalt aufs Spiel? Ich verstehe dich nicht.« Ein höhnisches Lachen schallte durch die Verbindung.

Sie straffte die Schultern, richtete sich auf. »Danke, dass du dich um das Wohl meiner Kanzlei sorgst, aber das steht nicht einmal ansatzweise auf dem Spiel.«

Ein paar Sekunden lang blieb es still. »Nun, dann ist es ja gut«, meinte er schließlich. »Hör zu, ich stehe jetzt vor der Tennishalle und muss rein. Wir telefonieren morgen, ja?«

»Sicher. Viel Spaß!«

»Danke! Bis dann!«

Runa ließ die Hand sinken und starrte auf das Display ihres Handys. Es war nicht das Gespräch gewesen, das sie sich erhofft hatte, aber diesen Verlauf hatte sie beinahe erwartet. Sie schluckte, ihre Kehle schnürte sich zusammen. Sie musste hier raus.

Sie schob sich das Smartphone in die Gesäßtasche, nahm Schlüssel und Jacke und verließ das Haus. Den Reißverschluss bis zum Kinn hochgezogen vergrub sie die Hände in den Jackentaschen und stapfte zwischen den Häusern hindurch Richtung Klippe. Vorbei an Friedhof und Kirche und neben dem Leuchtturm auf der Abkürzung zum östlichen Klippenrandweg.

Dort betrat sie die kleine Plattform auf einer hinausragenden Klippenspitze und blieb endlich stehen. Ihr Blick ging aufs Meer, Richtung Lange Anna, und zum Horizont, hinter dem die letzten Sonnenstrahlen rot-orange in den Himmel tasteten. Sie atmete tief durch, zittrig. Die Weite ließ wieder dieses seltsame Gefühl in ihr aufsteigen, doch bevor es sie übermannen konnte, wandte sie sich ab und trat zurück auf den Weg. Die Augen fest auf den Boden vor sich geheftet marschierte sie Richtung Hafen.

Wie kam Stefan nur dazu, zu behaupten, dass es unter ihrer Würde war, Haus *Dünenblick* ein paar Wochen lang zu führen? Ja, sie hatte nicht darum gebeten. Und ja, sie war nicht gerne hier. Natürlich war sie überqualifiziert, aber das stand überhaupt nicht zur Debatte. Es ging nur darum, die Existenz ihrer Eltern aufrechtzuerhalten. Nicht mehr und nicht weniger.

Aber das schien Stefan nicht mit seinem Statussymbol-Denken vereinbaren zu können. Seine Eltern gehörten zum Hamburger Geldadel, und dementsprechend kannte er das einfache Leben nicht. Bei seinen Eltern hatte sie dieses Denken bereits hautnah erlebt, aber bei Stefan noch nicht. Sie hatte gehofft, dass ihre Erziehung in dieser Hinsicht nicht gefruchtet hatte, aber offenbar war dem nicht so.

Hinter dem Sendemast erklomm Runa die Anhöhe, lief zum Aussichtspunkt oberhalb der Südtreppe hinunter und verweilte einen Moment. Ihr Blick glitt über den Hafen, das Unterland und zur Düne, doch in Gedanken war sie in Hamburg. Ihre Beziehung war noch nie besonders emotional gewesen, weder in die eine noch in die andere Richtung. Sie war ... vernünftig. Erwachsen. Rational.

Aber nicht das, was sie wirklich wollte.

Sie hatte die Stimme ihres Herzens unterdrückt und sich eingeredet, sie müsse mit dem zufrieden sein, was sie hatte. Nun war es in den letzten Monaten zwischen ihnen immer wieder zu Reibereien gekommen, und sie gestand sich ein, dass sie öfter mal ihre Arbeit vorschob, wenn sie keine Lust hatte, Stefan zu sehen. Das war etwas, das er nie infrage stellen würde. Weil für ihn der Job an erster Stelle stand.

Nicht sie.

Sie schloss die Augen, atmete tief durch und fasste einen Entschluss.

Ein Gespräch war dringend erforderlich. Sobald sie zurück in Hamburg war.

Kapitel 2

Paula

»Hast du die Tabletten gegen Übelkeit genommen?«

Paula beobachtete, wie ihr Koffer im Gepäckcontainer der Helgolandfähre verschwand, und wandte sich zu ihrer Cousine um.

»Klar, gleich nach dem Frühstück.« Sie grinste.

»Ich kann nicht verstehen, warum du trotz Seekrankheit nach Helgoland ziehen willst.« Melanie schüttelte den Kopf.

Paula lachte. »Helgoland ist doch kein Schiff, Melli! Die Insel schwankt nicht.«

»Und warum bist du dann nicht geflogen?«

»So schlimm ist meine Seekrankheit nicht, und ich liebe es, auf die Insel zuzufahren.«

»Ach, du bist einfach hoffnungslos. Komm her!« Melanie zog sie in ihre Arme und drückte sie lange. Dann hielt sie sie auf Armeslänge von sich weg. »Ich wünsche dir eine gute Zeit. Und viel Erfolg!«

»Danke!« Paula küsste sie auf die Wange und trat dann einen Schritt zurück. »Holst du mich ab, wenn ich zurückkomme?«

»Ich denke schon. Wir telefonieren, okay?«

»Machen wir. Bis in zwei Wochen!«

Paula strich ihrer Cousine noch einmal über den Arm, drehte sich um und ging zur Eingangskontrolle am Ende des Unterstands. Sie hielt der uniformierten Mitarbeiterin der Reederei ihre Fahrkarte und den Aufenthaltsschein hin und sah zum Himmel hinauf. In Cuxhaven war es diesig und kalt, aber auf Helgoland konnte es komplett anders aussehen. Durch den Nieselregen lief sie zur Gangway und an Bord, machte einen Schritt zur Seite und fuhr sich durch das kurze Haar. Jetzt sah die Frisur wieder gewollt wild aus, nicht wie vom Winde verweht.

Sie lief zu Deck 2 hinunter und fragte nach ihrer reservierten Hummerbude im Bistrobereich, einem abgetrennten Tisch für bis zu sechs Personen. Dann erstand sie Milchkaffee, Wasser und Sekt und machte es sich gemütlich.

Paula lehnte sich zurück, genoss ihre Kaffeespezialität und sah durch das Bullauge dem Ablegemanöver zu. Sie erinnerte sich an die Reisen mit Melanies Familie, das Lachen, die Spiele. Sie hatte sich immer gefreut, mit ihnen wegfahren zu dürfen, aber nach Helgoland war es immer etwas Besonderes für sie gewesen.

Das Seebäderschiff setzte vom Anleger zurück, wendete und verließ mit geringer Geschwindigkeit den Fährhafen. Kurze Zeit später passierten sie die Kugelbake, das Wahrzeichen Cuxhavens und Endpunkt der Elbe. Paula hob das Sektglas und prostete in die ungefähre Richtung des elterlichen Hotels. Sie war auf dem besten Weg, es ihren Eltern zu zeigen.

Sie trank den Sekt in einem Zug aus, schob das leere Geschirr zur Seite und holte Unterlagen und Notizbuch aus der Tasche. Die Zeit ohne Handyempfang wollte sie nutzen, um das Exposé des *Inselkinds* noch einmal durchzuarbeiten.

Beim Lesen aufkommende Fragen notierte sie in ihrem Buch, genauso wie Punkte, bei denen sie nachhaken oder um die sie sich kümmern musste. Hinzu kamen Marketing- und Entwicklungsideen. Alles Weitere würde sich in den nächsten Tagen finden, wenn sie das Hotel von innen prüfte.

Paula bemerkte gar nicht, wie schnell die Zeit verging. Bis die Lautsprecherdurchsage die Passagiere über die Ankunft im Helgoländer Südhafen informierte und ein paar Hinweise zum Verlassen des Schiffes gab.

Sie packte ihre Sachen zusammen, suchte noch die Waschräume auf und schlenderte dann zum hinteren Treppenhaus. Die Gangway war gerade freigegeben worden, und mehrere Hundert Passagiere strömten von Bord. Auf dem Kai angekommen, trat sie zur Seite, richtete den Blick Richtung Oberland und atmete tief durch. Die Sonne kämpfte sich noch durch die Wolken, aber es war trocken und nicht kalt. Der Geruch nach Schiffsdiesel, Algen und Salz strömte in ihre Nase und rief ein angenehmes Wohlbefinden hervor.

Paula schob den Träger ihrer Handtasche hinauf und schlenderte zum Gepäckcontainer hinüber. Sie hatte es nicht eilig und wollte trotz der anstehenden Arbeit keinen Stress aufkommen lassen. Schließlich spazierte sie mit ihrem Trolley an den Hummerbuden vorbei und auch am *Inselkind*. Einen Augenblick lang blieb sie stehen und betrachtete es von oben bis unten, das Gebäude war top in Schuss.

Auf dem weiteren Weg musterte sie jede mögliche Konkurrenz, machte eine gedankliche Bestandsaufnahme der noch geschlossenen oder geöffneten Geschäfte. Die Saison startete immer am ersten April, trotzdem wimmelte es bereits von Gästen. Sie würde sich heute Abend darum kümmern müssen, dass sie jeden Abend etwas zu essen bekam.

Tischreservierungen waren auf Helgoland dringend erforderlich, wenn man ohne eigene Küche nicht verhungern wollte. Und das früh genug.

Kurz vor dem Fahrstuhl zum Oberland hatte einer der Unternehmer einen Verkaufsstand mit Fischbrötchen aufgebaut, vor dem sich bereits Kunden tummelten. Bei dem Gedanken an ein Matjesbrötchen knurrte ihr Magen vernehmlich, also stellte sie sich an. Wenige Minuten später setzte sie sich mit Brötchen und Wasser auf die nächste Bank und ließ es sich schmecken.

So gestärkt konnte sie auch den Rest des Weges zurücklegen.

Sie fuhr mit dem Fahrstuhl hinauf, wandte sich nach rechts und lief zur Pension *Dünenblick*. Als sie das Haus erblickte, war sie angenehm überrascht. Die Fotos, die sie bei der Buchung auf der Helgoländer Homepage gesehen hatte, waren anscheinend aktuell. Dahinter bog sie in die schmale Gasse ein, fand die Eingangstür und klingelte.

Keine dreißig Sekunden später flog die Tür auf, und heraus trat eine Frau, etwa in ihrem Alter. Sie trug Jeans und eine Schluppenbluse, wirkte verschwitzt. Die grünblauen Augen hießen sie willkommen, der breite, volle Mund lächelte sie an.

»Ja, bitte?« Sie strich sich mit beiden Händen ein paar lose blonde Haarsträhnen zurück und versuchte, sie im Nackendutt festzustecken.

»Äh …« Paula sah auf das Klingelschild und dann wieder zu der Frau. »Mein Name ist Paula Hansen, ich habe ein Zimmer reserviert.«

»Aber ja, natürlich, kommen Sie herein!« Sie winkte sie ins Haus und schloss die Tür hinter ihr.

Paula drehte sich um. »Sie sind aber nicht Frau Eggers, oder?«

Die Frau lachte. »Doch, aber Runa Eggers, die Tochter. Herzlich willkommen!« Sie streckte ihr die Hand entgegen, und Paula ergriff und schüttelte sie.

»Ah, okay, ich hatte mich schon gewundert. Dann habe ich letzte Woche mit Ihrer Mutter telefoniert.«

»Das kann gut sein, ich bin gestern erst hergekommen, um sie zu vertreten.«

»Ist sie in den Urlaub gefahren? Etwa auf eine andere Insel?« Paula zwinkerte der anderen Frau zu.

Runa Eggers' Lächeln wirkte plötzlich gequält. »Nein, sie liegt in Heide im Krankenhaus. Ich bin nur zur Vertretung hier. Haben Sie also bitte ein wenig Nachsicht, wenn ich nicht immer sofort weiß, wie es hier läuft.«

Paula riss die Augen auf. »Ist sie sehr krank?«

»Wie man es nimmt. Oberschenkelhalsbruch.«

»Oh, dann richten Sie ihr gute Besserung aus, ja?«

»Gerne. Soll ich Ihnen dann Ihr Zimmer zeigen?«

»Ja, vielen Dank!«

Paula packte den Griff ihres Koffers und folgte ihr die Treppe hinauf.

»Waren Sie schon mal auf Helgoland?«, wollte Runa wissen, ging auf die Zimmertür gleich gegenüber der Treppe zu und schloss sie auf.

»Ja, als ich noch zur Schule gegangen bin.« Paula setzte den Koffer zurück auf die Rollen und schob ihn hinter Runa ins Apartment. Die legte den Schlüssel zur Infomappe auf dem kleinen Tisch zwischen Küche und Couch. Nach einer kurzen Erklärrunde stemmte Runa die Hände in die Hüften und sah sich noch einmal um, bevor sie Paula anlächelte.

»Ich hoffe, ich habe nichts vergessen. Wenn doch, einfach fragen. Frühstück gibt es zwischen acht und zehn Uhr. Haben Sie dafür irgendwelche Wünsche?«

Paula lachte und schälte sich aus der Jacke. »Nein. Wenn es nur Brötchen und einen guten Kaffee gibt, bin ich schon zufrieden.«

»Oh, die Brötchen vom Inselbäcker sind super, keine Sorge. Und der Kaffee kommt aus einem Vollautomaten.«

»Perfekt.«

»Gut, dann wünsche ich Ihnen einen schönen Aufenthalt. Und wir sehen uns spätestens morgen früh.«

Runa

Nach einem letzten Kontrollblick in Zimmer Drei lief Runa nach unten, schaltete den Vollautomaten ein und kontrollierte die Anzeige der Waschmaschine. Dann wählte sie einen Cappuccino und nahm ihn mit zum Sekretär ihrer Mutter. Um im Zweifelsfall für ihren Gast erreichbar zu sein, ließ sie sämtliche Türen offen stehen.

Sie ließ sich auf den Stuhl und gegen die Lehne sinken, nippte an ihrem Heißgetränk und dachte an ihren neuen Gast. Die zierliche Frau mit den sanften Kurven und dem zerzausten rotbraunen Schopf musste in ihrem Alter sein, vielleicht ein paar Jahre jünger. Ihre karamellfarbenen Augen hatten sie sofort für sich eingenommen, sie strahlten Ehrlichkeit und Wärme aus. Gleichzeitig wirkten die Stupsnase und der herzförmige Mund im ebenfalls herzförmigen Gesicht süß und machten sie ihr auf Anhieb sympathisch.

Hoffentlich war der Typ, der morgen anreiste, genauso nett.

Runa trank noch einen Schluck, stellte die Tasse beiseite und widmete sich der anstehenden Aufgabe.

Ihre Mutter führte die Geschäftsunterlagen noch per Hand und gab sie zur Bearbeitung an den einheimischen Steuerberater weiter, einen Schulfreund ihres Vaters. Im unteren Schrank stand der Ordner für das aktuelle Jahr, die letzten Jahre fehlten. Diese Unterlagen fand sie nach einigem Suchen im Panzerschrank im Schlafzimmer ihrer Eltern und nahm sie mit zum Sekretär.

Die beiden Ordner enthielten die Belege und Abschlüsse der letzten drei Jahre, und Runa machte sich daran, sie systematisch durchzuarbeiten. Es dauerte nicht lange, da wurde deutlich, dass die Pension sich wirtschaftlich negativ entwickelte. Vor drei Jahren war noch alles gut gewesen, aber dann waren die Einnahmen gesunken, langsam, aber stetig.

Die Sorgenfalten auf ihrer Stirn vertieften sich, als sie die Zahlen der zweiten Hälfte des letzten Jahres betrachtete. Niederschmetternd.

Sie lehnte sich zurück, kaute auf ihrer Unterlippe. Die Pension war inzwischen vollkommen unrentabel, verursachte Schulden. Und wenn nicht bald etwas passierte, würden ihre Eltern die Pension verkaufen müssen. Finanziell würde ihnen das sicher helfen, doch *Dünenblick* war ihr Herzblut und das Haus seit dem Wiederaufbau der Insel in den Fünfzigerjahren in Familienbesitz. Sie waren Vollbluthelgoländer und würden die Insel niemals verlassen wollen.

Runa seufzte und trommelte mit den Fingerspitzen auf die Schreibplatte. Warum hatten ihre Eltern nicht schon eher mit ihr gesprochen? Sie hätten handeln und gegensteuern können!

Kurz entschlossen griff sie zum Festnetztelefon, rief die Nummer des Steuerberaters auf und tippte auf den grünen Hörer.

»Steuerberater Nohse«, erklang die sonore Stimme nach dreimaligem Klingeln.

»Jochen, hallo, hier ist Runa.«

»Runa, mien Deern, was machst du denn hier? Das ist doch der Apparat deiner Eltern, oder?« Sie hörte ehrliche Freude.

»Ja, ich bin zu Hause. Hast du es noch nicht gehört? Mama ist vor zwei Tagen gestürzt und musste nach Heide ausgeflogen werden.«

»Doch, ich habe davon gehört, aber mir war nicht klar, dass du kommen musst. Wie geht es dir? Wie lange bleibst du?«

»Bis Papa wieder zurück ist.«

»Schön! Wie wäre es die Tage mit einem Kaffee unter Kollegen?« Er lachte, und es ging in ein Husten über.

Runa wurde ernst. »Genau deswegen rufe ich an. Ich würde gerne mit dir über die wirtschaftliche Lage der Pension sprechen. Hast du am Montagvormittag Zeit? Vielleicht gegen elf? Dann sollte das Frühstück hier durch sein.«

»Natürlich, Runa, komm vorbei. Ich werde alles vorbereiten.«

»Gut, dann ... wünsche ich dir ein schönes Wochenende.«

»Dir auch, bis Montag!«

Sie legte auf und das Mobilteil zur Seite. Mal sehen, was Jochen ihr sagen konnte.

Die Türklingel riss sie aus ihren Gedanken. Sie zuckte zusammen, sprang auf und eilte hin, um zu öffnen.

»Ja, bitte?« Runa musterte den Anzugträger vor sich und runzelte die Stirn. Die Jacke spannte über seinem Bauch, die welligen grauweißen Haare waren dicht an den Kopf frisiert, und auf seiner Nase saß eine randlose Brille.

»Guten Tag, mein Name ist Jürgen Pfeffer. Ich komme von Helgoland Immobilien.« Er streckte ihr eine Visitenkarte entgegen, die sie nahm und überflog.

»Ja, und?«

»Frau Eggers? Ich habe gerade von dem kleinen Unfall ihrer Mutter gehört, das tut mir so leid. Wie geht es ihr?«

»Den Umständen entsprechend gut«, antwortete sie und wich damit der Frage so gut es ging aus. »Aber was haben Sie mit ihr zu tun?«

»Nun, die Pension ist bei uns zur Vermittlung gelistet, wir arbeiten seit zwei Jahren eng zusammen.« Er lächelte, auf Runa wirkte es eine Spur zu schleimig.

»Aha.«

»Sie sind bestimmt hier, um sie zu vertreten, nicht wahr? Bis Ihr Vater wieder da ist?«

Sie kniff die Augen zusammen. »Sie scheinen äußerst gut auf dem Laufenden zu sein.«

»Das hier ist eine Insel, Frau Eggers.« Er lachte auf und winkte ab. »Da weiß jeder über jeden Bescheid.«

»Ach nein!«, erwiderte sie trocken.

Er holte tief Luft. »Wie auch immer, ich will Sie gar nicht weiter aufhalten. Ich wollte Ihnen nur meine Hilfe anbieten, falls Sie welche brauchen.«

»Das ist sehr nett von Ihnen, danke.«

»Aber nicht doch, wir Unternehmer müssen zusammenhalten, oder? Networking ist heutzutage doch besonders wichtig. Also, rufen Sie mich einfach an, wann immer ich Ihnen behilflich sein kann, ja?«

Sie nickte.

»Und ein schönes Wochenende, Frau Eggers! Bis dann!«

»Auf Wiedersehen!«

Pfeffer hob die Hand zum Gruß, lächelte und wandte sich ab, um durch die Gasse Richtung Zentrum zu gehen.

Runa sah ihm einen Augenblick nach, dann schloss sie die Tür und starrte auf die Karte. Seit zwei Jahren arbeitete er mit ihrer Mutter zusammen? Sehr merkwürdig.

Sie hatte versucht, ein wenig zu arbeiten, aber nur Unbedeutendes bewältigen können. Die Sache mit der Pension ging ihr einfach nicht aus dem Kopf. Und dass ihre Eltern nichts gesagt hatten.

Runa loggte sich aus dem Firmenserver aus, fuhr den Laptop runter, stand auf und streckte sich. Sie würde einen Spaziergang machen und sich den Kopf durchpusten lassen, zu Hause in Hamburg half ihr das jedes Mal.

Sie ging hinaus auf den Norderfalm, von dem aus der Klippenrandweg startete und zunächst durch eine Kleingartensiedlung führte. Die Parzellen waren vergleichsweise winzig und drängten sich, typisch Helgoland, auf engstem Raum. In den Gärten wurde zum Teil gearbeitet, die ersten Blumen reckten ihre Köpfe, und in den Beeten konnte sie bereits einige Gewächse erahnen. Dahinter öffnete sich die Weite des unbebauten, grünen Oberlandes zur Linken und der Klippe zum Unterland mit Fußballplatz und Nordstrand zur Rechten.

Der einzige richtige Strand der Hauptinsel, an den Seiten begrenzt von Mole und Klippen, war besonders bei den Gästen von Jugendherberge und Kurmittelhaus beliebt. In der Saison wurde der feine Sand regelmäßig von den Steinen befreit, die mit der Strömung angespült wurden. Die stammten überwiegend vom roten Helgoländer Fels, der von der Witterung abgetragen wurde und ins Meer stürzte.

Als Kinder hatten sie sich viel am Nordstrand herumgetrieben und waren verbotenerweise auch bis zu den bröckelnden Klippen vorgedrungen, um auf Erkundungstouren zu gehen. Später, als Jugendliche, waren geheime Treffen am Lagerfeuer viel interessanter geworden. Runa wusste noch genau, wie es sich anfühlte, dort unten an einer geschützten Stelle zu sitzen, die unendliche Weite des Meeres vor sich und den Sand zwischen den Zehen. Das Lagerfeuer knisterte und flackerte, die Schnapsflasche kreiste. Bis zu einem gewissen Punkt war das toll gewesen, abenteuerlich, eine Form von Rebellion. Doch irgendwann ...

Sie wandte den Blick ab, schob die Hände in die Jackentaschen und zog das Tempo an.

Sie wollte den altbekannten Empfindungen entkommen.

Anstatt dem Klippenrandweg zu folgen, nahm sie die Abkürzung zur Kartoffelallee und stieg einen der sanften grünen Hügel hinauf. Sie sah hinaus auf die unruhige Nordsee und den locker bewölkten Himmel. Der Wind zerrte an ihr, wirbelte das Haar aus ihrem Nackendutt. Und da war es wieder, dieses Gefühl von viel zu viel Weite um sie herum und der gleichzeitig viel zu deutlich sichtbaren Beschränkung durch das Wasser.

Runa schloss die Augen, wollte weglaufen, vor ihrem persönlichen Inselkoller. Sie fühlte sich mit der Situation überfordert und vor allem mit der Umgebung. Die Arme über dem Kopf verschränkt konzentrierte sie sich auf ihre Atmung, lauschte der Natur, spürte den Wind auf ihrem Gesicht. Diese Insel war nicht ihr Feind, auch wenn es sich in ihrer Jugend so angefühlt hatte. Sie war nur ein ganz spezieller Ort, für den sie nicht gemacht war.

Sie ließ die Arme sinken und öffnete die Augen, fühlte sich drei Nuancen besser. Nicht mehr. Noch so eine blöde Kleinigkeit, und sie würde die Balance verlieren. Und was dann? Nein, daran wollte sie nicht einmal denken. Sie würde das Beste aus den verbleibenden Tagen machen, das mit der Pension irgendwie in Ordnung bringen und nach Hause fahren, sobald ihr Vater den Fuß zur Tür hereingesetzt hatte.

Mit einem tiefen Seufzer wandte sie sich um und nahm den kürzesten Weg zu ihrem Elternhaus. Davor kam ihr Paula Hansen entgegen, sie strahlte sie an.

»Hallo, Frau Eggers!«

»Hallo! Aber bitte nennen Sie mich Runa, sonst fühle ich mich wie meine Mutter.« Sie rollte mit den Augen.

»Gerne! Dann müssen Sie mich aber Paula nennen.«

»Abgemacht. Gehen Sie zum Abendessen?«

»Ja, auch. Haben Sie Lust mitzukommen? Oder später nachzukommen?«

»Nein, vielen Dank, ich habe noch zu arbeiten.«

»Schade! Vielleicht ein andermal? Ich würde mich über Gesellschaft freuen.«

Runa zuckte die Schultern. »Ja, warum nicht! Die nächsten Tage ergibt sich bestimmt etwas.«

»Super. Okay, dann einen schönen Abend noch. Bis morgen!« Paula hob die Hand und lief an ihr vorbei.

»Bis morgen!« Runa ging ins Haus, entledigte sich ihrer Jacke und der Schlüssel und verharrte einen Moment. Die Stille in diesem Haus war noch immer ungewohnt, sie brauchte Musik.

Auf dem Weg in die Küche zog sie das Handy hervor und zuckte zusammen, als es in ihrer Hand klingelte. Nachdem sie den Namen des Anrufers gesehen hatte, wurde ihr erst heiß, dann kalt.

Mit einem Wischen nahm sie den Anruf an. »Guten Abend, Frau Doktor Tönning!«

»Frau Eggers, hallo! Ich hoffe, ich störe nicht. Ist schon spät, ich weiß.«

»Nein, das ist in Ordnung. Sie würden nicht anrufen, wenn es nicht wichtig wäre, oder?« Sie ließ sich auf dem nächstbesten Stuhl nieder, ihre Beine zitterten.

»Ja, da haben Sie recht.« Die Ärztin seufzte. »Ich will auch nicht lange drum herumreden, Frau Eggers. Sie müssen sich der erwähnten Operation unterziehen, wir dürfen keine Zeit verlieren.«

Runa schluckte schwer. »Keine Chance?«

»Nein. Dafür sind Ihre Symptome zu stark ausgeprägt.«

»In Ordnung, ich ... Können wir einen Termin in drei Wochen machen? Ich bin auf Helgoland und muss meine Eltern unterstützen.«

»Rufen Sie am Montag an, ich werde meiner Mitarbeiterin eine Notiz auf den Tisch legen, dass Sie einen Termin im Krankenhaus brauchen und vorher noch einen bei mir.«

»Gut, vielen Dank, Dr. Tönning!«

»Es tut mir leid, dass ich keine positiven Nachrichten habe.«

Runa schloss die Augen. »Sie können nichts dafür, und wir haben ja schon darüber gesprochen, was mich erwarten könnte.«

»Aber Sie sind noch jung, Sie hätten noch ...«

»Bitte«, fuhr sie dazwischen, »lassen wir das. Es ändert nichts an der Situation.«

»Nein, da haben Sie natürlich recht. Nun, dann sehen wir uns in drei Wochen. Trotzdem ein schönes Wochenende!«

»Ihnen auch, vielen Dank!« Sie legte die Hand mit dem Telefon auf dem Tisch ab und starrte zum Fenster hinaus. Damit war ihre Zukunft besiegelt.

Einen Moment spielte sie mit dem Gedanken, Stefan anzurufen, doch sie verwarf ihn sofort wieder. Er war ihr bisher keine Hilfe gewesen und würde ihr auch jetzt keine sein. Schon gar nicht bei diesem Thema.

Paula

Am Ende der schmalen Gasse wandte Paula sich um und sah noch, dass die Tür der Pension ins Schloss fiel. Dann trat sie auf die Wiese am Rand der Klippe zum Unterland, blickte zur Düne hinüber und atmete tief durch. Das kleine Schläfchen hatte ihr gutgetan und die Energiereserven wieder aufgeladen. Genau richtig für einen ausgiebigen Spaziergang.

Sie marschierte los und umrundete auf dem Klippenrandweg das Oberland. Der Wind pfiff ihr um die Ohren, und vereinzelte Sonnenstrahlen glitten über ihr Gesicht. Ab und zu blieb sie stehen und beobachtete die Lummen und Basstölpel in den Wänden der Klippen oder die anderen Touristen. Am Ende des Klippenrandweges lief sie über Süd- und Wobautreppe zum Unterland und streifte durch die Straßen.

Mit fachkundigen Augen analysierte Paula das gastronomische und touristische Angebot. Einige Geschäfte und Lokale waren noch dunkel und kündigten Öffnungszeiten ab Ostern oder den Saisonstart am ersten April an. Als sie die Promenade Am Südstrand entlangschlenderte, die bereits im Schatten lag, meldete sich ihr Magen, schließlich hatte sie seit dem Frühstück nichts mehr gegessen. Trotzdem führte sie die Musterung der nächsten Konkurrenz fort und blieb am Ende vor dem *Inselkind* stehen.

Bis auf den seitlichen Eingangsbereich zur Rezeption bestand das Erdgeschoss vorne nur aus dem Restaurant mit den riesigen Fenstern. Viele der Tische waren bereits besetzt, Servicepersonal eilte zwischen ihnen hindurch, mit und ohne Tablett oder Geschirr. Sollte sie sich heute schon zum Abendessen dort niederlassen? Nein, das würde sie in den nächsten Tagen machen, ganz in Ruhe.

Paula nahm ihren Weg Richtung Hafen wieder auf und blieb am

Ende der ersten Hummerbuden-Reihe vor ihrem Lieblingslokal stehen, dem urigen Restaurant *Bunte Kuh*. Sie warf einen schnellen Blick auf die Karte, dann ging sie hinein und suchte erst gar nicht nach einem Tisch, hier saß sie am liebsten an der Theke.

»Moin!«, grüßte sie und schob sich auf einen freien Hocker.

Der Mann hinter dem Tresen nickte ihr zu. »Bin gleich bei Ihnen.«

Paula ließ den Blick schweifen und erkannte überwiegend Touristen an den gut besetzten Tischen.

»Guten Abend, was darf's denn sein?«

Sie wandte sich dem Mann zu. »Hallo! Ich hätte gerne einen trockenen Weißwein und den Salatteller mit gebratenem Lachs.«

»Gerne.«

Vor und nach dem Essen surfte sie durch Facebook und schaute, was ihre Freunde und ehemaligen Arbeitskollegen trieben. Um sie herum kamen und gingen Gäste, die Hocker neben ihr füllten sich mit männlichen Inselbewohnern. Sie schnappte Gesprächsfetzen auf, mal ein Lachen, Gläserklirren.

Ein weiterer Gast nahm direkt neben ihr Platz, und sie registrierte einen neuen Duft, eine Mischung aus Aftershave, etwas Eigenem und einem Hauch von ... Motoröl? Vermutlich einer der Fischer oder einer ihrer Mitarbeiter.

Paula scrollte durch ihre Freundesliste und hörte dem Bass ihres Sitznachbarn zu, ein angenehm warmes Rollen. Dann lachte er. Es vibrierte in ihrem Magen, elektrisierte sie.

Sie sah auf und zu ihm hinüber, bemerkte die schwarze Fliegerjacke mit Aufnähern und Firmenlogo und das goldblonde, kurze Haar, das oben länger war als unten. Er wandte sich seinem Bier zu, stutzte und drehte den Kopf in ihre Richtung. Sein Gesicht war rechteckig und markant, genau nach ihrem Geschmack. Doch das geriet in den Hintergrund, als seine eisblauen Augen sie anfunkelten.

»Moin!« Sein schmaler Mund mit der geschwungenen Oberlippe verzog sich zu einem Lächeln.

»Moin!« Paula erwiderte es und schob das Handy in ihre Jackentasche.

Sein Blick glitt über sie wie ein sinnliches Streicheln und ließ ein Prickeln in ihr aufsteigen.

»Heute angekommen?«

Sie hob eine Braue. »Woher weißt du das?«

Er neigte den Kopf. »Bauchgefühl.« Dann streckte er ihr die Hand entgegen. »Jan.«

»Paula.« Sie ergriff seine Hand und erwiderte den Druck, spürte die Hitze und die raue Innenfläche. Ihr Körper reagierte augenblicklich mit einem sehnsüchtigen Ziehen.

Wow!

»Bist du alleine hier?«

»Ja.«

»Urlaub?«

»Nicht ganz.«

»Arbeit?« Das Erstaunen trieb seine Stimme um eine Nuance nach oben.

»In gewisser Weise«, erwiderte sie und grinste. »Und du? Fliegst du für die, oder ist die Jacke nur ein modisches Statement?« Mit dem Kinn wies sie auf das Firmenlogo eines internationalen Energieversorgers.

Jan warf den Kopf zurück und lachte so laut, dass die anderen Männer an der Theke ihn kurz ansahen. Bei ihr löste es ein weiteres Prickeln aus.

Paula schürzte die Lippen und nutzte die Gelegenheit, um seinen Körper einer kurzen Musterung zu unterziehen. Er war groß und wirkte sportlich.

»Ja, ich fliege. Hubschrauber.« Er trank von seinem Bier und ließ sie dabei nicht aus den Augen.

Cool, ein aufregender Typ mit einem interessanten Job. Genau ihre Kragenweite.

Sie stützte den Kopf in die Hand und fixierte ihn. »Klingt aufregend. Erzählst du mir davon?«

»Was möchtest du denn wissen?«

»Warum fliegst du?«

»Weil ich dafür geboren wurde.«

Paula schmunzelte über die Formulierung. »Ziemlich viel Pathos, findest du nicht? Damit wärst du beim Bund gut aufgehoben.«

»Habe ich schon alles hinter mir. Mein jetziger Job wird um Längen besser bezahlt, und ich kann hier leben.«

»Noch einer, der die Insel liebt.« Sie grinste und trank von ihrem Wein.

»Du bist also nicht zum ersten Mal hier?« Interesse glomm in seinen Augen auf, und er drehte sich halb zu ihr um.

»Nein.«

»Und ... tatsächlich ohne Begleitung?«

»Ja.«

Er lachte leise und schüttelte den Kopf. »Ein weiblicher Tourist in deinem Alter – und auch noch allein unterwegs – ist auf Helgoland eine echte Seltenheit.«

Sie zuckte die Schultern. »Wenn die anderen keine Ahnung haben ...«

»Das finde ich auch! Wir Helgoländer Männer sind eine Reise wert.«

»Ach so?« Paula hob eine Augenbraue.

»Findest du nicht?«

»Ich hatte bis jetzt noch keine Gelegenheit, einen echten Helgoländer näher kennenzulernen.«

»Das lässt sich ändern.« Jan grinste ihr frech ins Gesicht, legte zwei Fingerspitzen auf ihren Unterarm und strich Richtung Ellbogen über ihre Haut. Sämtliche Nervenenden reagierten.

Sie folgte der Berührung mit den Augen, sah auf und begegnete seinem herausfordernden Blick. Zwei Sekunden lang wog sie alles gegeneinander ab, dann fällte sie ihre Entscheidung. Sie lächelte ihn an. »Wenn ich dich nicht zum Frühstück einladen muss ...«

Das Grinsen wurde noch ein wenig breiter. »Keine Angst, ich bin vorher weg, wenn du das möchtest.«

Wollte sie das?

Sie nickte. »Ich glaube, ich muss jetzt nach Hause.«

»Dann bringe ich dich heim. Es ist schon dunkel, nicht, dass du dich verläufst.«

»Das wäre natürlich eine Katastrophe.« Sie hob die Hand in Richtung Barkeeper. Als er sie ansah, bat sie um die Rechnung.

Jan legte Geld neben sein Glas, klopfte auf den Tresen und verabschiedete sich von Personal und den Gästen neben ihm. Der Barkeeper grinste und schüttelte den Kopf, sein Blick sagte alles.

Aha! Der Hubschrauberpilot fand hier also nicht zum ersten Mal eine neue Bekanntschaft.

Paula zuckte innerlich die Achseln und sah den Mitarbeiter mit der Rechnung auf sich zukommen, während Jan zur Tür ging. Ihr konnte es egal sein, sie wollte nur sehen, ob die Chemie zwischen ihnen so gut war, wie das Prickeln versprach. Wenn ja, würde sie es eine Nacht lang genießen. Wenn nicht ... nun, dann würde sie ihn schnell hinauskomplimentieren.

Sie zahlte, steckte das Wechselgeld ein und verabschiedete sich. Jan hielt ihr die Tür auf und ließ ihr den Vortritt. An der Straßenecke holte er sie ein und sah auf die Uhr.

»Wo wohnst du?«

»Haus *Dünenblick*.«

»Okay, wenn wir uns beeilen, erreichen wir noch den letzten Fahrstuhl.« Er nahm ihre Hand und marschierte los.

Paula lachte. »Es gibt auch eine Treppe.«

Er grinste sie an. »Ich will mich doch nicht schon vorher verausgaben.«

In ihrem Bauch begann sich ein Glühen auszubreiten.

Auf dem Weg sprachen sie kein Wort. Der Fahrstuhlführer, ein älterer Mann mit schmalem Vollbart und Wollmütze, nahm Geld und Mehrwertkarte entgegen, sah von ihr über ihre verschränkten Hände zu Jan und hob eine Braue.

Der Pilot grinste ihn nur an, dann hielt die Kabine, und die Türen öffneten sich. Da keine Eile mehr nötig war, schlenderten sie von Lichtinsel zu Lichtinsel. Rundherum war es fast schwarz und so still, wie es nur auf einer autofreien Hochseeinsel sein konnte.

Sie schlichen sich ins Haus, die Treppe hinauf und in ihr Zimmer. Paula knipste die Nachttischlampe an, drehte sich um und sah, wie er seine Fliegerjacke über die nächste Stuhllehne hängte. Darunter trug er ein eng anliegendes hellgraues Shirt mit langen Ärmeln, das seinen definierten Oberkörper betonte.

Jan sah sie an, kam auf sie zu. Sein Blick war direkt und dunkel, und die Verheißung darin ließ sie erschauern. Sie hatte gerade noch Gelegenheit, ebenfalls ihre Jacke auszuziehen, dann war er bei ihr. Seine Finger strichen über ihren Hals, die Kehlgrube und zu ihren Brüsten hinab. Sein Mund senkte sich auf ihren, und ihre Zungen trafen ohne Umschweife aufeinander.

Oh ja, manchmal liebte sie es direkt. Und ganz besonders, wenn die Erregung gleich darauf so heftig durch ihren Körper schoss.

Er war bestimmt zwanzig Zentimeter größer als sie, weshalb sie sich strecken musste, um ihm die Arme um den Hals zu legen. Jan hob sie hoch und presste sie gegen die Wand. Sie schlang die Beine um seine Hüften, verhakte die Knöchel. Seine Hände glitten unter ihr Shirt und über ihre Seiten nach oben, zu ihren Brüsten. Ihre Nippel zogen sich zusammen, reagierten auf seine sanfte, heiße Berührung. Zwischen ihren Schenkeln spürte Paula seine wachsende Erregung, und sie presste sich dagegen.

Jan stöhnte in ihren Mund. Ihre Finger fuhren durch sein Haar und zogen seinen Kopf zurück, bis er sie ansah.

»Denk dran, morgen früh …« Ihre Stimme war heiser.

»Schon klar«, stieß er hervor und presste seinen Mund wieder auf ihren.

Das Temperament seines Kusses übertrug sich auf sie und schlug in einer Welle der Erregung über ihr zusammen. Paula ließ sich fallen.

Kapitel 3

Runa

Der vertraute Jingle von »Radio BOB! Schleswig-Holstein« erklang direkt nach dem Einschalten des Radios. Runa lächelte, ein warmes Gefühl von Nostalgie sprudelte in ihr hoch. Solange sie auf Helgoland gelebt hatte, hatte sie entweder deren Rockmusik gelauscht oder »The Rock – Radio Helgoland«. Himmel, wie lange hatte sie keine Musik dieses Genres mehr gehört! Wenn sie Glück hatte, verjagte sie auch den Gedanken, den sie seit dem Aufstehen nicht mehr aus dem Kopf bekam.

Stefan hatte sich nicht gemeldet.

Sie schaltete den Kaffeevollautomaten ein und begann, das kleine Frühstücksbüfett auf dem freistehenden Küchenblock zu arrangieren.

Oben wurde eine Tür geschlossen, dann erklangen schwere Schritte auf der Treppe. Sie runzelte die Stirn und warf einen Blick auf die Radio-Uhr, 7:46 Uhr. War ihr Gast etwa schon auf?

Sie registrierte, dass die Schritte im unteren Flur angekommen waren, sich dann aber nicht mehr rührten. Ein paar Sekunden später kamen sie näher.

Runa sah auf und zuckte zusammen, sie umkrampfte den Griff des Käsemessers, das sie gerade auf den Käseteller legen wollte.

»Runa? Bist du das?«

Der Mann trat ins Licht der Küche, und ihr entschlüpfte ein erleichterter Seufzer, dass es kein Fremder war. Dann lachte sie. »Ja, Jan, ich bin's.« Sie ließ das Messer auf die Arbeitsfläche fallen.

»Mensch, was machst *du* denn hier?« Mit einem breiten Grinsen im Gesicht kam er zu ihr und zog sie in eine Umarmung. Sie hielt ihn genauso fest, die Augen geschlossen, und ihr wurde bewusst, wie sehr sie ihn die letzten Jahre vermisst hatte.

Er ließ sie los und grinste. »Tut echt gut, dich zu sehen.«

»Geht mir genauso.« Erst jetzt wurde ihr klar, woher er kam. Runa stutzte, blickte von ihrem Jugendfreund zur Decke und wieder zurück in sein Gesicht. Er fuhr sich mit einer verlegenen Geste durchs Haar.

»Aah, ich verstehe ...« Es hatte sich also nichts geändert. Sie lächelte und holte zwei Kaffeetassen aus dem Schrank. »Trinkst du trotzdem noch einen Kaffee mit mir?«

»Ehrensache.« Er hängte seine Jacke über einen Stuhl und kam zurück in den Küchenbereich. Zielstrebig ging er auf den Schrank zu, in dem sich die Zuckerdose befand, und nahm sie heraus.

Sie lachte. »Wie ich sehe, hast du es nicht vergessen.«

»Ich kenne doch Petra, die verändert hier nichts! Wo ist sie überhaupt?«

Runa wählte den Pott Kaffee für ihn, und das Mahlwerk setzte sich hörbar in Gang. »Hast du nicht von ihrem kleinen Unfall gehört?«

Jan schüttelte den Kopf und lehnte sich mit verschränkten Armen seitlich gegen die Arbeitsfläche. »Was ist passiert?«

Sie reichte ihm die Tasse und wartete auf ihren Cappuccino, während sie ihn auf den aktuellen Stand brachte.

»Und du bleibst jetzt hier, bis dein Vater wiederkommt?«

Sie nickte, nahm ihre Tasse und setzte sich mit ihm an den nächsten Tisch. »Ich hatte für heute Nachmittag geplant, dich anzurufen. Seit wann bist du wieder auf der Insel?«

»Sag nicht, Petra hat es dir nicht erzählt.« Er leckte den Löffel ab, legte ihn auf den Unterteller und nippte an dem heißen Getränk.

»Doch, bestimmt. Aber ich hab's vergessen, tut mir leid.«

»Seit gut drei Jahren.«

»Und wir haben es nie geschafft, uns zu treffen, wenn ich hier war. Noch mal sorry!« Sie grinste schief.

Jan tätschelte ihre freie Hand. »Ist schon okay, ich bin ja nicht besser.«

»Wie geht es deinen Eltern? Ihr habt doch damals praktisch die Wohnungen getauscht, oder? Daran kann ich mich gerade noch erinnern.«

Er nickte, dann schüttelte er den Kopf. »Die Demenz meiner Mutter ist inzwischen sehr weit fortgeschritten. Sie ist ziemlich schnell ins Heim gekommen, und Papa hatte Glück, dass sein Chef ihn nach Bremerhaven versetzen lassen konnte. So kann er arbeiten und ist in ihrer Nähe.«

Runa seufzte. »Wenn man hier lebt, ist alles so verdammt aufwendig! Spontaneität gibt es im hiesigen Wortschatz nicht.«

Er schnalzte mit der Zunge. »Du solltest nicht mehr …« Er verstummte, legte den Kopf schief und lauschte. Oben erklangen Schritte. Ein Schatten von Bedauern huschte über sein Gesicht, dann setzte er sich auf und trank den Kaffee aus.

»Tut mir leid, aber ich muss gehen.« Jan zog ein Stück Papier und einen Kugelschreiber aus der Tasche und kritzelte ein paar Zahlen darauf. Dann schob er ihn rüber.

»Hier, das ist meine neue Handynummer. Schick mir deine, ja?«

»Klar, mache ich.« Verblüfft sah sie auf die Rückseite einer Einkaufsquittung und wieder auf ihn.

»Bis dann!« Er erhob sich, schnappte sich seine Fliegerjacke und floh durch den Flur. Die Tür zog er möglichst leise ins Schloss.

Gleich darauf fiel die Tür von Zimmer Zwei zu, und ihr Gast kam mit viel Schwung die Treppe herab.

Paula

Das Geräusch der Klospülung holte sie aus dem Schlaf. Im ersten Moment wusste sie nicht genau, wo sie war oder was es mit dem Badezimmergeräusch auf sich hatte, doch dann erinnerte sie sich. Sie war auf

Helgoland – und hatte die erste Nacht nicht alleine verbracht. Sie lag auf dem Bauch und ins Kissen gekuschelt, die Bettdecke bedeckte nur ihren Hintern. Sie war noch immer nackt.

Paula wollte sich umdrehen und in der Decke vergraben, doch in diesem Moment öffnete sich die Badezimmertür, also stellte sie sich schlafend. Sie hörte, wie Jan die Schuhe anzog, äußerst leise. Dann einen Augenblick Stille und vorsichtige Schritte. In ihre Richtung.

Ganz nah vor ihr blieb er stehen, sein Duft wehte ihr entgegen. Und brachte Erinnerungen mit sich, Szenen der letzten Nacht. Sein Mund, überall auf ihrem Körper, genauso wie seine Hände. Die eisblauen Augen, die keinen Hehl aus seiner Lust machten.

Unvermittelt beugte er sich zu ihr hinab, sie spürte die Bewegung, seine Wärme.

Was tat er? Wollte er sie zum Abschied küssen? Panik stieg in ihr auf, doch sie schaffte es, keine Reaktion zu zeigen.

Und dann waren da seine Lippen in ihrem Nacken, nur ein Streicheln. Er rieb mit der Nase über die empfindliche Haut, vergrub sie in ihrem Haar und atmete einmal tief ein. Ein Murmeln drang an ihr Ohr, das wie »Bis bald!« klang, doch das konnte sie sich auch eingebildet haben.

Denn als Jan das Zimmer verließ, spürte sie eine Spur von ... Schmerz. Ein seltsames Verlustgefühl. Ja, sie hatte vorher klargestellt, dass es nur ein One-Night-Stand war, auch um sich selbst zu schützen. Deshalb wunderte sie sich über ihren aufkommenden Wunsch, sie wären zusammen aufgewacht.

Paula schlug die Augen auf, blinzelte und starrte auf die geschlossene Tür. Was für ein totaler Quatsch!

Vermutlich war es nur eine Form von Katzenjammer. Jan war ein aufmerksamer und großzügiger Liebhaber gewesen, der darauf achtete, dass sie auf ihre Kosten kam.

Sie schmunzelte und drehte sich auf den Rücken, streckte sich. Vielleicht konnten sie es auf einen Two- oder Three-Night-Stand ausweiten, wenn sie sich wieder über den Weg liefen. Sie hatte schon lange nicht mehr so guten Sex gehabt, was also sprach dagegen, das auszunutzen?

Paula sprang aus dem Bett und unter die Dusche, dann in Jeans und T-Shirt. Sie fühlte sich unfassbar gut, voller Energie, das konnte sie heute ausnutzen. Aber erst einmal musste sie dringend frühstücken. Sie eilte die Treppe hinunter, bog in den Frühstücksraum und strebte auf die Küche zu.

Runa saß an einem der Tische, eine Tasse vor sich, und sah sie nachdenklich an.

»Guten Morgen!« Paula strahlte, dann fiel ihr Blick auf die zweite Tasse, und ihr Lächeln bröckelte. Hatte Runa etwa mit Jan einen Kaffee getrunken? Kannten sie sich näher? Musste sie jetzt irgendetwas dazu sagen? Hitze stieg in ihr auf, und sie drängte das ungute Gefühl beiseite.

»Guten Morgen, Paula! Wie war Ihre erste Nacht auf der Insel? Haben Sie gut geschlafen?« Ein Schmunzeln umspielte Runas Lippen, als sie aufstand, die beiden Tassen mitnahm und sie in die Spüle stellte.

»Ähm, ja, vielen Dank.«

»Das freut mich. Soll ich Ihnen zeigen, wo alles steht?«

Paula nickte und folgte ihren Hinweisen Schrank für Schrank.

»Wenn Sie noch etwas brauchen, melden Sie sich einfach.«

Sie nahm sich einen großen Teller und belud ihn mit Brötchen, Butter, Käse und Konfitüre und stellte ihn auf den Tisch, an dem Runa vorhin gesessen hatte. Dann nahm sie sich eine Tasse aus dem Schrank und wählte in Ermangelung eines Milchkaffees einen Latte macchiato.

Runa räumte die letzten Utensilien weg, hängte ihre Schürze an einen Haken und wandte sich ihr zu. »Bevor ich es vergesse ... Sie können auch eigene Lebensmittel im Kühl- oder Gefrierschrank unterbringen. Falls Sie mal hier essen wollen statt auswärts. Zettel drauf genügt.«

Paula lächelte. »Super, danke! Vielleicht leisten Sie mir bei Pizza und Rotwein Gesellschaft? Wie wäre es mit Montagabend, ich lade Sie ein.«

Runa lachte. »Hört sich gut an, und ich habe auch noch nichts vor.«

»Welche Sorte?«

»Salami oder Tomate-Mozzarella, ich bin da flexibel.«

»Okay.« Paula lehnte sich mit dem Hintern gegen die Arbeitsfläche, nippte an ihrem Kaffee und sah sich um. »Bin ich der einzige Gast?«

»Im Moment, ja. Heute Mittag kommt noch ein Gast, die nächsten dann am Karfreitag.«

»Dann lassen Sie uns doch zusammen frühstücken! Falls Sie das noch nicht getan haben.«

»Okay, ein wenig Zeit habe ich noch, dann muss ich mich um die Pension kümmern.« Runa ließ sich noch einen Cappuccino zubereiten und nahm sich ein Schälchen Müsli mit Joghurt mit zum Tisch.

Paula erzählte ihr von ihren Urlauben auf Helgoland und wollte unbedingt wissen, wie es war, hier aufzuwachsen. Sie lechzte nach Details zum Inselleben.

Erst als Runa sich verabschiedete, um ihre Aufgaben in Angriff zu nehmen, wurde Paula klar, dass sie in Runas allgemeinen Ausführungen nach Hinweisen zu Jan gesucht hatte.

Sie lehnte sich zurück und starrte aus dem Fenster. Was, zum Teufel, ging in ihr vor?

Runa

Sobald Paula verschwunden war, drehte sie das Radio lauter und wirbelte durchs Erdgeschoss. Sie räumte die Küche auf, nahm die Gardinen im Frühstücksraum ab und stopfte sie mit Bleichmittel in die Waschmaschine. Wenigstens waren sie aus einem Gewebe, das sie später nicht bügeln musste. Es würde ausreichen, sie in nassem Zustand wieder aufzuhängen.

Dann räumte sie die Fensterbänke ab, putzte und entstaubte sämtliche Dekorationsgegenstände. Zwar hatte sie keinen grünen Daumen, doch zumindest konnte sie Abgestorbenes entfernen und die Pflanzen wässern und düngen.

Im Anschluss kontrollierte sie noch einmal Zimmer Drei und setzte sich dann an ihren Laptop, um ihrer eigenen Arbeit nachzugehen. Suse und sie hatten am vergangenen Abend noch telefoniert und abgesprochen, wie die nächsten zwei Wochen laufen sollten.

Sie bemerkte gar nicht, wie schnell die Zeit verging, das Klingeln an der Tür riss sie schließlich aus ihrem versunkenen Zustand. Sie strich sich die Haare glatt, zupfte die Bluse zurecht und eilte zur Tür. Im ersten Moment sah sie den neuen Gast nur von hinten und fühlte sich prompt an Keanu Reeves erinnert. Die gleiche Statur, das dunkelbraune, mittellange Haar, wie bei einem rausgewachsenen Schnitt. Und während er sich umdrehte, fuhr er sich mit einer Hand hindurch und strich es nach hinten. Das Schilfgrün seiner Augen und die dunkle Melancholie darin trafen sie so unvorbereitet, dass sie für einen Augenblick alles vergaß.

»Frau Eggers?« Seine Stimme klang spröde, er räusperte sich.

»Äh, ja, Runa Eggers. Herr Ferle?« Sie streckte ihm die Hand entgegen.

Einen Augenblick sah er darauf hinab, dann schüttelte er sie und nickte.

Runa blinzelte, der angenehme Schauer, der ihren Arm hoch und durch ihren Körper rieselte, verwirrte sie. Sie sah ihm in die Augen und fand dort die gleiche Verblüffung.

»Ähm … kommen Sie doch bitte herein!«

Zu seinen Füßen stand eine alte lederne Reisetasche. Er nahm sie mit der Linken auf und rückte mit der Rechten den Gurt seiner Laptoptasche auf der Schulter zurecht. Hatte er sich etwa Arbeit mitgebracht? Oder konnte er nicht ohne Internet auskommen?

Sie trat aus dem Weg, musterte seinen Aufzug aus abgewrackter Lederjacke, ausgeblichenen Jeans und kaputten Turnschuhen. Ihre Augen huschten noch einmal zu der modernen und teuer wirkenden Laptoptasche, die gar nicht zu seinem restlichen Aufzug passen wollte. Runa schloss die Tür und bat ihn, ihr nach oben zu folgen.

Felix Ferle stellte seine Taschen in eine Ecke und lauschte aufmerksam ihrer kleinen Einweisung. »Haben Sie etwas dagegen, wenn ich umräume?«, fragte er schließlich.

Sie hob die Brauen. »Äh, ich verstehe nicht …«

»Ich brauche den Tisch vor dem Fenster.«

»Nun ja, wenn am Ende alles wieder so steht wie jetzt ...«

Er nickte. »Natürlich.«

»Gut. Frühstück gibt es von acht bis zehn, und Sie können Kühl- und Tiefkühlschrank gerne für eigene Lebensmittel nutzen. Und natürlich dementsprechend die Küche benutzen.«

Er wandte sich zu der kleinen Teeküche um und schien abzuwägen, inwiefern er auf ihr Angebot zurückkommen musste. »Okay, danke.«

»Gut, wenn irgendetwas ist, einfach melden. Hier ist Ihr Schlüssel, er passt auch für die Haustür.«

»Danke!« Er nahm ihr den Schlüssel ab.

»Okay, dann ... wünsche ich Ihnen einen angenehmen Aufenthalt.«

Er nickte nur und starrte aus dem Fenster, als sie an ihm vorbeiging.

Auf dem Flur blieb sie stehen und atmete tief durch. Irgendetwas an ihm machte sie nervös. Ein paar Sekunden dachte sie darüber nach, doch sie konnte nicht benennen, was es war. Also schüttelte sie den Kopf und kehrte an den Schreibtisch zurück. Kaum unten angekommen, hörte sie ihn herumräumen.

Runa schmunzelte und weckte ihren Laptop aus dem Energiesparschlaf, um wenigstens den letzten Punkt ihrer heutigen To-do-Liste abzuarbeiten. Sie drehte das Radio lauter und vertiefte sich in die Kontrolle eines Jahresabschlusses. Die Unterlagen waren bestens vorbereitet, wie erwartet, und so dauerte es keine Stunde, bis sie den Computer runterfuhr und zuklappte.

Sie lehnte sich zurück und streckte die Arme nach oben, drehte den Kopf hin und her, um die Nackenmuskeln zu lockern. Dabei fiel ihr Blick auf die Waschmaschine.

Mist, sie hatte die Gardinen vergessen!

Sie nahm die kleine Leiter aus ihrem Versteck, stellte sie vor dem Fenster ganz rechts auf und holte den ersten Vorhang. Die Rädchen ins Rail einzufädeln, war äußerst mühsam, auch weil ihr eigentlich eine weitere Sprosse auf der Leiter fehlte, um ihre nicht ausreichende Größe auszugleichen. Nach dem letzten Rädchen seufzte sie und wischte sich den Schweiß von der Stirn. Sie wusste schon, warum sie in ihrer Wohnung nur Faltenrollos angebracht hatte!

Runa rückte die Leiter ein Stück vor, nahm die nächste Gardine aus der Maschine und stieg wieder hinauf. Eines der Rädchen in der Mitte klemmte, und sie streckte sich, stellte sich auf die Zehenspitzen, um es einzufädeln. Verdammt, warum funktionierte das nicht?

»Brauchen Sie Hilfe?«, erklang es gleich hinter ihr.

Sie zuckte zusammen, geriet ins Wanken und schrie auf. Ihre Hände ruderten Halt suchend durch die Luft, doch sie verlor die Balance, geriet in Schieflage und kippte nach hinten. Der Schweiß brach ihr aus, sie ächzte.

Noch in der Luft packte sie jemand an den Hüften und stellte sie wieder aufrecht, ihre Finger klammerten sich um den oberen Bügel.

»Um Himmels willen!« Erst jetzt wurde ihr bewusst, dass es eine männliche Stimme war.

Runas Beine zitterten so sehr, dass sie es kaum von der Leiter schaffte. Wieder stützten sie die Hände, und auf dem Boden angekommen sah sie auf. Zu ihrem neuen Gast.

»Vielen Dank!« Sie ließ sich auf dem nächstbesten Stuhl nieder und schloss die Augen. Sie hörte ihn in die Küche gehen, Schranktüren öffnen und schließen, dann den Wasserhahn betätigen.

Als er ihr ein Glas hinstellte, sah sie ihn an. Er wirkte verstört. »Es tut mir leid, ich wollte Sie nicht erschrecken. Das hätte ins Auge gehen können.«

Sie nickte, griff nach dem Glas Wasser und trank es in einem Zug aus.

»Geht es wieder?«

»Ja danke.« Runa schaute ihn an und versuchte ein Lächeln.

Felix Ferle sah zur Leiter und runzelte die Stirn. »Die Leiter ist viel zu klein für Sie.«

»Das befürchte ich auch«, erwiderte sie, behielt aber für sich, dass die Gardinen womöglich genau deswegen so lange nicht mehr gewaschen worden waren. Weil ihre Eltern nicht größer waren als sie.

Er ging hinüber, stieg hinauf und besah sich das System. Dann fädelte er die Rädchen in die Schiene.

»Was machen Sie denn da?« Sie erhob sich. »Das geht doch nicht.«

»Klar geht das! Wenn ich Sie schon fast zum Absturz bringe, kann ich Ihnen auch helfen. Damit das nicht noch einmal passiert.« Er stieg hinab, verrückte die Leiter und schob die Ärmel seines Shirts bis über die Ellbogen hinauf. »Wo finde ich die nächsten Vorhänge?«

»Ich hole sie.« Runa seufzte und eierte zur Waschmaschine. Mit drei weiteren Gardinen kam sie zurück, das Zittern ihrer Beine hatte nachgelassen.

Ihr Gast stieg erneut die Leiter hinauf, ließ sich eine Gardine geben und hängte sie Rädchen für Rädchen auf. Bis alle an ihrem Platz hingen.

»Vielen Dank für Ihre Hilfe, Herr Ferle!« Sie wartete, bis er auf dem Boden stand, und klappte die Leiter zusammen.

»Keine Ursache.« Er zuckte die Schultern und wandte sich ab.

Sie nahm die Leiter auf und ging Richtung Hauswirtschaftsraum.

»Oh, bevor ich es vergesse. Können Sie mir irgendwelche Lokale empfehlen?«

Runa drehte sich zu ihm um und schürzte die Lippen. »Nicht wirklich. Ich bin nur vertretungsweise hier und habe seit Ewigkeiten nicht mehr in einem hiesigen Restaurant gegessen.«

Felix Ferle runzelte die Stirn. »Vertretung? Sie sagten doch, Sie seien Frau Eggers.«

Sie lachte. »Ja, aber Junior. Oh, aber einen Hinweis habe ich: Reservieren Sie früh genug einen Tisch! Die Restaurants sind klein und die Plätze heiß begehrt.«

»Okay, aber ich verstehe immer noch nicht. Sie haben Insiderwissen, sind aber nur die Vertretung. Klingen wie eine Einheimische, können aber keine Empfehlungen geben.« Er strich sich das Haar zurück.

»Ich bin hier aufgewachsen, lebe aber schon lange nicht mehr hier.«

»Ah, okay.« Er kaute auf seiner Unterlippe und sah aus dem Fenster.

Schweigen breitete sich aus, und sie musterte sein ovales Gesicht mit dem Kinngrübchen unter dem breiten, schmallippigen Mund. Die lange, schmale Nase mit der flachen Spitze stach besonders heraus und kam ihr bekannt vor. Sie runzelte die Stirn. Woher kannte sie das Gesicht?

Sie räusperte sich. »Kann ich Ihnen sonst noch behilflich sein? Sonst würde ich …«

Sein Kopf fuhr zu ihr herum. »Oh nein, vielen Dank! Ich will Sie auch gar nicht länger aufhalten.« Mit diesen Worten machte er auf dem Absatz kehrt, verschwand aus dem Raum und lief die Treppen hinauf.

Runa blinzelte und sah einen Moment auf den Durchgang zum Flur. Was für ein seltsamer Typ!

Paula

»Tschüs, schönen Feierabend!«

Paula ließ die Tür hinter sich zufallen und verharrte auf der obersten Stufe, um den Reißverschluss ihrer Jacke hochzuziehen. Sie hörte, wie der Schlüssel zweimal im Schloss herumgedreht wurde, und schob den Gurt ihrer Badetasche zurecht. Mit einem entspannten Seufzen machte sie sich auf den Heimweg. Vom Mare Frisicum schlenderte sie die Kurpromenade entlang und bog hinter der geschlossenen Biologischen Anstalt zum Ortskern ab.

Die vier Stunden in Schwimmbad und Sauna hatten sie durch und durch entspannt. Neben der abklingenden Wärme machte sich eine angenehme Müdigkeit in ihr breit, und sie beschloss, sich eine Kleinigkeit zu essen mitzunehmen und heute früh ins Bett zu gehen.

An einem Imbiss, der gerade schließen wollte, erwarb sie zwei Fischbrötchen und lief dann zum Fahrstuhl hinüber. Am Vormittag hatte sie bereits ein paar Einkäufe getätigt, sie konnte also auch ein Glas Wein zu ihrem Abendessen genießen.

Danach räumte sie ihre Badetasche aus und machte es sich mit Wein und Notizbuch auf der Couch gemütlich. Paula hatte die Gelegenheit genutzt und Gespräche mit anderen Urlaubsgästen geführt, Erfahrungen ausgetauscht, sie über ihre Unterkünfte ausgefragt. Die Informationen notierte sie objektgenau, um die Konkurrenz später besser analysieren zu können.

Nachdem sie das Notizbuch zugeklappt hatte, genoss sie die absolute Stille und ließ die Gedanken schweifen. Nebenan klappte die Tür, ganz leise, und sie hörte gedämpfte Schritte. Bad und zurück, das Rücken eines Stuhls. Schließlich Musik, aber nicht laut genug, um die Stilrichtung erkennen zu können. Was das wohl für ein Gast war? Bisher hatte sie ihn noch nicht zu Gesicht bekommen. War er beruflich hier? Machte er Urlaub?

Paula rutschte ein wenig tiefer in die Kissen.

Zu Hause, in ihrem Familienhotel, hatte sie dieses Spiel geliebt. Sie hatte in einer Ecke der Lobby gesessen, die ankommenden Gäste beobachtet und überlegt, wer sie waren und was sie in Cuxhaven taten. Auf diese Weise hatte sie sich die vielen einsamen Stunden vertrieben, wenn weder Freunde noch Familie Zeit für sie hatten. Viele Jahre lang.

Sie selbst wollte diesen Fehler niemals machen. Wenn sie eines Tages doch noch den Richtigen fand und eine Familie mit ihm gründete, dann würde ihr Hotel immer an zweiter Stelle kommen. Niemals sollten ihre Lieben sich einsam fühlen.

Kapitel 4

Runa

Keinen Ton hörte sie aus den Gästezimmern, offenbar schliefen beide Besucher noch.

Runa hängte die Jacke an die Garderobe und ging mit der Tüte in die Küche hinüber, in der sie das kleine Frühstücksbüfett bereits aufgebaut hatte. Sie legte die Brötchen und Croissants ins Körbchen und trat dann zum Kaffeevollautomaten. Während der ihr einen Cappuccino zubereitete, schaltete sie das Radio ein und träumte sich zum Fenster hinaus Richtung Düne.

Schließlich griff sie nach ihrer Tasse und wollte sie zum Mund führen.

»Guten Morgen!«

Mit einem leisen Schrei zuckte sie zusammen und verschüttete etwas von ihrem Cappuccino. »Scheiße!«, fluchte sie und setzte die Tasse hart auf dem Ablauf neben dem Spülbecken ab.

»Oh nein, das tut mir leid. Haben Sie sich verletzt?« Felix Ferle eilte an ihre Seite, drehte das kalte Wasser auf und hielt ihre Hand darunter. Da war er wieder, dieser Schauer.

Runa sah zu ihm auf. »Wie wäre es, wenn Sie ein Glöckchen tragen?«

»Vielleicht sollte ich das wirklich tun, wenn Sie schon so schreckhaft sind.« Ein sanftes Lächeln umspielte seine Lippen, während er sich um sie kümmerte. Er drehte das Wasser ab, trocknete die Haut und musterte ihre Hand. »Okay, keine Verbrennungen.«

Sie stieß die angehaltene Luft aus, sah auf ihre Hand in seiner, doch er ließ sie nicht los. Stattdessen schaute sie ihn an und begegnete diesem dunklen Grün, öffnete den Mund.

So unvermittelt, wie er erschienen war, ließ er ihre Hand los und trat zwei Schritte zurück. »Hätten Sie auch Tee für mich?«

Sie blinzelte. »Ähm, natürlich. Früchte, Kräuter, Helgoländer Lotsenmischung?«

»Ist die Lotsenmischung ein schwarzer Tee? Hört sich kräftig an.«

»Ja, das ist eine sehr kräftige Mischung. Ceylon und Assam.«

»Gut, dann die Lotsenmischung. Danke!«

»Kein Problem.«

Während sie Kännchen und Tasse vorbereitete, hörte sie ihn hinter sich hantieren. »Soll ich Ihnen vielleicht Rührei machen?«

»Nein danke, das reicht vollkommen.«

Sie runzelte die Stirn und löffelte Friesentee in die Kanne. Er klang ein wenig abweisend. Warum? Sie warf einen verstohlenen Blick in seine Richtung. Er setzte sich an den Tisch direkt im Fenstereck und aß, sah dabei hinaus zur Düne und wirkte vollkommen abwesend.

»Ich habe Sie gar nicht die Treppe herunterkommen hören«, meinte sie und brachte ihm das kleine Teetablett.

Felix Ferle bedankte sich mit einem Nicken. »Ich war draußen, spazieren.«

»An einem Sonntag? Konnten Sie nicht schlafen?«

»Nein, tatsächlich nicht.« Da war er wieder, dieser abweisende Unterton.

Himmel, war der launisch! Runa verdrehte innerlich die Augen. »Tut mir leid, ich wollte nicht neugierig wirken.« Sie trat zwei Schritte zurück und wollte sich gerade abwenden, da sah er sie an, blinzelte.

»Tut mir leid, ich war gerade ganz woanders. Ich bin keine Anteilnahme gewöhnt.«

Sie hob die Augenbrauen, wandte sich aber trotzdem ab und ging in die Küche zurück.

So langsam wurde der Typ ihr unheimlich.

Nachdem alles aufgeräumt und geputzt war, fiel ihr beinahe die Decke auf den Kopf. An diesen einsamen Sonntagen hatte sich aber auch nichts geändert! Die hatte sie schon als Teenager gehasst.

Kurz entschlossen schnappte sie sich Jacke und Schlüssel und lief zum Unterland hinunter, streifte durch die Straßen und sah sich den Veranstaltungsplan an. Nichts. Es war Nebensaison.

Runa seufzte, stemmte die Hände in die Hüften und sah sich um. Die geöffneten Türen eines Duty-free-Shops fielen ihr ins Auge. Sehr gute Idee, sie brauchte dringend Nervennahrung. Sie lief hinüber, trat ein und widmete dem Aufsteller mit Süßigkeiten ihre volle Aufmerksamkeit. Mittendrin lachte sie eine Tüte mit schwarzen und pinken, von Drageeperlen ummantelten Geleebeeren an. Ein Grinsen stahl sich auf ihr Gesicht und in ihrem Kopf keimte eine Idee auf.

Sie nahm sich zwei Tüten, bezahlte und zückte ihr Handy, sobald sie wieder vor dem Geschäft stand. Das Telefon ans Ohr gepresst lief sie zur Kurpromenade hinüber und wandte sich Richtung Nordstrand.

»Wick«, meldete sich sein Bass nach wenigen Freizeichen.

»Hallo, Halsbonbon!«

»Runa!« Jan lachte. »Was gibt's?«

»Hast du schon was vor, oder hast du Lust auf ein Treffen an unserem Lieblingsplatz?«

»Da sind sie wieder, zwei Doofe, ein Gedanke! Bin gerade auf dem Weg dorthin, fast da.«

»Okay, gib mir zehn Minuten.«

»Bis gleich!«

Runa stopfte Tüten und Handy in ihre Jackentaschen und erhöhte das Tempo. Sie durchquerte den Kurpark und trat dahinter auf den Betonweg. Der endete am Strand und ging in die schützende Mole über. An deren Ende konnte sie bereits Jans Silhouette erkennen.

Sie ließ sich neben ihm auf die Decke sinken, die er mitgebracht hatte, zog die Beine in den Schneidersitz und sah hinaus aufs Meer. Die Wolkendecke war aufgerissen und ließ ein paar wärmende Sonnenstrahlen auf ihre Rücken scheinen. Wie früher war das der einzige Ort, an dem sie der Inselkoller verschonte.

Schließlich griff sie in ihre Jackentasche, riss eine Tüte auf und hielt sie ihm lächelnd hin.

Jan sah von der Tüte zu ihr und zurück und lachte. »Das ist ja jetzt echt wie früher.« Er griff zu, öffnete die Hand und begann, die schwarzen Geleebeeren herauszupicken. Die pinken hielt er ihr hin.

Runa legte die Tüte in ihren Schoß, nahm die Beeren von seiner Hand und warf sich eine nach der anderen in den Mund.

»Die habe ich seit Ewigkeiten nicht mehr gegessen«, nuschelte sie zwischendurch.

»Ich auch nicht«, gab er zu, »aber sie schmecken auch nur hier und mit dir.«

Sie grinsten sich an und sahen wieder hinaus.

»Kommst du oft hierher?« Runa griff in die Tüte, nahm eine Handvoll heraus und sortierte, dann reichte sie ihm die schwarzen Süßigkeiten.

»Einmal die Woche vielleicht.«

»Und was machst du jetzt überhaupt hier? Mein letzter Stand ist, dass du beim Bund warst.«

»Ich fliege immer noch, hinaus zu den Windparks im Helgoland-Cluster.«

Sie nickte. »Die Idee war gut, Helgoland zur Offshore-Serviceinsel auszubauen.«

»Ja, und für meine Eltern und mich kam das gerade richtig.«

»Heißt das, du willst endgültig hierbleiben?« Sie sah ihn erstaunt an.

Er zuckte die Schultern, presste die Lippen aufeinander. »Keine Ahnung. Im Moment sieht es danach aus, aber die Entscheidung steht und fällt mit meinen Eltern. Oder besser gesagt, ihrem gesundheitlichen Zustand. Ein Umzug nach Norddeich steht auch noch im Raum, zu Thea.«

»Ich könnte das nicht«, murmelte sie, dachte an Jans ältere Schwester und warf sich zwei weitere Beeren in den Mund. Sie war auch aus Helgoland abgehauen, sobald sich die Gelegenheit dazu ergeben hatte.

»So habe ich früher auch gedacht. Aber inzwischen ist mir klar, dass ich überall leben kann, solange ich fliegen darf. Vorzugsweise in der Nähe des Meeres.« Jan musterte ihr Gesicht, bis sie ihn ansah. »Du hast deinen Frieden mit der Insel noch immer nicht gemacht, oder?«

»Nein.« Sie schüttelte den Kopf und schaute nach vorne.

»Petra hat mir erzählt, dass du eine gut gehende Steuerkanzlei hast.« Er schaute ebenfalls aufs Meer.

»Ja, zusammen mit meiner Freundin Suse. Es läuft wirklich gut.«

»Und privat? Kinder sind wohl nicht mehr in Sicht, was?«

»Dafür habe ich nicht den Richtigen gefunden. Außerdem ist es dafür mittlerweile zu spät.« Sie biss die Zähne aufeinander. Auch wenn es bis vor Kurzem noch möglich gewesen wäre, ihr Alter von siebenunddreißig war eine gute Ausrede.

»Bist du traurig deswegen?«

»Nein ... nein, ich glaube nicht.«

»Ich würde mir schon noch ein Kind wünschen oder zwei.«

Runa sah den verträumten Ausdruck auf Jans Gesicht und lächelte. »Nach deinem gestrigen Besuch zu urteilen sieht es nicht danach aus, als ob du bereits eine Frau dafür gefunden hättest.«

»Nein, die sind hier rar gesät, und von den Touristinnen will sowieso keine für immer bleiben.«

»Tja, mit Helgoland ist es nicht einfach. Aber an Land ist es genauso schwierig.«

»Hört sich an, als ob du auch Single wärst.«

Sie wiegte den Kopf. »Eigentlich nicht, aber ...«

»... du bist nicht glücklich«, ergänzte Jan.

Sie nickte und lächelte schmerzlich. Wie immer direkt ins Schwarze. »Es ist ... nicht das, was ich mir unter einer Beziehung vorstelle. Viel zu viel Pragmatismus und viel zu wenig ... Leidenschaft.«

»Also wie bei uns beiden.«

Runa warf ihm einen Blick zu, sie lachten. »Ja, wahrscheinlich.«

Von Kind an waren sie beste Freunde gewesen, auch als Teenager. Als die Hormone verrücktspielten, hatten sie es nach ein paar gescheiterten Abenteuern sogar mit einem Kuss versucht. Und waren enttäuscht worden. Kein Kribbeln, keine Gefühle. Nur Freundschaft, und die hatte sich dadurch sogar vertieft.

»Aber ein Freund ist er auch nicht, es gibt keine Vertrautheit.« Sie lehnte den Kopf an seine Schulter. Es fühlte sich an wie in ihrer Jugend, obwohl sie sich jahrelang nicht gesehen hatten. »Ich werde es beenden, wenn ich zu Hause bin.«

»Warum?«

Sie erzählte ihm von Stefan, ihrer Beziehung und ihrem letzten Telefonat.

»Ich glaube, du hast recht.« Jan legte ihr den Arm um die Schultern und zog sie an sich. »Er ist der Falsche.«

Runa nickte, sie schwiegen eine Weile.

»Ruf ihn an, jetzt.«

»Meinst du?«

»Ja.«

»Vielleicht sollte ich es lieber persönlich tun.«

»Es bringt nichts, das hinauszuzögern. Komm schon, ich bin bei dir, es kann dir nichts passieren, selbst wenn er ausfallend wird.«

Ihr Magen zog sich schmerzhaft zusammen, doch sie holte tatsächlich das Telefon hervor, mit Jan an ihrer Seite verspürte sie genug Mut, um es durchzuziehen. Sie wählte seinen Kontakt aus und tippte auf den grünen Hörer, stellte auf Lautsprecher. Nach kurzem Schweigen meldete sich sofort die Mobilbox, und Runa verspürte Enttäuschung. Sie hatte sich tatsächlich bereits darauf gefreut, gleich nichts mehr mit dieser Zweckverbindung zu tun haben zu müssen. Die kurze Zeit, die sie nun aus Hamburg fort war, hatte ihr bereits mehr vor Augen geführt als sämtliche Bedenken, die ihr zwischendurch mal gekommen waren.

»Kennst du dieses überwältigende Kribbeln, wenn man sich die ersten Male berührt?«, murmelte sie schließlich und steckte das Telefon weg.

»Ja.«

»Ich habe es seit Ewigkeiten nicht mehr gefühlt. Obwohl ...«

»Obwohl was?« Seine Neugier schien geweckt.

»Ach, ich weiß auch nicht. Der neue Gast gestern … bei der Begrüßung habe ich so einen ganz leichten Schauer verspürt.«

»Wart ab, ob du es wieder spürst. Und wenn er dir gefällt …«

Sie seufzte. »Keine Ahnung, ob er mir gefällt. Außerdem habe ich gerade genug um die Ohren.«

»Dann solltest du es vielleicht so machen wie ich, ein wenig Spaß, wo sich die Gelegenheit dazu bietet.«

»Dafür bin ich nicht der Typ.« Sie boxte ihn in die Seite und richtete sich auf, sein Arm rutschte von ihrer Schulter.

»Das weiß ich auch. Aber vielleicht ist es an der Zeit, über deinen Schatten zu springen. Soll ich mal nach Hamburg kommen und die Clubs mit dir unsicher machen?«

Sie warf den Kopf zurück und lachte. »Also, erstens kannst du nicht tanzen, und zweitens wird sich wohl kein anderer Mann trauen, wenn du neben mir stehst.«

Jan fuhr sich durchs Haar und grinste. »Ach, du meinst, weil ich so gut aussehe?«

»Nee, weil sie denken, wir hätten was miteinander.«

»Dann coache ich dich und gehe mit dir auf die Jagd. Ich bleibe auch im Hintergrund oder jage für mich selbst.«

Wieder musste Runa laut lachen, sie wischte sich die Tränen aus den Augen. »Wenn du das sagst, hört es sich so einfach an.«

»Manchmal ist es das, dann stimmt die Chemie.«

Sie beobachtete, dass er in Gedanken davondriftete, zählte eins und eins zusammen und stieß ihm den Ellbogen in die Rippen. »So wie Freitagnacht? Hat da auch die Chemie gestimmt?«

Jan sah sie an und grinste. »Und wie!«

»Wirst du sie wiedersehen?«

»Keine Ahnung, sie hat klar und deutlich gesagt, dass sie mich am nächsten Morgen nicht sehen will.«

»Aber vielleicht ein paar Tage später.«

»Mal sehen, ob wir uns noch einmal über den Weg laufen.«

Paula

Seit dem Frühstück war sie durch die Gastronomieszene der Insel gezogen. Sie hatte mit unzähligen Urlaubern geplaudert, älteren Paaren, jungen Familien, ein paar kleinen Gruppen. Viele von ihnen kamen regelmäßig nach Helgoland und kannten sich aus, dementsprechend gaben sie ihre Empfehlungen gerne an Paula weiter.

Über das *Inselkind* hatte sie fast nur Gutes gehört, genauso über einige kleinere Hotels und Pensionen. Auf der anderen Seite gab es ein paar Häuser, über die gemunkelt und gesprochen wurde. Auch über Haus *Dünenblick*.

Schlechte Propaganda machte die Runde, doch wenn man nachfragte, wusste kaum jemand einen triftigen Grund für die Gerüchte zu nennen.

Am Nachmittag machte Paula es sich in einem Café auf dem Oberland gemütlich, schräg gegenüber dem Fahrstuhl und mit Blick auf die kleine Schwesterinsel und das Meer. Bei Ostfriesentee und Kuchen notierte sie Eindrücke und Informationen in ihr Buch.

Und sie recherchierte bei Google Maps, wo sich die anderen Häuser mit schlechtem Ruf befanden. Sie fertigte eine grobe Skizze der Insel an, zeichnete die Adressen als Punkte ein und überlegte, welche Gemeinsamkeiten sie hatten. Dann besuchte sie deren Internetauftritte oder die auf der Helgoländer Seite, um das Bild zu vervollständigen. Sie musste herausfinden, was bemängelt wurde und ob das dem *Inselkind* auch passieren konnte.

Sie schob den leeren Teller zur Seite, schenkte sich Tee nach und sah aus dem Fenster, dann wieder auf ihr Notizbuch.

Neben Haus *Dünenblick* wurde über eine weitere Pension und vier Ferienwohnungen hergezogen. Ihre Pension und ein Haus mit zwei Ferienwohnungen befanden sich auf dem Oberland, die anderen beiden Häuser auf dem Unterland. Alle hatten Blick auf die Düne und wurden von den Inhabern geführt.

Paula lehnte sich zurück, verschränkte die Arme unter der Brust und sah wieder zum Fenster hinaus. Vereinzelt flanierten Touristen den Weg entlang.

Unvermittelt fuhr sie zusammen, als sie Runa und Jan erblickte, Seite an Seite. Sie redeten und lachten, schienen mehr als vertraut. Nur wenige Schritte weiter blieben sie stehen. Runa gestikulierte beim Reden in Richtung Pension, Jan schüttelte den Kopf und nickte in Richtung der Straße, die von dort aus in die Siedlung des Oberlandes führte. Sie zuckte die Schultern, und die beiden umarmten sich.

Paula beobachtete sein Gesicht, die geschlossenen Augen, und wie er sie hielt.

Es versetzte ihr einen Stich.

Der noch einmal heißer wurde, als die beiden sich mit einem Wangenkuss voneinander verabschiedeten und auseinandergingen.

Sie klappte das Notizbuch zu, kaute auf ihrer Unterlippe.

Sie musste herausfinden, was da zwischen den beiden lief.

Ein Knurren entwich ihrer Kehle. Nein, das musste sie *nicht*! Es ging sie nichts an.

Die Nacht war nur ein One-Night-Stand gewesen.

Und egal, wie perfekt es gewesen war, es war besser, wenn es bei dieser Einmaligkeit blieb.

Kapitel 5

Runa

Für einen Moment verharrte sie vor der Tür des Steuerbüros, rückte den Trageriemen ihrer Handtasche zurecht. Dann legte sie den Finger auf den Messingklingelknopf.

Drinnen erklang der Big Ben, doch es dauerte eine ganze Weile, bis sie einen Schatten hinter der gefrosteten Glastür ausmachen konnte. Hannes Nohse, ein Freund und der Steuerberater ihrer Eltern, öffnete persönlich die Tür und lächelte sie an.

»Runa, komm herein!« Er winkte sie näher, ließ sie dann selbst die Tür schließen und ging voran. »Im Wintergarten steht schon alles bereit.«

Sie folgte ihm durchs Wohnzimmer und hinaus auf die kleine Terrasse. Die Sonne schien vom klaren blauen Himmel durch die rundum geschlossenen Glasschiebetüren, wodurch sich eine angenehme Wärme entwickelt hatte.

Der ältere Mann, der die Güte eines Pastors ausstrahlte, schenkte ihnen beiden Kaffee aus der Thermoskanne ein und nahm dann Platz. Runa hängte Tasche und Jacke über die Stuhllehne und tat es ihm gleich.

»Wie geht es deiner Mutter?« Hannes schob ihr Milch und Zucker zu und nippte an seinem tiefbraunen Gebräu.

»So weit ganz gut, ich habe gestern Abend mit ihr telefoniert.« Sie gab beides in ihre Tasse und musterte ihn, während sie umrührte. Sie entschied sich, direkt auf den Punkt zu kommen. »Du weißt genau, wie es um die Pension steht.«

Er nickte und sah ihr in die Augen, sein Gesicht wirkte müde und traurig. »Ich habe bereits versucht, mit deinen Eltern zu reden, aber sie wollten nichts davon hören. Tun es mit einer vorübergehenden Flaute ab.«

»Es ist viel schlimmer als eine Flaute.«

»Ich weiß. Es ist gut, dass du da bist, vielleicht hören Sie auf dich.«

Runa nippte an ihrem Kaffee und lehnte sich zurück. »Mir haben sie doch auch nichts gesagt. Mama hat erst letzte Woche im Krankenhaus erwähnt, dass es nicht gut läuft. Aber nicht, wie lange schon.«

Der Steuerberater seufzte und schüttelte den Kopf. »Deine Eltern sind nicht die Einzigen, die mit der schwierigen wirtschaftlichen Lage auf Helgoland zu kämpfen haben. Die Abschaffung der Börteboote, die rückläufigen Touristenzahlen …«

»Aber oben wird an vielen Ecken gebaut, Häuser mit Ferienwohnungen. Und die Hotels …«

Er winkte ab. »Es fehlt der Nachwuchs, also, touristisch gesehen. Die Älteren werden weniger, und es kommen kaum Jüngere nach, keine Familien.«

»Ich dachte, die Kurverwaltung arbeitet daran.«

»Ja, das tut sie, sehr intensiv sogar, aber es geht nur langsam voran. Und man muss mit der Zeit gehen, etwas anbieten, im Gespräch bleiben.«

»Und unsere Pension hinkt hinterher.«

Hannes Nohse wirkte peinlich berührt. »Ich wollte es nicht so sagen.«

»Ich bin nicht blind.«

»Nein. Das weiß ich.«

Sie kaute auf ihrer Unterlippe. »Haben meine Eltern deshalb mit Helgoland Immobilien zusammengearbeitet?«

»Vermutlich. Das tun inzwischen einige.«

»Aber ich konnte in den Unterlagen nicht sehen, dass das von Erfolg gekrönt ist.«

»Nein, nicht wirklich. Es kursieren Gerüchte, weißt du?« Er trank seinen Kaffee aus, schenkte nach und hielt die Kanne in ihre Richtung. Runa nickte, trank ebenfalls aus und hielt ihm die Tasse hin.

»Gerüchte worüber? Unsere Pension?«

»Auch. Nicht nur. Es betrifft ein paar der kleineren, altbackenen Häuser, sie seien nicht mehr zeitgemäß. Du weißt doch, wie die Touristen sind. Es soll immer schick und gemütlich sein. Da ist es dann egal, ob ihr WLAN anbietet oder einen tollen Blick auf die Düne.«

»Und die größeren Hotels investieren regelmäßig, das habe ich schon bemerkt. In einem der Hotels am Südstrand habe ich neulich gesehen, dass das gesamte Dachgeschoss entkernt wird.«

»Ja, Jansens bauen es aus, als Abschluss der umfangreichen Renovierungsarbeiten im Winter.«

Das Gespräch versiegte, und einen Moment hingen sie ihren Gedanken nach und tranken Kaffee.

»Meinst du, meine Eltern kriegen das wieder hin?« Runa sah den alten Freund an.

Er kratzte sich am Bart. »Das hoffe ich doch! Aber sie müssen etwas verändern, moderner werden. Und ein bisschen Werbung machen.«

Sie stieß Luft aus, fühlte den Druck auf ihren Schultern. »Ich habe befürchtet, dass du so etwas sagen würdest.«

Kaum stand Runa vor der Haustür der Pension, entschied sie sich fürs Weitergehen. Sie brachte ihre Handtasche ins Haus und marschierte dann zum Klippenrandweg. Dort verlangsamte sie das Tempo, steckte die Hände in die Jackentaschen und versank in ihren Grübeleien.

Viele Jahre lang hatte sie sich nicht für die Eigenheiten und Entwicklungen der Insel interessiert, später nur halbherzig den Informationen gelauscht, die ihre Mutter ihr zukommen ließ. Ob es an ihrem Verhalten lag, dass ihre Eltern ihr nicht von ihren Problemen erzählt hatten? Meinten Sie etwa, sie würde sich nicht für die Pension interessieren? Sie fühlte Ärger in sich aufsteigen, doch sie musste ehrlich sein, erst recht zu sich selbst.

Nein, sie hatte keine wirkliche Begeisterung für das Leben ihrer Eltern gezeigt. Kein Wunder, dass sie ihr die Negativentwicklung der Pension verschwiegen hatten.

Und jetzt? Was sollte sie tun? Wenn sie doch nur eher davon erfahren hätte, sie hätten viel früher gegensteuern können!

Runa blieb auf der Plattform vor der Langen Anna stehen und blickte zu dem bröckelnden Brandungspfeiler hinüber. Sein Erhalt war aufgegeben worden, denn jeglicher Betonschutz um den untersten Teil des Sockels würde länger währen als das Gestein selbst. Irgendwann wäre der Fuß so schmal, dass alles zusammenbrach.

Der stramme Wind riss an ihr, löste Strähnen ihres Haars aus dem Zopf und wehte sie ihr ins Gesicht. Die Insel hatte vieles durchgemacht und 1947 sogar die von den Briten versuchte Zerstörung der Bunkeranlagen überstanden, die auch den Rest Helgolands hätte vernichten können. Nur damit Wind und Wasser täglich an ihr nagen konnten. Und die Umwelt hatte sich unter Einfluss des Menschen noch zusätzlich nachhaltig verändert.

Ihr Blick glitt über die Vogelkörper oben auf dem Felssockel und in dessen Wänden.

Die Basstölpel nutzten die Lange Anna und andere Klippenvorsprünge als Brutplätze. Vogelkundler aus aller Welt kamen nach Helgoland, weil sie den Seevogel und einige Verwandte hier aus kurzer Distanz beobachten konnten. Doch auch hier gab es Opfer zu beklagen, die am Ende einer von Menschen ausgelösten Ursachenkette standen.

Sie schloss die Augen und spürte die Hilflosigkeit in ihrer Brust aufsteigen, die sie seit ihrer Jugend kannte. Wie aktiv hatte sie sich für den Vogelschutz engagiert, gegen die Fischer protestiert, wollte Umweltschutzorganisationen beitreten! Trotzdem waren ihr immer wieder die Hände gebunden.

Runa atmete tief durch und wandte sich ab, nahm ihren Spaziergang wieder auf. Zwei Klippenzungen weiter brütete eine Gruppe Basstölpel gleich hinter dem dürftigen Absperrzaun, sie blieb in einiger Entfernung stehen, um die Vögel zu beobachten. Ein Paar schnäbelte und balzte, andere betrieben Nestbau.

Einer von ihnen schlug wild mit den Flügeln und erregte ihre Aufmerksamkeit. Immer wieder breitete er die Flügel aus und wollte sich in die Lüfte erheben, doch irgendetwas hinderte ihn daran. Sie ging in die Hocke und kniff die Augen zusammen. Schließlich hatte sie das Problem entdeckt. Der Basstölpel hing in seinem Nest fest, ein Stück eines grünen Fischernetzes hatte sich um eine Kralle und ein paar Schwanzfedern zusammengezogen.

Verdammt!

Wut und Verzweiflung wallten in ihr auf. Wie jeder andere Müll auch wurden kaputte Fischernetze einfach über Bord geworfen, und da männliche Basstölpel unter anderem Treibgut aller Art sammelten, wurden sie direkt im Nest verbaut. Die Folge war, dass die Seevögel sich damit irgendwann ihr eigenes Grab fertigten, weil es wie eine Falle zuschnappen konnte.

Runa richtete sich auf und überlegte fieberhaft, wie sie dem Tier helfen konnte, suchte die kleine Kolonie ab, den Felsvorsprung. Nicht weit von dem flatternden Basstölpel fiel ihr ein halb verwestes Tier auf, ein verrottender Flügel stach von einem Fischernetz aus senkrecht in die Luft.

Tränen traten ihr in die Augen, sie biss die Zähne aufeinander. Sie musterte die dürftige Absperrung und prüfte, ob sie sich zwischen dem ersten und zweiten Draht hindurch und auf den Rand der Klippe schieben konnte. Ja, das musste gehen.

Sie begab sich auf Hände und Knie, drückte den unteren Draht nach unten und drängte den Oberkörper hindurch. Schob sich mit langsamen Bewegungen vorwärts. Die Tiere stießen empörte Schreie aus, hackten teilweise nach ihren Händen, rührten sich aber nicht.

»Ganz ruhig«, murmelte sie und tastete sich voran. Der Vorsprung wurde schmaler, und ihr brach der Schweiß aus. Sie hielt den Blick starr auf den gefangenen Vogel gerichtet.

Ihre nächste Bewegung scheuchte die Tiere unvermittelt auf. Runa zuckte zusammen, verlor die Balance und rutschte mit der rechten Hand weg, Gestein bröckelte und fiel über den Abgrund. Der Schrei blieb ihr in der Kehle stecken, ihre Finger krallten sich in den Dreck. Ihr wurde bewusst, dass sie sich nicht halten konnte und wie idiotisch sie sich verhielt. In einem letzten Aufbäumen griff sie hinter sich und tastete mit der freien Hand nach dem Draht.

Unvermittelt wurde sie an den Hüften gepackt und nach hinten gezerrt, dann prallte sie gegen einen Körper. Arme legten sich um ihre Taille und zerrten sie zwischen den Drähten hindurch. Sie landete unsanft auf einem rotstaubigen Flecken Gras, an diesen anderen Körper gepresst, dessen wilden Herzschlag sie an ihrem Rücken spürte.

»Sind Sie völlig verrückt geworden?«, schrie der Mann und ließ sie los.

Das Adrenalin ließ sie zittern und keuchen, als sie sich umdrehte.

Und Felix Ferle ins verzerrte Gesicht sah.

»Was haben Sie sich denn bei dieser scheiß Aktion gedacht?«, fuhr er sie an, packte sie bei den Oberarmen und schüttelte sie. Seine Augen waren weit aufgerissen.

Seine heftige Reaktion ließ Runa stammeln. »Ich ... ich wollte ... ihn befreien.«

»Und riskieren dabei Ihr Leben? Sind Sie total durchgeknallt?«

»Es ... ich ...« Ihr fehlten die Worte, das Zittern wurde heftiger.

»Los, kommen Sie!« Er sprang auf, zerrte sie an einem Arm hoch und zwischen ein paar tuschelnden Touristen hindurch zur nächstgelegenen Bank. Mit einer rabiaten Bewegung drückte er sie auf die Sitzfläche und ließ sich dann neben sie fallen. Beugte sich vor, stützte die Ellbogen auf die Knie und den Kopf in die Hände, die Finger im Haar vergraben.

Runa wagte es, ihn anzusehen, und ihr eigener Zustand rückte in den Hintergrund. Sein ganzer Körper schien zu beben, er atmete hektisch.

»Geht es Ihnen gut?«, fragte sie leise.

Felix schüttelte den Kopf, presste ein »Nein!« hervor.

»Aber ...«

Er riss den Kopf hoch und funkelte sie an. »Einen Moment lang habe ich gedacht, ich würde dabei zusehen, wie Sie abstürzen. So wie die anderen da!« Er sah zu den Schaulustigen hinüber, wies mit der Hand auf sie. Das Getuschel verstummte, dann zerstreuten sie sich.

Mit einem Mal schien seine Wut zu verpuffen. Er sackte in sich zusammen und lehnte sich hintenüber, schloss die Augen und raufte sich die Haare.

Runa ließ sich ebenfalls gegen die Lehne fallen, legte die Hände in den Schoß und starrte zum Horizont hinaus. Als die Erkenntnis über sie hinwegrauschte, stöhnte sie auf. »Danke! Ich weiß auch nicht, was da in mich gefahren ist.«

Da er nicht reagierte, fuhr sie schließlich fort. »Sie scheinen sich zu meinem Retter zu entwickeln.« Sie versuchte ein Lächeln und sah ihn an.

Er ließ die Hände sinken und erwiderte den Blick. Anstelle der Schwermut vom Anreisetag sah sie nun Aufruhr, der seine Augen verdunkelte. »Beim nächsten Mal bin ich aber vielleicht nicht in der Nähe, also lassen Sie diesen Mist!«, fauchte er.

Sie zuckte zurück, nickte und sah auf ihre Hände hinab. Himmel, wann hatte sie das letzte Mal eine solche Standpauke über sich ergehen lassen müssen? Sie konnte sich nicht daran erinnern, aber sie war berechtigt. Sie hatte vollkommen kopflos gehandelt.

»Ich glaube, ich brauche jetzt erst mal einen Schnaps«, murmelte er schließlich, stand auf und marschierte davon.

Runa hob den Kopf, öffnete den Mund, doch sie konnte ihm nur noch nachsehen.

»Ich auch.« Sie seufzte und machte sich auf den Weg zur Pension. Ihre Mutter hatte bestimmt noch irgendwo einen Sanddornlikör.

Paula

Am späten Nachmittag schmerzten ihre Füße so sehr, dass sie sich im nächstbesten geöffneten Lokal an einen Tisch setzte und sich einen Milchkaffee bestellte. Den ganzen Tag war Paula durch die Straßen gestreift, über die Promenaden und vorbei an sämtlichen belebten Ecken. Sie hatte garantiert mit allen Touristen geplaudert, die zurzeit Urlaub auf der Insel machten, und auch einige der Tagesgäste erwischt. Nun war sie bestens informiert über das gastronomische Angebot auf der Insel, die Qualität der Hotels und die Ausstattung der empfehlenswerten Ferienwohnungen.

Gleichzeitig hatte man sie in den Klatsch und Tratsch der Insel eingeweiht.

Die Kellnerin brachte ihren Kaffee, und sie bedankte sich mit einem freundlichen Lächeln. Sie nippte an dem heißen Getränk und ging in Gedanken das Gehörte durch. Es waren auch wieder jede Menge Gerüchte darunter gewesen, unter anderem alles Negative über die vier Häuser, von denen sie gestern schon gehört hatte. Dass die Behauptungen bei Haus *Dünenblick* nur in sehr geringem Maße zutrafen, hatte sie mit eigenen Augen gesehen. Okay, die Pension war nicht die modernste und konnte auch mal wieder etwas Farbe brauchen. Aber alles war gepflegt und sauber, die Möbel in sehr gutem Zustand. Sie konnte beim besten Willen nicht nachvollziehen, woher diese Hetzjagd kam, aber wenn die Fakten auch bei den anderen Unterkünften dermaßen verdreht wurden …

Paula seufzte und setzte die halb leere Tasse ab. Vielleicht konnte sie später mit Runa darüber sprechen, oder im *Inselkind* mehr erfahren, wenn sie morgen dort zum Abendessen einkehrte.

Nachdem sie den Kaffee ausgetrunken und bezahlt hatte, stattete sie dem Supermarkt auf dem Unterland einen Besuch ab. Wie alles andere war er zwar klein, doch man fand auf beengtem Raum alles, was das Herz begehrte. Sie kaufte zwei Tiefkühlpizzen, Mousse au Chocolat zum Nachtisch und zwei Flaschen Badischen Rotwein.

Zurück in der Pension, verstaute sie alles in der Küche und lief auf ihr Zimmer, um sich frisch zu machen und andere Schuhe anzuziehen.

Als sie kurz vor sechs in die Küche zurückkehrte, traf sie auf Runa, die gerade aus dem Privatbereich eintrat. Paula sog hörbar die Luft ein.

»Was ist denn mit dir passiert?«, entfuhr es ihr, und sie legte ihr eine Hand auf den Arm, jegliche Zurückhaltung war vergessen. »Komm, setz dich, du bist kalkweiß!«

»Mir steckt noch der Schreck in den Gliedern.« Runa stöhnte und ließ sich auf einen Stuhl sinken.

»Nun erzähl schon!« Paula setzte sich über Eck zu ihr.

Runa schilderte ihren Rettungsversuch und dass sie selbst gerettet werden musste.

»Und Felix Ferle hat dich gerettet?« Paula riss die Augen auf.

»Ja, dein Nachbar.« Sie nickte in Richtung der Zimmer.

»Der Schriftsteller?«

»Was?« Runa runzelte die Stirn und starrte sie an. »Wen meinst du?«

»Na, Felix Ferle. Wenn er es tatsächlich ist. Einer der erfolgreichsten Thriller-Autoren Deutschlands.«

»Du willst mich auf den Arm nehmen!«

Paula lächelte und schüttelte den Kopf. »Warte, ich googel ihn eben.« Schließlich rief sie seine Facebook-Autorenseite auf und hielt Runa das Smartphone hin.

Ihre Augenbrauen schossen nach oben, sie öffnete den Mund und sah Paula an. »Das ist er tatsächlich!«

»Wow, da hast du aber Prominenz im Haus.«

»Oh Gott, jetzt ist es mir doppelt peinlich, dass er mich retten musste.« Sie schlug die Hände vors Gesicht und schüttelte den Kopf. »Das verwendet er bestimmt in seinem nächsten Roman, so viel Blödheit ist doch kaum zu überbieten.« Sie ließ die Hände in den Schoß fallen, ihr Gesicht war gerötet.

Paula lachte und tätschelte ihren Arm. »Mach dir nichts draus. Bitte ihn doch morgen einfach darum, es nicht zu verwenden.«

»Ich glaube, das mache ich wirklich. Und ich werde mich noch einmal bei ihm dafür bedanken, dass er mir das Leben gerettet hat.«

»Ich würde sagen, darauf trinken wir, oder?« Paula sprang auf, schaltete den Ofen ein und öffnete die erste Flasche Wein. Runa erklärte ihr, wo sie Weingläser fand, dann kehrte sie damit zurück zum Tisch und schenkte ihnen beiden ein.

»Auf deinen Lebensretter!« Paula hielt ihr das Glas hin.

Runa errötete wieder und stieß mit ihr an. »Hör bloß auf!«

»Hey, er ist jetzt dein Held! Es standen offenbar viele Leute drum herum, und nur er ist aktiv geworden. Das sagt doch wohl einiges aus, oder nicht?«

Runa zuckte die Schultern und trank von dem Rotwein. »Ich habe mich echt bis auf die Knochen blamiert«, murmelte sie und schüttelte erneut den Kopf.

»Machst du so etwas öfter?«

Sie lachte auf. »Als Jugendliche, ja. Aber ich habe keine Ahnung, was da heute in mich gefahren ist.« Sie nahm noch einen großen Schluck Wein. »Okay, jetzt weiß ich, wer der eine Gast ist. Aber was machst du auf der Insel?«

»Ich bin sozusagen auch inkognito hier.« Paula grinste, stand auf und kümmerte sich darum, dass die Pizzen in den Ofen kamen.

»Und das heißt?«, hakte Runa nach, als sie wieder auf ihrem Stuhl saß.

»Ich habe dir ja schon erzählt, dass ich mich als Jugendliche in die Insel verliebt habe, als ich mit Onkel und Tante öfter hier den Urlaub verbracht habe. Nun ja, und jetzt habe ich mir ein Hotel ausgesucht, das ich eventuell kaufen möchte. Ich bin hier, um es vorher auf Herz und Nieren zu überprüfen.«

»Welches Hotel steht denn zum Verkauf?«

»Das *Inselkind*.«

»Nein! Das hätte ich nie gedacht, sie haben doch auch Kinder, die …« Unvermittelt schlug sie sich mit der flachen Hand auf die Stirn.

»Na klar, die beiden haben sich ja ganz andere Berufe ausgesucht, die können mit dem Hotel nichts anfangen.«

»Kennst du die Familie?«

Runa lächelte. »Hey, das hier ist eine einsame Hochseeinsel! Hier weiß jeder alles über jeden. Erstaunlich, dass Christiansens Verkaufsabsichten noch nicht durchgesickert sind. Oder es ist nur noch nicht zu mir durchgedrungen.« Sie zuckte die Schultern. »Hast du in der Hotellerie gelernt? Wie kommt man zu dieser Berufswahl?«

Paula nippte an ihrem Wein. »Meine Eltern besitzen ein Hotel in Cuxhaven, ich bin also in dem Bereich groß geworden. Da es mir im Blut liegt, habe ich Hotelfachfrau gelernt, auf zwei Jahre verkürzt und habe dann in Maastricht an der Hotel Management School studiert. Danach habe ich Erfahrungen in ein paar der besten Hotels gesammelt, und jetzt bin ich hier. Weil ich etwas Eigenes will.«

»Und was ist mit dem Hotel deiner Eltern?«

»Das erbt mein Bruder.«

»Wirst du gar nicht berücksichtigt?«

»Nein, ich habe schon immer nur die zweite Geige gespielt.«

Runa runzelte die Stirn. »Das klingt ziemlich bitter.«

»Ich habe zwar gelernt, damit zu leben, aber manchmal ... kommt die Enttäuschung schon noch durch.« Paula zuckte die Schultern und grinste schief. »Außerdem kann ich ihnen den Mittelfinger zeigen, wenn ich meine Zukunft mit eigenen Händen aufbaue.«

Runa lachte. »So ging es mir auch, als ich für Abitur und Ausbildung wegzog. Meine Eltern versuchten Zweifel in mir zu sähen, damit ich bleibe, aber ich bin meinen eigenen Weg gegangen. Geschadet hat es mir nicht.«

»Was machst du denn beruflich?«

»Ich bin Steuerberaterin und habe mit meiner Freundin Suse eine Kanzlei in Hamburg.«

»Cool! Kann ich dich engagieren, wenn es mit dem *Inselkind* klappt?«

»Gerne. Aber ich möchte keinem ansässigen Kollegen die Arbeit wegnehmen. Lass uns darüber reden, wenn du weißt, wer Christiansens Bücher führt und Jahresabschlüsse macht, okay?«

»Einverstanden.« Paula lächelte und hielt ihr das Glas zum Anstoßen entgegen.

Der Ofen piepste, und sie eilte in die Küche. Sie schaltete ihn aus, brachte Besteck und Servietten zum Tisch und nahm die Pizzen heraus. Sie ahmte einen überfreundlichen Kellner nach und rief in fließendem Italienisch: »Bitte sehr, verehrtes Fräulein. Die beste Pizza der Welt, lassen Sie es sich schmecken.«

Runa sah zu ihr auf und lachte. »Sorry, ich habe nur ›Signorina‹ und ›Pizza‹ verstanden. Du sprichst Italienisch?«

»Ja, ich habe einige Zeit in Rom gelebt und gearbeitet.« Paula ließ sich auf ihren Platz fallen und nahm das Besteck zur Hand. »Guten Appetit!«

»Auch so!« Runa nahm Messer und Gabel und schnitt das erste Stück am Rand ab. »Erzählst du mir, wo du schon überall warst?«

Paula grinste, sie liebte es, von ihren Reisen und Arbeitsplätzen zu erzählen. Und schon war das Thema Gerüchte vergessen.

Runa

Sie tauschten sich über ihre Ausbildungen und Joberfahrungen aus, und Runa lauschte mit Begeisterung den Anekdoten, die Paula aus den verschiedenen Hotels erzählen konnte.

»Als Kind habe ich ›Hotel‹ geliebt! Warst du in San Francisco auch mal in dem Hotel, das in der Serie als das St. Gregory herhalten musste?«

Paula lachte. »Ja, ich war da, aber nur zum Gucken. Das Fairmont ist ein ganz tolles Haus!«

Runa kratzte den Rest der Schokoladenmousse aus dem Becher und leckte voller Genuss den Löffel ab. »Ich habe sogar ein wenig für James Brolin geschwärmt.«

»Weißt du, in wen ich verknallt war?« Paula beugte sich vor und grinste. »In den Hauptdarsteller der Serie ›Hercules‹.«

»Echt?« Runa warf den Kopf zurück und lachte. »Kannst du dich noch an diese Zeitreise-Serie erinnern? ›Sliders‹? Den Bubi da fand ich so was von süß.«

»Stimmt, der war niedlich!« Sie kicherten und stießen wieder miteinander an. »Mann, wie gut, dass uns niemand hören kann.«

»Auf jeden Fall!«, pflichtete Runa ihr bei.

»Und wen findest du heute süß?«, wollte Paula wissen. »Gibt es da jemanden in deinem Leben?«

Runa zögerte, dachte für eine Sekunde an Stefan und schüttelte dann den Kopf.

Paula sagte: »Ich habe zurzeit auch niemanden, aber das wirst du dir sicher schon gedacht haben, wegen Freitagnacht.« Sie fummelte am Stiel ihres Weinglases herum.

Runa runzelte die Stirn. »Ach, du meinst wegen Jan.«

Paula nickte, druckste einen Moment herum. »Ihr kennt euch bestimmt, oder?«

»Wir sind zusammen aufgewachsen, und wir waren und sind beste Freunde.« Runa grinste.

»Oh!« Paula errötete und stieß dann ein nervöses Lachen aus. »Wart ihr mal zusammen?«

»Nee, mehr als Freundschaft war da nie. Wir haben es zwar mal versucht, aber dann hätte ich auch einen Bruder küssen können. Bäh!« Sie schüttelte sich, Paula lachte.

»Wir haben uns die letzten Jahre nicht gesehen, aber es hat sich nichts verändert. Wir kennen uns sehr genau und reden über alles.«

»Alles?« Paula riss die Augen auf und schluckte. »Ihr habt aber nicht ...«

Jetzt war es an Runa zu lachen. »Nein, über solche Details haben wir nie gesprochen, um Himmels willen! Aber über die hier.« Sie tippte sich an die Brust und beobachtete ihr Gegenüber.

Paula presste die Lippen zusammen, starrte vor sich hin und schien mit sich zu ringen, sah sie schließlich an.

Runa lächelte. »Ich weiß zum Beispiel, dass er es sehr bedauert, dass du ihn am nächsten Morgen nicht sehen wolltest.«

In den karamellfarbenen Augen der zierlichen Brünetten leuchtete es auf, Runa hatte ins Schwarze getroffen. Also fuhr sie fort: »Aber du würdest bestimmt nicht abhauen, wenn ihr euch mal wieder über den Weg lauft, oder?«

Paula öffnete den Mund, zögerte und schloss ihn wieder. Sie schüttelte den Kopf und lächelte.

»Na siehst du!« Sie legte die Hände flach auf den Tisch. »Wie wäre es jetzt noch mit einem schönen Latte macchiato?«

»Das wäre *perfetto*!«

Der nächste Morgen schälte sich grau und kühl aus der Nacht, der Weg zum Bäcker war ungemütlich gewesen. Runa lehnte an der Spüle und sah zum Fenster hinaus, auf den eintönigen Brei hinter dem Klippenrand, und überlegte, was sie heute alles zu tun hatte. Ihr gestriges Pensum für die Steuerkanzlei hatte sie aufgrund der Ereignisse nicht einmal angeschaut.

Sie trank das Wasser aus, stellte das Glas in die Spülmaschine und schaltete den Kaffeevollautomaten ein. Das Frühstück war bereits fertig angerichtet, und sie hatte sich ein Croissant mitgebracht. Eine kleine Sünde, die sie sich nur selten gönnte, aber heute würde sie es mit einem Cappuccino genießen. Sie wollte das Croissant gerade aus der Tüte nehmen und auf einen Teller legen, als sie durch das Radiogedudel ein Geräusch vernahm. War das die Haustür gewesen? Sie legte den Kopf schräg.

Jetzt näherten sich Schritte. Runa drehte sich um und sah Felix Ferle auf sich zukommen. Die gestrige Rettungsaktion blitzte vor ihrem inneren Auge auf, und ihr wurde heiß vor Scham.

Runa versuchte ein Lächeln. »Guten Morgen, Herr Ferle! Waren Sie so früh schon unterwegs?«

»Guten Morgen, Frau Eggers! Ja, ich ... ich brauchte dringend frische Luft und war schon bei den Fischern.« Er hob eine kleine, gefüllte Tüte hoch, die ihr vorher noch gar nicht aufgefallen war.

»Ich wollte schon immer mal Krabben pulen. Können Sie mir zeigen, wie das geht?«

Sie lachte. »Kann ich. Und ich hoffe, Sie sind ein geduldiger Mensch, es dauert eine Ewigkeit.«

»Ich habe Zeit.«

»Gut, dann holen Sie doch schon mal eine große und zwei kleine Schüsseln aus dem Schrank neben dem Kühlschrank und ein paar Blätter Küchenrolle. Ich mache uns derweil etwas zu trinken.«

Als alles auf dem Tisch stand, setzten sie sich einander gegenüber. Runa legte den Beutel in die Mitte, riss ihn auf und nahm eine gekochte Nordseekrabbe heraus.

»Sie fassen die Krabbe an Kopf und Schwanz, öffnen den Panzer in der Mitte mit einem Knicken und ziehen dann Kopf- und Schwanzstück vorsichtig ab.«

»Das ist alles?«

»Ja, das ist alles. Aber es bedarf ein wenig Übung.«

Er grinste sie an, griff in den Beutel und nahm eine Krabbe heraus. »In der Mitte knicken ... Mist, kaputt!«

»Dann müssen Sie jetzt ein wenig herumpfriemeln, um das Fleisch herauszubekommen.«

»Geht ja schon gut los.«

»Nich' schnacken, machen!« Sie griff nach der nächsten Krabbe.

Sie pulten schweigend vor sich hin, bis Runa es schließlich nicht mehr aushielt und sich räusperte.

»Ich wollte mich noch einmal dafür bedanken, dass Sie mir gestern das Leben gerettet haben«, sagte sie leise und warf die nächste fertige Krabbe in die große Schüssel zwischen ihnen.

»Da nich' für.«

Sie blickte auf und sah ihm an, dass ihm das Thema unangenehm war. »Doch, und ob! Wenn Sie nicht gewesen wären ...«

Er winkte ab, warf eine Krabbe in die Schüssel und schaute sie an. »Machen Sie es bitte einfach nie wieder!«

»Versprochen.«

Er nickte und griff in die Tüte, doch eines musste sie noch loswerden. »Ich habe noch eine Bitte.«

»Die wäre?« Felix Ferle sah sie an, die Augenbrauen gehoben.

»Erwähnen Sie das bitte nicht in einem Ihrer Romane, ja?« Sie biss sich auf die Unterlippe.

Seine Augen schweiften für einen Moment zu ihrem Mund ab. »Aber nur, wenn wir uns duzen. Ich hasse diese Siezerei.«

Runa stockte. »Ähm, okay, gerne. Runa.«

»Felix.« Er schmunzelte. »Wenn Sie ... du ... einen meiner Romane gelesen hättest, wüsstest du, dass dort keine Jungfrauen in Nöten gerettet werden. Ich schubse sie eher mit Absicht über den Rand einer Klippe.«

»Na, dann habe ich ja noch einmal Glück gehabt.«

»Sehe ich auch so.«

Sie tauschten ein Lächeln und widmeten sich wieder dem Pulen.

»Bist du zum Schreiben hier?« Ihre Neugier gewann die Oberhand.

»Prinzipiell schon. Zu Hause in Hamburg ist mir die Decke auf den Kopf gefallen, ich wollte mich hier ein wenig inspirieren lassen und den Schreibfluss anregen.«

»Und? Hat es geklappt?«

»Der Adrenalinschock gestern hat einiges ins Rollen gebracht. So gesehen müsste ich dir also dankbar sein.«

»Och, da nich' für.« Sie zuckte die Schultern und grinste.

Nach einer knappen Stunde war auch die letzte Krabbe gepult, und Runa räumte den Müll zusammen. »Soll ich die Krabben in den Kühlschrank stellen? Oder dir Krabbenrührei machen?«

»Krabbenrührei hört sich gut an. Darf ich dich dazu einladen? Oder hast du schon gefrühstückt?«

»Nein, habe ich noch nicht, und zum Rührei sage ich nicht Nein, besten Dank!«

»Okay, dann mach du das Rührei, ich buttere die Brötchen.«

Felix kümmerte sich auch um neue Heißgetränke, dann setzten sie sich wieder an den Tisch und genossen das Krabbenrührei.

»Mmh, das schmeckt toll!«, schwärmte er. »So frisch vom Kutter ist es wirklich am besten.«

»Finde ich auch.« Sie grinste und schob sich die nächste Gabel in den Mund.

Kapitel 6

Paula

Sie eilte die Stufen hinunter und hoffte, dass Runa das Frühstücksbüfett noch nicht abgeräumt hatte. Am Fuß der Treppe hörte sie die beiden Stimmen, verlangsamte ihren Schritt und lauschte. Runa und ein Mann sprachen über die Fischerei in Norddeutschland und auf Helgoland.

Paula grinste und betrat schwungvoll den Frühstücksraum. Geschult durch die Arbeit und das Leben im Hotel erfasste sie die Sachlage am Tisch mit einem Blick. Runa und der Schriftsteller frühstückten gemeinsam, unterhielten sich angeregt. Sie saßen einander zugeneigt, jeweils auf den anderen konzentriert.

»Guten Morgen, zusammen!«

Runa sah auf und erwiderte den Gruß mit einem Lächeln. Felix Ferle schaute auf, grüßte und schien sich danach in sich zurückzuziehen.

»Bekomme ich noch etwas zu essen? Ich habe total verschlafen.«

»Kein Problem. Soll ich dir einen Latte machen?« Sie schob den Stuhl zurück und stand auf, doch Paula drückte sie zurück auf die Sitzfläche.

»Iss mal schön zu Ende, ich bin schon groß, ich kann das allein.«

Sie lächelte auch dem Thriller-Autor zu und lief dann zur Kaffeemaschine, wählte ihr Getränk und ging zum Büfett hinüber. Während sie ihren Teller füllte, riskierte sie einen heimlichen Blick zum Tisch der beiden. Ferle war und sprach sichtlich zurückhaltender, aber er warf

Runa ein- oder zweimal einen interessiert wirkenden Blick zu, wenn er sich unbeobachtet wähnte.

»Tja, ich werde mich dann mal an den Laptop setzen«, meinte er schließlich, räumte das Geschirr der beiden zusammen und erhob sich, um es in die Spülmaschine zu stellen.

Runa brachte die Tassen mit. »Gute Idee, ich muss auch noch ein paar Unterlagen aufarbeiten.«

Paula schob sich eine Traube in den Mund und verhielt sich möglichst ruhig, während sie die beiden beobachtete.

Der Schriftsteller drehte sich zu Runa um, rieb mit den Handflächen über seine Jeans und sah ihr dabei zu, wie sie die Tassen in die Spülmaschine räumte und die Klappe schloss. »Okay, dann vielleicht bis später mal.«

Sie lächelte, nickte, und er erwiderte es. Dann wandte er sich zum Gehen und erschrak nach zwei Schritten, als er Paula erblickte.

»Viel Erfolg«, wünschte sie ihm und aß noch eine Traube.

»Ja.. Danke.« Sein Lächeln wirkte gezwungen, und er eilte hinaus, die Treppe hinauf.

Paula brachte ihren Teller zu dem Tisch, an dem die beiden gesessen hatten, und holte ihr Getränk. Sie nahm die Tasse in beide Hände, lehnte sich mit dem Hintern an die Arbeitsfläche und sah Runa dabei zu, wie sie das Büfett zusammenräumte. »Soll ich dir noch etwas draußen lassen?«

Paula verneinte, nippte an dem Latte macchiato und grinste. »Geht da was?«

Runas Kopf schoss hoch. »Was? Blödsinn!« Sie lachte, deckte Teller ab und stellte sie in den Kühlschrank.

»Das sah aber anders aus.«

Runa zog die Brauen zusammen und schüttelte den Kopf. »Nee, bestimmt nicht, ich habe gerade jede Menge andere Sachen im Kopf.«

»Du vielleicht schon ...« Paula konnte das Grinsen beim Trinken kaum verbergen.

Runa schaute sie einen Moment lang an, als ob sie das Gesagte anhand seines Verhaltens überprüfen wollte. Dann zuckte sie die Schultern. »Ach, der ist einfach nur nett, weil er mich leichtsinnige Kuh vom Sterben abhalten musste.«

»Wenn du das sagst … aber mir ist nicht entgangen, wie er dich angesehen hat. Und glaub mir, auf mein Bauchgefühl kannst du dich verlassen. Ich habe schon mehr als fünfzehn Jahre in der Hotellerie auf dem Buckel.«

Runa lachte noch einmal auf, doch es klang schon weniger überzeugt, und stellte dann Teller und Behälter in den Kühlschrank.

»Heute Abend gehst du zum Essen ins *Inselkind*, oder?«, fragte sie.

Paula ließ es gut sein und ging auf den Themenwechsel ein. »Genau. Ein kleines, amüsantes Testessen. Ich hoffe, das Restaurant hält, was das Exposé verspricht.«

»Ich denke, du wirst nicht enttäuscht werden. Es ist eines der besten Hotels auf Helgoland.«

»Ich werde dir morgen früh davon berichten.«

Runa

Bis zum späten Nachmittag blendete sie alles aus, um ihr Arbeitspensum von zwei Tagen zu schaffen. Sie speicherte das letzte Dokument ab, sah noch die eingegangenen E-Mails durch und meldete sich schließlich vom Server ihrer Steuerkanzlei ab.

Runa fuhr sich mit beiden Händen übers Gesicht und seufzte. Ihr Magen machte sich mit einem vernehmlichen Knurren bemerkbar, und ihre Kehle fühlte sich staubtrocken an. Nichts zu essen, war eine Sache, aber sie durfte das Trinken nicht schon wieder vernachlässigen.

Sie klappte den Laptop zu, stand auf und ging in den Hauswirtschaftsbereich hinüber. Nur wenige Wasserflaschen in der Kiste waren noch voll, sie nahm eine davon heraus und trank sie zur Hälfte aus. Dann ging sie sämtliche Vorräte durch und nahm sich vor, morgen früh eine Bestellung an den Lebensmittellieferanten der Insel durchzugeben.

Am Freitag würden zwei Gästepaare anreisen. Die Zimmer würde sie auch noch herrichten müssen.

Sie seufzte und schraubte die Flasche zu. Neben dem Job verursachte die Pension viel Arbeit, und sie war jetzt schon ungeduldig und genervt von allem.

Wieder knurrte ihr Magen, doch in den Vorräten fand sie nichts, worauf sie Lust gehabt hätte. Ein Blick auf die Uhr verriet ihr, dass sie noch eine Stunde Zeit für Einkäufe hatte. Also zog sie sich an, steckte Geld und Handy ein, nahm Einkaufskorb und Schlüssel und machte sich auf den Weg.

Aufgrund der etwas größeren Auswahl entschied sie sich für einen Besuch des Unterland-Supermarkts. Sie streifte durch die Gänge, füllte den Korb mit frischen und teilweise vorgefertigten Produkten, Gesundem und ein paar Leckereien. An den beiden Kassen war es wie immer voll und dazwischen eng. Da es an ihrer Kasse hakte, wechselte sie kurz entschlossen zur anderen und legte ihre Ware dort aufs Band. Der Kunde vor ihr wollte nur ein paar Tüten Fruchtgummi kaufen.

Runa setzte den Warentrenner hinter ihren Einkauf und linste auf die Beschriftung, Ingwer-Zitrone. Sie blickte auf, als der Mann dem Kassierer das Geld hinhielt, und erkannte ihren Gast.

»Ist das dein heimliches Laster?«

Felix sah sie an, wirkte ertappt, und sie musste lachen.

Er nahm sein Wechselgeld entgegen und steckte die Tüten in eine mitgebrachte Stofftasche. »Erwischt.« Er grinste und stellte sich hinter den Kassenbereich, wartete, bis auch Runa ihren Einkauf bezahlt und eingeräumt hatte. Sie verabschiedete sich vom Kassierer und folgte ihm nach draußen.

Vor der Tür nahm er ihr den Korb ab und legte seine Tasche obenauf, sie schlugen den Weg zum Fahrstuhl ein.

Irgendwie war es ihr unangenehm, dass er so zuvorkommend war, sie kannte ein solches Verhalten von Männern nicht. Weder hier noch in Hamburg. Also versuchte sie sich in Small Talk. »Ist das deine Nervennahrung? Wenn du mal nicht weiterkommst?«

Felix lächelte und warf ihr einen Blick zu. »Eher andersherum. Wenn ich so richtig im Flow bin, ist es mein Treibstoff.«

»Dann läuft es anscheinend ganz gut, bei der Menge, die du gekauft hast.«

»Ich bin zufrieden.«

»Schön.« Runa schwieg einen Moment. »Hast du deswegen den Tisch vors Fenster gestellt? Kannst du so besser arbeiten?«

»Ja. Ich liebe es, ab und zu mal aus dem Fenster zu sehen und meine Gedanken schweifen zu lassen. Und der Blick auf die Düne ist einmalig. Ich bin froh, dass ich eure Pension ausgesucht habe.«

»Wie lange schreibst du schon?«

»Hauptberuflich seit etwa sieben Jahren.«

»Und nebenberuflich?«

»Seit dem Studium. Vorher war es nur eine Leidenschaft.«

»Ich hoffe, ich bin nicht zu neugierig, wenn ich auch noch wissen will, was du studiert und dann gearbeitet hast.«

»Nein, wieso? Diese Informationen stehen überall im Internet. Ich habe Journalismus studiert und habe bei einem Wissenschaftsmagazin gearbeitet.«

»Und das war dir zu öde?«

»Gar nicht. Aber wenn du ständig diese Geschichten im Kopf hast, müssen die auch raus. Das ist wie eine Sucht für Kopf und Seele.«

»Klingt sehr poetisch.« Sie schmunzelte.

»Ist oft genug harte Arbeit.«

»Kann ich mir vorstellen. Zumindest in gewissem Maß, ich bin leider nicht wirklich kreativ veranlagt.«

»Was machst du beruflich?« Felix stellte sich hinter den wenigen Menschen an, die bereits vor dem Fahrstuhl warteten.

»Steuerberaterin.«

»Ein sehr faktenbasierter Job, da gibt es keine Ausweichmöglichkeiten.«

Runa lachte. »Nein, und genau das mag ich. Klare Strukturen.«

Der Fahrstuhl kündigte sich an, öffnete die Türen und gab den Blick frei auf eine schlanke ältere Frau. Runa lächelte und folgte den anderen als Letzte in die Kabine.

»Hallo, Frau Taumann«, begrüßte sie die ehemalige Bibliothekarin der Inselbücherei und hielt ihr ihre Mehrwertkarte hin. »Zweimal bitte.«

»Runa, mein Kind, wie schön, dich zu sehen!« Sie verkaufte vier weitere Fahrkarten. »Kommst du am Freitag in die Bücherei? Wir haben eine Lesung.«

»Ich schaue, ob ich es einrichten kann. Bis dann!«

Die Türen auf der anderen Seite der Kabine glitten auseinander und entließen die Fahrgäste aufs Oberland.

»Auch wenn du nicht kreativ bist, du liest«, nahm Felix den Faden wieder auf und nickte in Richtung Fahrstuhl. »Welches Genre?«

Sie seufzte. »Ach, dazu fehlt mir schon lange die Zeit. Früher habe ich es geliebt, in Fantasy- oder Science-Fiction-Welten abzutauchen.«

»Dann nimm dir doch wieder Zeit dazu! Vielleicht, solange du hier bist?«

»Mal sehen«, wich sie aus, »ich habe auch von hier aus einiges zu arbeiten. Und die Pension fordert fast genauso viel Aufmerksamkeit.«

»Oh, wo du das gerade sagst ... hast du einen Werkzeugkasten? Die Klinke an der Badezimmertür ist etwas lose, die müsste wieder festgeschraubt werden.«

»Scheiße«, murmelte sie und schloss kurz die Augen.

»Was?« Felix lachte und bog hinter ihr zur Pensionstür ab.

»Irgendwo ist bestimmt ein Werkzeugkasten, aber ich habe keine Ahnung von so etwas.«

»Das ist nicht der Rede wert, das kann ich selber machen.«

»Felix, du bist hier Gast!«

»Na und? Ich bin mir dafür nicht zu schade.«

Runa schloss die Tür auf, und sie gingen in die Küche. Er stellte den Korb auf die Kücheninsel und nahm seine Tüte heraus.

»Wenn du noch mehr findest, das behoben werden muss, sag Bescheid. Ich greife dir gern handwerklich ein wenig unter die Arme.«

Sie fixierte ihn. »Warum willst du das tun?«

»Lass mich doch einfach.« Er grinste, hob die Hand und verschwand nach oben.

Bis auf die Zutaten für eine Wok-Pfanne verstaute sie den Einkauf in die entsprechenden Schränke und stellte den Korb an ihren Platz. Dann griff sie zum Telefon und rief ihre Partnerin an.

»Runa! Gibt es etwas Neues?«, wollte Suse sofort wissen.

»Wie man's nimmt. Meiner Mutter geht es so weit gut, sie fährt am Donnerstag in die Reha.«

»Das ist super, aber ich wollte eigentlich wissen, wie es bei dir läuft. Kommst du mit der Doppelbelastung klar?«

»Muss ich wohl, nützt ja nichts.«

»Du verschweigst mir etwas«, mutmaßte Suse unvermittelt, und Runa seufzte.

»Ich habe mir die letzten drei Jahresabschlüsse der Pension angeschaut. Es sieht gar nicht gut aus.«

»Was meinst du damit?«

»Die Umsätze gehen seit zwei Jahren kontinuierlich zurück. Es gibt wohl Gerüchte, die Pension sei zu altbacken oder so was, aber ich habe davon noch nichts mitbekommen. Ich war schon beim Steuerberater meiner Eltern, aber der hat mir erzählt, dass meine Eltern die Tatsachen verdrängen. Suse, ich weiß nicht weiter. Wie soll ich meinen Eltern sagen, dass ihre Existenz auf dem Spiel steht? Sie hängt praktisch an einem seidenen Faden.«

Ihre Freundin stöhnte. »Scheiße, das ist echt hart. Gibt es keine Möglichkeit, das Marketing anzukurbeln? Die Pension etwas aufzuhübschen?«

»Ich habe keine Ahnung von Marketing. Kennst du jemanden?«

»Hm … ich glaube, wir haben eine kleine Agentur als Kunden. Ich kümmere mich morgen darum und gucke, ob dir da jemand helfen kann, okay?«

»Und frag gleich nach einem Freundschaftspreis, du bist in so was besser als ich.«

Suse lachte. »Okay, mache ich. Kann ich sonst noch etwas für dich tun?«

»Kannst du die Zeit vordrehen? Ich möchte nach Hause.«

»Sorry, das gehört nicht zu meinem Repertoire.«

Runa stöhnte. »Dann muss ich es wohl bis zum Ende durchstehen.«

Paula

Nachdem Paula ihren Namen genannt hatte, wurde sie zu dem für sie reservierten Tisch gebracht. Das Restaurant des *Inselkinds* war schmal und lang und bot an sechs Tischen jeweils sechs Personen Platz. Diese standen vor den drei großen Fenstern verteilt, und sie wurde am mittleren platziert. Sie ließ sich den Stuhl heranschieben, die Ledermappe reichen und bestellte zunächst eine große Flasche Wasser.

Paula ließ ihren Blick über die Gemälde mit lokalen Motiven gleiten, die an der fensterlosen Wand hingen und die sie bereits von draußen durch die Fenster hatte bewundern können. Dann widmete sie sich der Speisekarte. Unvermittelt kam das Gefühl in ihr auf, beobachtet zu werden. Sie hielt inne und schielte möglichst unauffällig in alle Richtungen des Restaurants. Nichts.

Einer Eingebung folgend wandte sie den Kopf und sah aus dem Fenster.

Ihr Herz stolperte und klopfte ihr dann bis zum Hals. Unten auf der Promenade stand Jan im Dämmerlicht, die Hände in den Taschen vergraben, und sah sie an, lächelte.

Sie erwiderte das Lächeln und hob zögernd die Hand zum Gruß. Daraufhin wandte er sich ab und schlug den Weg zum Restauranteingang ein.

Paula schluckte, zupfte ihre Bluse zurecht und fuhr sich noch einmal durchs Haar.

Er erschien hinter dem Kellner, der das Wasser brachte, und blieb vor dem Platz ihr gegenüber stehen. »Guten Abend!« Sein warmer, rollender Bass drang direkt in ihr Innerstes vor und ließ sie erglühen.

»Hallo, Jan! Magst du dich zu mir setzen?«

»Gerne, danke!«

Er hängte seine Jacke über die Stuhllehne, nahm ihr gegenüber Platz und die Speisekarte entgegen, die der Kellner aus der nächsten Servicestation hervorgezaubert hatte.

»Darf ich Ihnen schon etwas bringen?« Der Kellner schenkte ihnen beiden jeweils ein halbes Glas Wasser ein.

»Danke, nein, ich werfe erst einen Blick in die Karte.«

Der Mitarbeiter nickte und verschwand.

Jan richtete seine eisblauen Augen wieder auf sie und lächelte. »Schön, dich zu sehen.«

Hitze wallte in ihr auf. »Dito.« Sie schluckte und griff nach dem Wasser, um sich zu beruhigen. Himmel, wann hatte sie ein Mann zuletzt dermaßen aus der Ruhe gebracht?

Paula vertiefte sich in die Speisekarte, wählte Vor- und Hauptspeise und suchte den passenden Wein dazu aus. Dann hob sie den Blick. »Ich würde eine Flasche Grauburgunder zum Essen bestellen wollen, wenn du die Hälfte mittrinkst.«

Er schmunzelte und schüttelte den Kopf. »Ich weiß, ich bin ein Banause, aber ich trinke höchstens mal ein Glas Rotwein. Auch zum Fisch.«

»Oh, heutzutage ist das alles nicht mehr so streng oder verpönt.« Sie winkte ab und suchte sich einen offenen Weißwein aus.

»Du kennst dich aus?«

»Ja, ich komme aus der Hotellerie.«

Der Kellner kehrte zurück und nahm ihre Bestellung auf. Wildkräutersalat und Fischplatte für sie, Suppe und Steak für ihn.

Kaum war der Mitarbeiter verschwunden, verschränkte Jan die Unterarme auf dem Tisch, beugte sich ein wenig vor und senkte die Stimme. »Okay, du kommst aus der Hotellerie und bist zum Teil wegen der Arbeit hier. Bist du Testerin oder etwas Ähnliches?«

Sie lächelte. »Nein. Ich bin an einem Hotel interessiert, das zum Verkauf steht.«

Er hob die Brauen, und ein Anflug von Freude huschte über sein Gesicht. »Ist das nur ein Investment? Oder willst du dich hier niederlassen?«

»Ich habe vor, mir hier eine Zukunft aufzubauen.«

In seinen Augen blitzte etwas auf, doch Paula vermochte es nicht zu deuten.

»Du weißt aber schon, dass es die Insel der Alten ist, oder?«, gab er zu bedenken. »Es kommen kaum junge Familien her, und auch der Tagestourismus ist zurückgegangen. Viele hier haben zwei Jobs, um davon leben zu können.«

»Ja, das ist mir bewusst. Aber ich liebe Helgoland, seitdem ich mit meiner Cousine und ihren Eltern immer im Urlaub hier war. Soweit ich das in den letzten Jahren aus dem Ausland mitbekommen habe, wird doch inzwischen einiges fürs Marketing getan.«

Er zuckte die Schultern und musterte sie eindringlich. »Viel wichtiger ist jedoch, dass es hier nicht ist, wie auf den anderen nordfriesischen Inseln. Du musst für Helgoland gemacht sein.«

Paula lachte und lehnte sich zurück. »Willst du mich abschrecken?«

»Du hast schon ein paar Jahre in anderen Ecken der Welt gelebt, warum ausgerechnet diese eigensinnige Insel?«

»Jetzt hört es sich an, als ob du mich loswerden willst.«

Jan grinste nur.

Sie runzelte die Stirn, öffnete den Mund, doch in diesem Moment brachte der Kellner ihre Getränke.

Jan hielt ihr sein Bierglas entgegen. »Auf einen schönen Abend!«

»Prost!« Sie stießen an und tranken.

In ihrem Magen flatterte und kribbelte es. Sie dachte an ihre gemeinsame Nacht, die Leichtigkeit des Verlangens. Am Samstagmorgen hatte sie noch auf eine weitere gemeinsame Nacht gehofft, heute war es anders, ernsthafter, beinahe wie ein Date. Sie schluckte und warf einen Blick aus dem Fenster.

»Du sagtest, du warst die letzten Jahre im Ausland? Wo?«

»Rom, San Francisco und London.«

»Was genau hast du da gemacht?«

»Stellvertretender Front Office Manager im Via Veneto, Front Office Manager im St. Regis und Assistant General Manager im Blakemore am Hyde Park.«

»Klingt beeindruckend.«

»Mag sein. Es war auch sehr lehrreich, aber ich wollte schon immer ein eigenes Hotel haben.«

»Respekt, du hast Mut. Was sagt deine Familie dazu? Lebt sie in der Nähe?«

»Meine Eltern besitzen ein Hotel in Cuxhaven. Und sie wissen nichts von meinen Ambitionen.«

Jan grinste. »Jetzt hast du meinen doppelten Respekt.«

»Warst du in deiner Bundeswehrzeit auch im Ausland?«, fragte Paula, um von sich abzulenken.

Ein Schatten huschte über sein Gesicht, doch er hatte sich schnell wieder unter Kontrolle und lächelte. »Ja, ich bin ziemlich viel rumgekommen.«

Der Kellner trat an ihren Tisch, und sie lehnten sich zurück, damit er die Vorspeisen servieren konnte. Paula ließ ihn nicht aus den Augen und fragte sich, woran er in dem Moment gedacht hatte.

Sie nahm das Salatbesteck auf und wünschte ihm einen guten Appetit.

»Wo hat es dir am besten gefallen?«, hakte sie nach und nahm den ersten Bissen, schloss für einen Moment die Augen. Die Komposition auf ihrem Teller war knackig, ausgewogen und von intensivem Geschmack.

Als sie die Augen wieder öffnete, sah sie direkt in seine. Die Intensität seines Blicks ließ sie erschauern. Sie räusperte sich. »Also?«

Jan blinzelte. »Hm, kann ich gar nicht so genau sagen. Mir war das Fliegen immer besonders wichtig, und dass ich nach Möglichkeit in der Nähe des Meeres bin. Außerdem ist man überwiegend außerhalb stationiert und nicht in den attraktiven Metropolen. Wo hast du es denn besonders schön gefunden?« Er pustete auf seinen Löffel und probierte von der Suppe.

»Ach, es gibt so viele wunderbare Orte …«

Die Zeit bis zum Digestif nutzten sie, um sich ausgiebig darüber auszutauschen, wo sie gelebt oder Urlaub gemacht hatten.

»Tja, und nun schau, wo es uns am Ende hingebracht hat.« Jan lehnte sich mit einem breiten Grinsen zurück und breitete die Arme aus.

»Nach Hause! Wollen wir darauf trinken?« Paula fiel der seltsame Ausdruck auf seinem Gesicht auf, sie stutzte. »Ist irgendetwas?«

Er hob die Brauen und schüttelte den Kopf. »Nein, alles gut. Noch einen Ramazzotti?«

Sie nickte und trank den Rest ihres letzten Kräuterlikörs aus, Jan winkte den Kellner heran. Er gab die Bestellung auf und bat auch um die Rechnung.

»Du hast mir noch gar nicht gesagt, für welches Hotel du dich interessierst«, meinte er unvermittelt.

Sie lächelte und nickte in Richtung der oberen Stockwerke.

Er riss die Augen auf und flüsterte: »Das *Inselkind*? Ich wusste gar nicht, dass es zum Verkauf steht.«

Paula zuckte die Schultern.

»Und wie geht es jetzt weiter?«

»Nach dem bestandenen Probeessen werde ich es mir die Tage von innen ansehen und einen Termin mit dem Geschäftsführer vereinbaren. Zwecks Prüfung der Geschäftsunterlagen.«

»Ich hoffe, das nimmt nicht deine ganze Zeit in Anspruch.«

»Nein, wieso?« Ein Lächeln stahl sich auf ihre Lippen.

»Wie wäre es morgen Abend mit einem Bier in der *Bunten Kuh*?« Er grinste.

»Lässt sich einrichten.«

Jan holte sein Handy hervor. »Gibst du mir deine Nummer? Ich kann erst nachmittags sagen, wann ich mit allem fertig bin.«

Sie nickte und diktierte ihm die Nummer, dann kam der Restaurantmitarbeiter zurück. Er servierte ihnen den italienischen Kräuterlikör und legte Jan die Rechnung hin.

»Das geht getrennt«, wandte Paula ein und griff nach ihrer Handtasche.

»Hören Sie nicht auf die Dame!« Er tauschte Handy gegen Brieftasche, reichte dem Kellner ein paar Scheine und meinte: »Stimmt so, danke!«

»Ich danke auch. Einen schönen Abend noch!« Der Kellner entfernte sich.

»So war das aber nicht geplant«, hob sie an, doch Jan brachte sie mit der gehobenen Hand zum Schweigen.

»Du kannst gerne die nächste Rechnung übernehmen.«

Er plante ein nächstes Essen? In ihrem Magen begann es zu flattern.

Sie hob ihr Glas und griff damit ihre ursprüngliche Idee auf. »Auf die schönste Insel der Welt!«

»Auf Helgoland!«, erwiderte er und stieß mit seinem Glas gegen ihres.

»Apropos ... ich habe die letzten Tage mit vielen Urlaubern gesprochen und dabei ein paar Gerüchte aufgeschnappt.«

Er runzelte die Stirn. »Gerüchte welcher Art?«

»Über einige Unterkünfte. Zu rückständig, altbacken, so in der Art. Haus *Dünenblick* gehört dazu.«

Seine Augenbrauen schossen nach oben. »Wie bitte? Weiß Runa davon?«

»Keine Ahnung. Eigentlich wollte ich ihr gestern davon erzählen, aber ich habe es vergessen. Außerdem ... zu Runas Pension kann ich mir ja eine Meinung bilden, aber über die anderen nicht. Ich wollte eigentlich wissen, ob an den Gerüchten etwas dran ist und woher sie kommen. Ich will nicht, dass mir Ähnliches passiert, wenn ich mich für das Hotel entscheide.«

»Ich habe vorher noch nichts in der Richtung vernommen, also wird es nicht von den Einheimischen kommen. Aber ich höre mich gerne um, das kann die Existenz von Runas Eltern gefährden.«

»Ja, ich habe schon mal miterlebt, was negative Propaganda anrichten kann.« Paula seufzte und trank ihr Glas aus. »Okay, wenn ich Runa in einer ruhigen Minute erwische, rede ich mal mit ihr. Kannst du dich auch mal wegen der anderen Häuser erkundigen?« Sie nannte ihm die Namen.

Jan nickte und trank ebenfalls aus. »Ich werde sehen, was ich in Erfahrung bringen kann.«

Sie nickte und spielte Unwissenheit vor. Er sollte nicht wissen, dass sie bereits mit Runa über ihn gesprochen hatte. »Und, äh ... du kennst Runa?«

Er lachte. »Natürlich, wir sind zusammen aufgewachsen. Die Insel ist ziemlich klein, wie du weißt.«

»Ja, stimmt, solche Aspekte vergesse ich immer.« Sie grinste. »Wollen wir?«

Sie zogen ihre Jacken an, gingen in Richtung Ausgang und verabschiedeten sich von den Restaurantmitarbeitern. Er hielt ihr die Tür auf und folgte ihr bis zur Promenade hinunter, an deren Rand sie stehen blieben.

Paula konnte ihn spüren, viel zu nah, und fragte sich, auf was es heute hinauslaufen würde. »In welche Richtung musst du?« Sie versuchte, möglichst locker zu wirken.

»Da lang.« Er nickte in die entgegengesetzte Richtung.

»Ah, okay. Dann komm gut nach Hause, wir sehen uns morgen.« Es kostete sie viel Kraft, das Lächeln aufrechtzuerhalten. Am liebsten hätte sie darum gebettelt, dass er sie begleitete, nach Hause brachte, aber sie schluckte es hinunter. Und hob lächelnd die Hand, bevor sie sich abwandte.

Seine Hand an ihrem Arm hielt sie zurück und drehte sie herum, er trat einen Schritt auf sie zu. Da war er wieder, dieser eindringliche eisblaue Blick, der ihren Bauch kribbeln ließ.

Jan nahm die Hand von ihrem Arm, legte sie unter ihr Ohr und beugte sich herab. Ihre Augen schlossen sich von ganz allein, und im nächsten Moment spürte sie seine Lippen auf ihren. Seine Finger glitten zu ihrem Nacken, ließen ihre Haut brennen, zogen sie näher.

Sein Kuss war intensiv, und das Spiel seiner Zunge viel zu verführerisch. Sie lehnte sich an ihn, legte die Hände auf seine Brust. Konnte spüren, dass sein Herz genauso schnell schlug wie ihres. Paula konzentrierte sich nur auf den Augenblick, verlor sich in dem Kuss und hoffte, dass er niemals endete. Doch das tat er, viel zu schnell.

Er zog sich zurück, trat einen Schritt von ihr weg und schmunzelte, ließ die Hand sinken. Seine Augen waren dunkler geworden, funkelten sie an.

»Gute Nacht«, raunte er. »Bis morgen!« Und dann drehte er sich um und ging.

Sie stand wie versteinert da, die Arme baumelten leblos neben ihren Hüften, und starrte ihm nach. Bis er hinter der ersten Hummerbudenreihe rechts abbog.

Erst da legte sich der Aufruhr in ihrem Innern. Sie schluckte, wandte sich um und stelzte auf wackeligen Knien in Richtung Fahrstuhl.

Kapitel 7

Runa

Sie ließ das Handtuch sinken und musterte sich im Spiegel. Ihre Augen waren trotz der Dusche noch immer klein und geschwollen, ihre Haut blass. Runa fühlte sich wie gerädert, schlapp und ausgepowert. Nicht einmal die Dusche hatte geholfen, und so fehlte auch die Lust, sich ordentlich anzuziehen. Sie würde in Shirt und Jogginghose schlüpfen, schnell die Brötchen holen und unten alles herrichten. Dann konnte sie sich wieder zurückziehen und noch ein Stündchen aufs Ohr legen.

So leise wie möglich schloss sie die Tür ihres Zimmers hinter sich und schlich die Treppe zum ersten Stock hinunter. Auf dem Absatz angekommen, öffnete sich die Tür von Zimmer Drei, und Felix trat heraus, komplett angezogen.

Runa zuckte zusammen und stieß einen unterdrückten Schrei aus. »Bist du wahnsinnig, mich so zu erschrecken?«, flüsterte sie und legte sich die Hand auf die Brust.

Er öffnete die Augen und stieß die angehaltene Luft aus. »Gleichfalls«, gab er in der gleichen Lautstärke zurück. »Ich wünsche dir auch einen schönen guten Morgen.«

»Tut mir leid. Morgen!« Sie lächelte und nahm die Treppe zum Erdgeschoss.

Vor der Garderobe blieb sie stehen und griff nach ihrer Jacke.

»Soll ich die Brötchen mitbringen? Ich bin sowieso unterwegs.«

»Würdest du das tun? Das ist nett von dir, hast was gut.« Sie fummelte ihr Portemonnaie aus der Tasche.

»Lass stecken, das machen wir ein anderes Mal.«

»Okay, danke!«

»Und für dich?«

»Für mich?«

»Ja. Möchtest du etwas Bestimmtes?«

In ihrem Bauch breitete sich ein warmes Gefühl aus. »Wenn sie ein Croissant oder Milchhörnchen dahaben ...«

»Alles klar.«

Sie lächelten sich an, dann verschwand Felix durch die Tür.

Runa trottete in die Küche, schaltete Radio und Kaffeemaschine ein und machte sich daran, das Frühstücksbüfett aufzubauen.

Die Grübeleien über die wirtschaftliche Zukunft ihrer Eltern hatten sie am vergangenen Abend nicht zur Ruhe kommen lassen. Einmal hatte sie mit dem Gedanken gespielt, Stefan nach seiner Meinung zu fragen, ihn aber sofort wieder verworfen. Nicht nach seinen blöden Bemerkungen letzte Woche. Und sie hatte sich vorgenommen, heute diesem Pfeffer einen Besuch abzustatten. Er sollte ihr erklären, warum er nichts für die Pension tat. Schließlich hatte sie im Dunkeln gelegen und der Musik gelauscht, die aus dem Zimmer unter ihr kam. Leise zwar, aber ab und zu meinte sie, ein Stück von den Fantastischen Vier zu erkennen. Sie hatte sich vorgestellt, wie Felix an seinem Laptop saß, schrieb und sich zwischendurch Ingwer-Zitronen-Gummis gönnte. Bei dieser Erinnerung wurde ihr bewusst, wie früh am Tag es war. Und er war trotzdem schon auf den Beinen. Wie konnte er mit so wenig Schlaf auskommen und trotzdem topfrisch wirken? Ein wenig beneidete sie ihn darum.

Als sie fertig war, ließ sie sich einen extrastarken Cappuccino zubereiten und nahm ihn mit in den Frühstücksraum. Ihre Glieder fühlten sich bleischwer an, sie musste sich unbedingt setzen. Am Tisch in der Fensterecke verschob Runa zwei Stühle, nahm mit Blick zur Düne auf dem einen Platz und legte die Füße auf den anderen. Vorsichtig trank sie die ersten Schlucke und hoffte, dass das Koffein schnell wirken würde. Sich während der Frühstückszeit noch einmal hinzulegen, war vielleicht keine gute Idee.

Auf der anderen Seite wurden ihre Augenlider immer schwerer, also stellte sie die Tasse ab, rutschte tiefer und lehnte den Kopf an. Nur fünf Minuten Powernapping ...

Eine federleichte Berührung am Arm holte sie aus den Tiefen des Schlafs allmählich an die Oberfläche. Sie vernahm das Dudeln des Radios. Dann wieder diese Berührung, ein warmer Schauer, der ihren Arm hinaufwanderte und sich in ihrem gesamten Körper ausbreitete. So schön ...

»Runa?«

Selbst das Flüstern erschien ihr zu laut, sie murrte.

»Runa, wach auf! Sonst verkrampft sich dein Nacken.«

Hatte sie gerade richtig gehört? Sie schlug die Augen auf, sah Felix' Gesicht ziemlich nah vor sich.

»Oh!«, entfuhr es ihr, sie stemmte sich hoch und setzte sich auf. »Eigentlich wollte ich erst heute Mittag ein Nickerchen machen.« Sie hob die Beine vom Stuhl und stürzte den Rest des inzwischen kalten Kaffees hinunter.

Er erhob sich aus der Hocke und setzte sich auf den frei gewordenen Stuhl. »Dann leg dich doch wieder hin, ich bringe meinen Laptop runter und arbeite bis zum Ende der Frühstückszeit hier. Sobald dein anderer Gast fertig ist, räume ich auf.«

Runa starrte ihn an und versuchte in seinen Augen zu lesen, warum er sich so verhielt, aber es gelang ihr nicht. Sie schüttelte den Kopf. »Das kommt gar nicht infrage. Ich gehe ein paar Minuten vor die Tür und lasse mir den Wind um die Nase blasen, das wird meine Lebensgeister wieder wecken.«

Sie lächelte ihm zu, stand auf und lief zur Garderobe. Dann zog sie ihre Jacke über, nahm den Schlüssel und verließ das Haus. Sie lief zum Norderfalm hinaus, dem Weg entlang der Klippe zum Unterland, und ein paar Meter nach links. Dieser Teil des Unterlandes wirkte verlassen, bis auf das Elektrofahrzeug, das gerade vom Hof der Versorgungsbetriebe fuhr. Kein Wunder, in der Nebensaison öffneten sowohl das Museum als auch Kurmittelhaus und Mare Frisicum nur beschränkt. Die Arme um sich geschlungen atmete sie tief die kühle Luft ein und blickte schließlich zur Düne hinüber. Es herrschte Hochnebel, doch sie konnte die Sonne bereits spüren, die dagegen ankämpfte.

Himmel, wie hatte ihr das nur passieren können? Einschlafen und dann noch entdeckt werden, von einem Gast! Es war ihr unfassbar peinlich. Und Felix war auch noch hilfsbereit und freundlich, nein, das ging gar nicht. Er hatte nichts mit ihren persönlichen Problemen zu tun, er war hier, um zu schreiben. Sie würde ihn nicht noch einmal von seiner Arbeit abhalten.

Runa drehte sich um und marschierte entschlossenen Schrittes zurück in die Pension. Sie lief durch den Frühstücksraum zur Küche und wollte auf dem Weg ihre Tasse abräumen, doch das hatte Felix bereits getan. Und die Stühle zurückgestellt, ihren gestrigen Tisch zum Frühstück gedeckt, für sie beide. Der Brötchenkorb befand sich auf dem Tisch, Croissant und Hörnchen lagen obenauf.

Er stand vor der Kaffeemaschine und setzte sie gerade in Gang. Sie ging zu ihm.

»Felix ...«

»Setz dich, ich bringe deinen Cappuccino mit.«

Runa druckste herum, bis er sie anschaute. »Ist irgendwas?«

»Felix, es tut mir leid, dass ich eingeschlafen bin, das war nicht gerade professionell.«

Er runzelte die Stirn. »Ja und?«

»Du bist Gast, und ich bin im Moment für die Pension verantwortlich. Ich möchte nicht, dass ein falscher Eindruck entsteht.«

Einen Moment lang musterte er sie durch schmale Augen. »Frühstückst du trotzdem mit mir?« Er reichte ihr die Tasse. »Oder ist das auch unprofessionell?«

Sie konnte eine Spur von Kränkung heraushören und fühlte, wie die Hitze ihr ins Gesicht stieg. Ihre Hände streckten sich automatisch der

Tasse entgegen, umschlossen sie, und für einen Augenblick berührten sich ihre Finger. Schon wieder dieser Schauer.

Sie hob den Kopf und blickte in seine Augen, irgendetwas glomm darin auf. Ein Vorwurf? Die Kränkung? Ja, das musste es sein.

Sie schluckte, und er ließ die Tasse los. »Ich würde sehr gerne mit dir frühstücken«, gab sie zu.

Felix atmete tief ein, nickte und ging an ihr vorbei zum Tisch. »Warst du schon mal im Bunker?«

Sie hörte, wie er sich setzte, schloss die Augen und sammelte sich, bevor sie ihm gegenüber Platz nahm. »Natürlich. Das ist ein schulischer Pflichtbesuch. Warum?« Sie musterte die Auswahl, die er auf den Tisch gestellt hatte, und entschied sich für Honig zu ihrem Croissant.

»Weil ich heute Nachmittag die Führung mitmache. Recherche. Da höre ich gerne noch andere Meinungen. Gibt es vielleicht Details, die nur Einheimische wissen?«

Runa stieß die Tür zum Büro von Helgoland Immobilien auf und löste damit einen Bewegungsmelder aus. Sie starrte die Möwenfigur auf dem Boden neben sich an, aus der das nervtötende Gekreische kam, trat aus dem Radius und ließ die Tür wieder zufallen.

Sie sah sich um, hob die Augenbrauen. Das Ladengeschäft war in Weiß und Hellgrau gehalten und äußerst edel eingerichtet. Jedoch saß niemand an den beiden wuchtigen Schreibtischen.

»Hallo?«

»Ja-ha, bin gleich bei Ihnen«, ertönte eine Stimme aus dem Flur gegenüber der Tür. Drei Sekunden später watschelte Jürgen Pfeffer heran, einen Pott Kaffee in der einen, einen Teller mit Keksen in der anderen Hand.

»Oh, hallo, Frau Eggers!« Er stellte alles auf dem linken Schreibtisch ab und kam dann mit ausgestreckter Hand auf sie zu. »Ich freue mich, Sie zu sehen. Wie kann ich Ihnen helfen?«

»Ich hätte da ein paar Fragen bezüglich Ihrer Dienstleistungen. Sie haben gesagt, Sie arbeiten seit zwei Jahren mit meinen Eltern zusammen?«

»Ja.« Er zog die Augenbrauen zusammen, wirkte misstrauisch.

»Ich nehme an, dass Sie eine Vermittlungsprovision erhalten.«

»Richtig. Darf ich fragen, worauf Sie hinauswollen?«

»Nun, wenn ich die Unterlagen der Pension betrachte, kann ich keine Anzeichen dafür erkennen, dass Ihre Arbeit von Erfolg gekrönt ist.«

»Oh, am Anfang schon.« Pfeffer richtete sich auf, straffte die Schultern. »Aber in letzter Zeit ...« Er schüttelte den Kopf.

»Und was ist in letzter Zeit anders gewesen?«

»Gegen schlechte Publicity können selbst wir nichts ausrichten.«

Runa sah das Bedauern auf seinem Gesicht und konnte einen Anflug von Misstrauen nicht unterdrücken. Es wirkte aufgesetzt, überzogen. Dann wurde ihr bewusst, was er da gerade gesagt hatte. »Schlechte Publicity? Wovon reden Sie?«

»Wie? Haben Sie noch nichts davon gehört? Haben Ihre Eltern Ihnen nichts erzählt?« Er riss die Augen auf.

Sie konnte sich gerade noch davon abhalten, die Augen zu verdrehen. »Ich weiß nicht, wovon Sie reden.«

»Nun, es kursieren Gerüchte«, begann er, druckste dann aber herum.

So langsam ging ihr sein Verhalten auf die Nerven. »Raus damit!«, herrschte sie ihn an.

Der Makler schluckte, schob die Brille seinen Nasenrücken hinauf. »Es heißt, dass Haus *Dünenblick* alt und ungepflegt sei. Vergilbte Vorhänge, Staub auf den Blumen, Sie wissen schon.« Er zuckte die Schultern.

»Nein, weiß ich nicht«, fauchte sie und fasste den Trageriemen ihrer Handtasche fester. »Das ist völliger Blödsinn.«

»Außerdem«, fuhr Pfeffer fort, »soll das Mobiliar alt und abgestoßen sein, und die Wände könnten mal wieder einen Anstrich vertragen. Insgesamt also ein Ambiente, das nicht gerade anziehend wirkt.«

In Runa kochte die Wut hoch. Okay, das mit den Vorhängen stimmte, aber die Zimmer waren in einwandfreiem Zustand. »Das ist eine Frechheit«, zischte sie schließlich. »Wer hat diese Gerüchte in die Welt gesetzt?«

»Tut mir leid, das weiß nicht«, murmelte der Makler und zuckte wieder die Schultern.

»Und ich nehme an, Sie stellen sie auch nicht richtig, wenn Sie davon hören.«

»Selbstverständlich tue ich das!«, empörte er sich. »Schließlich schlägt sich das auch auf meine Umsätze nieder.«

Sie biss die Zähne zusammen und kämpfte gegen den Drang an, ihn anzufeinden. Auf Runa wirkte der Makler aalglatt und hinterhältig, auch wenn er ihr noch keinen konkreten Anhaltspunkt dafür gegeben hatte. Aber ihr Bauch vermittelte ihr kein gutes Gefühl, und sie nahm die Situation gerade mehr als persönlich. Als ihr das bewusst wurde, atmete sie einmal tief durch und besann sich auf ihre unternehmerische Diplomatie.

»Sie haben sicherlich Verständnis dafür, dass ich das nur schwer glauben kann.«

»Mein Büro genießt einen tadellosen Ruf!«, erwiderte er aufgebracht. »Nicht nur auf dieser Insel.«

»Das mag sein, aber mich überzeugt Ihre Dienstleistung nicht, tut mir leid. Sie hat meinen Eltern bisher nichts eingebracht.«

Pfeffer straffte die Schultern. »Wenn Ihre Eltern wieder da sind, werde ich gerne versuchen, Sie vom Gegenteil zu überzeugen.«

Die Atmosphäre hatte sich merklich abgekühlt, aber das war ihr egal. Er sollte ruhig merken, dass sie ihm auf die Finger sah. »Das können wir gerne so machen, Herr Pfeffer. Einen schönen Tag noch.«

»Ihnen auch, Frau Eggers.«

Sie drehte sich auf dem Absatz herum, verließ das Büro und marschierte Richtung Ortsmitte.

Das Gehörte rauschte durch ihren Kopf und verklumpte sich zu einem einzigen Gedanken: Es war schlimmer als gedacht, die Pension wurde schlechtgeredet. Und das konnte definitiv das Aus bedeuten.

Das Telefonat mit der Hamburger Marketing-Agentur löste den Knoten in Runas Magen und setzte dem Gedankenkarussell ein vorläufiges Ende. Die Inhaberin hatte sie gebeten, ihr ein paar Fotos von der Pension zu schicken. Gästebereiche, Zimmer, Außenansicht. Sie wollte sich die Bilder ansehen und ihr dann ein paar Tipps geben, was verändert werden musste, um dem heutigen Zeitgeist zu entsprechen. Diese telefonische Erstberatung sei für sie kostenlos, aber sonst würde die Inhaberin sie auch gerne mit ihrem Dienstleistungsangebot unterstützen, falls sie das wünsche. Sie wollte Runa eine Preisübersicht zukommen lassen, von der sie dann zwanzig Prozent abziehen könne.

Runa machte einen Rundgang, schoss die gewünschten Fotos und schickte sie gleich per E-Mail an die Agentur weiter. Danach fand sie endlich ausreichend Konzentration, um ihre eigene Arbeit erledigen zu können.

Sie bemerkte nicht, dass es dämmerte, und schreckte erst hoch, als es klopfte. Ihr Kopf fuhr zur Tür herum.

Felix lehnte im Rahmen, die Arme vor der Brust verschränkt. »Störe ich?«

»Nein, ich bin fast fertig.« Sie versuchte ein Lächeln. »Was gibt's?«

»Ich habe das Bildschirmlicht gesehen. Hast du schon gegessen?«

Runa schüttelte den Kopf und sah zu ihrem Laptop. »Ich weiß nicht mal, ob ich Appetit habe.« Sie speicherte die letzte Datei, meldete sich vom Firmenserver ab und fuhr den Computer runter.

»Hast du vielleicht trotzdem Lust mitzukommen? Ich habe einen Tisch in der *Hanse-Kogge* reserviert.«

»Nein danke, aber ...«

»Komm schon! Du hast noch nichts gegessen und siehst so aus, als ob du ein wenig Gesellschaft brauchen könntest.« Als sie nicht sofort reagierte, setzte er hinzu: »Unprofessionell?«

Runa hörte den unterschwelligen Vorwurf in seiner Stimme, ihr schlechtes Gewissen regte sich. Was war schon dabei? Felix war nett, und sie konnte es als Geschäftsessen betrachten, wenn schon nicht als Privatvergnügen.

Sie klappte den Laptop zu, erhob sich und lächelte ihn an. »Okay, ich komme mit. Aber ich muss mich erst umziehen.«

»Was für ein Quatsch!« Er schüttelte den Kopf und wies auf sich. »Mehr als Jeans und Shirt wäre overdressed, wir gehen doch zu keiner Gala! Nur ein zwangloses Abendessen, okay?«

Runa lachte und schüttelte den Kopf. »Wenn du meinst ...«

»Meine ich!« Felix grinste. »Na komm, bevor sie meinen Tisch doch noch anderweitig vergeben.« Er drehte sich um und ging voran.

Sie waren kaum auf den Norderfalm hinausgetreten und hatten sich Richtung Fahrstuhl gewandt, da konnte Felix mit seiner Sorge nicht mehr hinterm Berg halten. »Ich hoffe, du bist mir nicht böse, aber ich habe dich ein paar Minuten beobachtet, bevor ich geklopft habe. Du sahst ... verzweifelt aus. Gibt es Probleme in deiner Kanzlei?«

Runa wurde heiß und kalt, sie schüttelte den Kopf. »Nein. Aber ich hätte nicht erwartet, dass man mir etwas ansieht.«

»Ich kann nicht beurteilen, ob das auch andere gesehen hätten, aber ich habe inzwischen eine sehr gute Beobachtungsgabe, was Menschen angeht.«

»Kann ich mir vorstellen.«

»Also, was ist los?«

»Ach, ich weiß nicht, ob ich dich damit belasten soll«, meinte sie und schob die Hände in ihre Jackentaschen.

»Vielleicht kann dir ja ein Blick von außen darauf helfen. Eine neutrale Meinung ist bei Problemen sehr nützlich. Worum geht es?«

Bei dem Gedanken an die Gerüchte zog sich ihr Magen zusammen, zwickte. »Gut, ich erzähle dir davon, aber lass uns erst mal reingehen. Ich möchte nicht, dass es hier irgendjemand hört.«

Felix runzelte die Stirn. »Das hört sich ziemlich geheimnisvoll an.«

Sie hatten das Lokal erreicht, traten ein, und er nannte seinen Namen. Die Servicekraft führte sie zum letzten freien Tisch am Fenster.

Runa kannte sie nicht und war froh, die Chefin nicht hinter der Theke gesehen zu haben. Sie hatte keine Lust auf den üblichen Insel-Small-Talk.

Sie bestellten Wein, lasen das Angebot und entschieden sich beide für Fisch. Als die Kellnerin mit ihrer Bestellung verschwunden war, sah Felix sie mit eindringlichem Blick an.

»Also, wo liegt das Problem?«

Runa erzählte ihm von den Gerüchten, der schlechten wirtschaftlichen Situation der Pension und dass sie nicht wusste, wie sie die Existenz ihrer Eltern retten sollte. »Ich bin ziemlich verzweifelt«, schloss sie und nahm einen Schluck Wein.

»Hm.« Er strich mit den Fingern um den Fuß seines Weinglases und sah ihnen dabei zu. »Ich bin kein Marketing-Experte, aber ich denke, diese Agentur wird dir bestimmt helfen können. Wenn du Mithilfe brauchst, sag Bescheid. Ich unterstütze dich gerne, solange ich hier bin.« Er sah auf und lächelte sie an.

»Felix, bitte ...«

»Warum willst du dir eigentlich nicht helfen lassen? Oder darf nur ich dir nicht helfen?«, unterbrach er sie.

»Du bist zahlender Gast.«

»Na und? Ich kann sehr gut selbst entscheiden, wem ich helfen will. Außerdem habe ich mittags eh ein Schreibtief, also kann ich mich genauso gut anderen Dingen widmen. So wie zu Hause auch.«

Runa seufzte und massierte sich die Nasenwurzel.

»Du kannst Hilfe nur schlecht annehmen, oder?«

Sie sah auf und begegnete diesem verstörend wissenden Blick. Was sollte sie darauf erwidern? Sie zuckte die Schultern und sah in die Tiefen ihres Rotweins.

»Und du hast zu Hause niemanden, der sich um dich kümmert.«

Es war eine Feststellung, und er traf damit mitten ins Schwarze. Suse war zwar ihre beste Freundin, aber ihre Leben waren auf einer anderen Ebene verbunden. Und Stefan ... kümmerte sich nur um sich selbst.

Runa schüttelte den Kopf, presste die Lippen zusammen. Zwischen ihnen breitete sich Schweigen aus, und sie war froh, nichts sagen zu müssen. Doch schon nach kurzer Zeit wurde es ihr unangenehm.

»Könnten wir uns vielleicht über etwas anderes unterhalten?«, meinte sie schließlich und schaute ihn doch wieder an.

»Ja sicher. Tut mir leid, ich wollte nicht ... Manchmal bin ich wohl zu geradeheraus.«

Sie winkte ab. »Vielleicht solltest du als Psychologe tätig werden.«

Felix lachte. »Dafür reicht es dann doch nicht.«

Die Servicekraft kam an ihren Tisch und servierte das Essen, Runa atmete auf. Sie bedankten sich, nahmen das Besteck und wünschten sich gegenseitig einen guten Appetit.

Sie kostete von ihrem riesigen Dorschfilet und seufzte auf. »Superlecker! Das muss man den Helgoländer Restaurants lassen, sie können Fisch zubereiten. Ich kenne in Hamburg kein besseres Fischlokal.«

»Du lebst in Hamburg? Ich glaube, ich hatte bereits erwähnt, dass ich auch aus Hamburg komme!« Felix grinste. »Und ich habe da auch noch kein besseres gefunden.«

Sie lächelte. »Ja, hast du. Erzählst du mir etwas über dein Autorenleben? Ich stelle es mir sehr aufregend vor.«

Er lachte leise. »Kommt immer auf die Sichtweise an.« Er gab ihr einen Einblick in seinen Arbeitsalltag, die Recherche und den Prozess von der Idee bis zum fertigen Buch.

»Ich kann mir gar nicht vorstellen, wie es wäre, wenn mir von ganz allein die ganzen Ideen durch den Kopf spuken würden.« Runa deponierte das Besteck auf dem Teller, benutzte die Serviette und legte sie dazu.

»Manchmal kann das ganz schön anstrengend sein. Ich recherchiere zum Beispiel oder beobachte Menschen, und auf einmal schießt mir ein Pitch durch den Kopf. Oder ein Konflikt, ein Motiv, was auch immer. Die Kunst ist es, aus diesen Ideen einen interessanten Plot zu kreieren. Nicht alles eignet sich für einen ganzen Roman, vielleicht nur zu einer Nebenhandlung oder eben gar nicht.«

»Beobachtest du gerne Menschen?«

Felix nickte und schob seinen leeren Teller beiseite. »Du würdest dich wundern, welche Abgründe sich da auftun. Manchmal sehe ich in wenigen Minuten ganze Tragödien, Lebensgeschichten.«

Sie riss die Augen auf. »Nichts Positives?«

»Doch, natürlich!« Er lachte. »Aber ich achte halt mehr auf die Details, die ich in meinen Romanen anspreche.«

Die Kellnerin kehrte an ihren Tisch zurück und räumte das Geschirr zusammen. »Darf ich Ihnen noch etwas bringen? Dessert? Kaffee? Schnaps?«

»Möchtest du?« Felix sah sie an.

»Einen Cappuccino, wenn Sie haben.« Sie blickte zur Kellnerin auf.

»Ja, aber nur mit Sahne.«

»Ist in Ordnung.«

»Und für mich einen doppelten Espresso, danke!« Er lächelte sie an, und sie entfernte sich.

»Am liebsten beobachte ich Gesichter«, nahm er den Faden wieder auf und beugte sich ein wenig vor. »Manche Menschen sind ein offenes Buch, da kann man jeden Gedanken sehen. Andere sind wie erstarrt, das reicht sogar bis zu ihren Augen. Überhaupt sind es die kleinen Details, die ich interessant finde. So wie deine Sommersprossen zum Beispiel, die hatte ich vorher gar nicht gesehen.«

»Was?« Ihre Hände zuckten zu ihren Wangen. »Mist, das habe ich heute früh versäumt.«

Er runzelte die Stirn. »Du überschminkst sie? Warum?«

»Ich will kompetenter aussehen. Sommersprossen sind zu … niedlich.«

Felix grinste. »Stimmt, sie sind niedlich, aber sie gehören zu dir. Und vermitteln nicht den Eindruck, dass du keine Ahnung von deinem Beruf hättest. Du solltest sie nicht abdecken.«

Irrte sie sich, oder schwärmte er gerade von ihren Sommersprossen?

Runa fühlte die Wärme in ihren Wangen und stürzte zur Ablenkung den letzten Schluck Wein hinunter. Stefan hatte sie immer darin bestärkt, sie zu kaschieren und mit dezentem Make-up ihre Professionalität zu unterstreichen. Seltsam, das war ihm immer ein Anliegen gewesen, ihre Repräsentativität.

Sie schluckte, hob den Kopf und begegnete seinem schilfgrünen Blick. Offen, klar, voll und ganz auf sie konzentriert. Ihr wurde heiß, ihre Wangen schienen zu glühen. Wann hatte sie das letzte Mal jemand so angesehen? Nein, nicht jemand, ein Mann.

In ihrem Kopf wirbelte alles durcheinander, sie zog sich zurück und bat innerlich um irgendeine Ablenkung.

Die Kellnerin rettete sie, stellte ihnen die Heißgetränke hin und ging wieder.

»Ich sehe schon, ich bin dir zu nahe getreten. Entschuldige!« Er setzte sich auf, griff nach dem Zuckerstreuer und gab eine kleine Portion davon in seinen doppelten Espresso. Seine Worte klangen unvermittelt distanziert.

Runas Magen zog sich zusammen. Hatte sie ihn vor den Kopf gestoßen?

»Nein, ehrlich, ist schon in Ordnung«, beeilte sie sich zu sagen. »Es ist nur ... ungewohnt.«

Er winkte ab. »Lass gut sein.«

Die Kellnerin rechnete mit den Gästen am Nachbartisch ab, verabschiedete sich.

Felix drehte sich zu ihr und bat um die Rechnung.

»Mit Bewirtungsbeleg, bitte«, entfuhr es Runa, und als sie seinen Blick sah, hätte sie sich am liebsten geohrfeigt.

»Du kannst es doch absetzen«, versuchte sie, die Situation zu retten.

»Und was ist, wenn ich das gar nicht will?« Er war verletzt und verbarg es nicht.

»Tut mir leid«, erwiderte sie kleinlaut. »Macht der Gewohnheit.«

Sie schwiegen, und es war eine unangenehme Stille. Runa beeilte sich, ihren Cappuccino auszutrinken.

Die Servicekraft kam mit den Belegen zurück, legte sie ihm hin und nannte den Betrag. Während er bezahlte, angelte Runa nach ihrem Portemonnaie und nahm ihre Hälfte des Betrags heraus.

Sobald die Kellnerin sich mit einem »Schönen Abend noch!« von ihnen verabschiedet hatte, legte Runa ihm das Geld hin. Sie öffnete den Mund, setzte zu einer Erklärung an.

»Runa, es reicht!«, zischte er und funkelte sie an.

Sie schluckte. »Aber … du hast nichts von einer Einladung gesagt.«

»Na und? Es war aber so gemeint.«

»Tut mir leid, das … das war mir nicht bewusst.« Sie steckte das Geld wieder ein.

Verdammt, sie redete sich immer tiefer in die Grube hinein.

Felix nahm seine Jacke, rutschte aus der Bank und lief zum Ausgang. Sie folgte ihm so schnell wie möglich, wollte sich noch einmal entschuldigen, doch so weit kam sie nicht.

Er schlüpfte in seine Jacke, zog den Reißverschluss bis oben zu und stieß die Hände in die Taschen. »Schönen Abend«, wünschte er in höflichem Ton und ging in die entgegengesetzte Richtung der Pension davon, ohne sie noch einmal anzusehen.

Runa starrte ihm nach, bis er am Aussichtspunkt abbog. Sie zitterte, zog sich endlich die Jacke an und schulterte ihre Tragetasche. Das hatte sie ja gründlich versaut.

Paula

Bis sie die *Bunte Kuh* erreicht hatte, war das Kribbeln in ihrem Bauch beinahe bis zur Unerträglichkeit angestiegen. Den ganzen Tag hatte sie kaum an etwas anderes denken können, aber als Jans Nachricht auf ihrem Handy erschienen war, war es ausgeufert.

Vor der Tür blieb Paula stehen, schüttelte ihr Haar auf und atmete noch einmal tief durch. Hinter der Tür ließ sie den Blick schweifen und fand ihn an dem kleinen Bistrotisch in der Ecke gegenüber der Theke. Er stieg von seinem Hocker, um sie mit einem Wangenkuss zu begrüßen, der eine Sekunde länger dauerte als üblich. Sie spürte die Wärme seiner weichen Lippen, das Kratzen seiner Bartstoppeln und schloss für einen Moment die Augen, um es zu genießen.

»Schön, dass du da bist«, raunte er und zog sich zurück.

Sie schauten sich in die Augen, lächelten, und das Kribbeln rauschte durch ihren Körper.

Sie nahmen Platz, und Jan fragte nach ihrem Getränkewunsch. »Wieder einen Weißwein?«

Paulas Lächeln breitete sich aus. »Nein, heute mal ein Alster.«

Er nickte, wandte sich zur Seite und rief die Bestellung zur Theke hinüber. Dann ließ er den Blick über ihr Gesicht gleiten. »Wie war dein Tag?«

»Entspannt. Ich habe an meiner Standortanalyse gearbeitet, und morgen habe ich den Gesprächstermin mit den Besitzern.«

Jan grinste. »Der alte Christiansen liebt gute Zigarren, bring ihm eine mit. In der Cigar & Whisky World sollten sie seine bevorzugte Marke kennen.«

Sie lächelte, solche Informationen waren Gold wert. »Und seine Frau?«

»Da tut's ein opulenter Blumenstrauß.«

Die Thekenkraft brachte ihre Getränke, sie stießen an.

»Danke für die Infos!« Paula leckte sich den Schaum von der Oberlippe.

Er nickte und wechselte das Thema. »Ich habe ein paar Leute wegen der Gerüchte angesprochen, von denen du mir gestern erzählt hast. Zwei haben davon gehört, wissen aber auch nicht, woher sie kommen.«

»Runa sollte davon wissen.«

Wieder nickte er. »Ja, aber erst, wenn wir mehr Details haben. Dann wissen wir, wo wir ansetzen müssen.«

»Hört sich an, als ob du einen Feldzug planst.«

Jan grinste. »Ich werde nicht untätig bleiben, wenn die Familie meiner besten Freundin Probleme hat. Und eigentlich hält man hier zusammen. Keine Ahnung, warum noch keiner die alten Eggers darauf angesprochen hat.«

»Oder sie wissen davon und fühlen sich hilflos.«

»So wie ich Petra kenne, wäre es ihr peinlich, zuzugeben, dass sie davon weiß. Vor allem Runa gegenüber.«

»Aber man kann doch etwas tun! Sie sollten nicht tatenlos bleiben.«

Er seufzte. »Du kennst Eggers nicht. Sie sind stur. Und stolz. Dass Runa fortgezogen und ihren eigenen Weg gegangen ist, haben sie als persönliche Beleidigung aufgefasst. Sie haben es nicht wahrhaben wollen, wie sehr sie unter dem Inselleben gelitten hat.«

Paula runzelte die Stirn. »Ich dachte, wer hier aufwächst, liebt automatisch das Inselleben.«

»Nein, ab und an gibt es Ausreißer. Runa war eine von dreien in unserer Generation.«

»Und du?«

»Was soll mit mir sein?«

»Liebst du Helgoland?«

»Ja, das tue ich. Aber wenn ich hier nicht fliegen könnte, würde ich trotzdem woanders leben.«

»Was ist das Besondere am Fliegen?«

Jan lachte. »Das kann aber auch nur ein Unwissender fragen!«

Sie grinste. »Das ist mir schon klar, aber ich möchte zu gerne wissen, was du daran so liebst.«

»Alles. Die Freiheit, die Weite, die Kraft und Beweglichkeit des Hubschraubers … ist schwierig zu erklären.«

Schwierig zu erklären? Sie konnte in seinen Augen sehen, wie sehr er es liebte. Ob man dieses Funkeln in seinen Augen auch sah, wenn er über die Frau seines Herzens redete?

Paula blinzelte und zwang sich gedanklich auf neutralen Boden. »Bist du deshalb nicht bei der Bundeswehr geblieben?«

»Nein, das hatte andere Gründe.« Er klang ernst, und sie konnte sehen, wie er sich verschloss. »Lass uns lieber über schönere Dinge reden.«

»Zum Beispiel?«

»Dich?« Jan grinste, streckte die Hand aus und strich über die Finger ihrer linken Hand hinauf zu ihrem Handrücken, malte Kreise darauf. In ihrem Bauch breitete sich ein aufregendes Glühen aus.

»Und über was genau?«

»Zum Beispiel darüber, dass ich den ganzen Tag nur an dich denken konnte.«

»Ach so?«

»Mh-hm.« Seine Finger glitten unter den Saum ihres dünnen Pullovers, seine Stimme war ein verheißungsvolles Raunen. »Ich habe zum Beispiel daran gedacht, wie weich deine Haut ist.«

»Aha.« Das Glühen begann zu pulsieren.

»Und dein Duft geht mir nicht mehr aus dem Sinn, ich kann ihn jederzeit heraufbeschwören.« Er schaute ihr in die Augen, und die Intensität seines Blickes ließ die erregende Hitze in ihrem Innern explodieren.

»Du willst nur von dir ablenken«, krächzte sie und räusperte sich. Sie drehte die Hand um und hielt seine fest.

»Über mich gibt es nicht viel zu erzählen, die Zeit können wir sinnvoller nutzen.«

Paula zog die Brauen zusammen. »Du tust es schon wieder. Warum?«

Er hielt ihrem Blick stand, presste für einen Moment die Lippen aufeinander. »Lass uns das aufs Wochenende verschieben, dann haben wir mehr Zeit. Wenn du Lust hast.«

Sie nahm die Hand vom Bierglas und deutete mit dem Finger auf ihn. »Ich nehme dich beim Wort!«

Jan grinste und hauchte einen Kuss auf ihre Fingerspitze. Sie sog scharf die Luft ein.

»An Karfreitag muss ich leider ganz normal arbeiten, aber am Samstag hätte ich den ganzen Tag frei. Wie wäre es mit einem Tag auf der Düne? Abends wird dort das Osterfeuer stattfinden.« Er verschlang seine Finger mit ihren, strich mit dem Daumen über ihr inneres Handgelenk.

Ob er ihren Puls rasen fühlen konnte? Sie schluckte.

»Hört sich gut an.« Sie trank ihr Glas aus. »Trinken wir noch einen?«

»Wie gesagt, ich würde die Zeit lieber sinnvoller nutzen. Was ist mit dir?« Er leerte sein Glas, zog Kleingeld hervor und legte ein paar Münzen auf den Tisch.

»An mir soll es nicht liegen.« Sie lächelte.

»An deiner Motivation müssen wir aber noch arbeiten«, brummte er, stand auf und blieb neben ihr stehen.

»Keine Angst, ich werde dir gleich zeigen, wie hoch meine Motivation ist«, erwiderte sie gerade laut genug und nahm das Funkeln in seinen Augen wahr.

»Dann komm!«

Sie zogen ihre Jacken an, Jan nahm ihre Hand und zog sie mit sich aus dem Lokal.

Paula legte den Kopf in den Nacken, schloss die Augen und ließ sich das fast schon zu heiße Wasser auf Kopf und Gesicht prasseln. Ihre Gedanken waren erfüllt von den Erinnerungen an die gemeinsamen Stunden.

Die Spannung zwischen ihnen hatte sich bis in ihr Zimmer in der verlassenen Pension aufgebaut, erst dann hatte Jan sie mit einem fordernden Kuss erlöst. Der Sex war sogar noch besser gewesen als beim ersten Mal, inniger und trotzdem absolut heiß.

Himmel, Jan wusste genau, wie und wo er sie berühren oder küssen musste! Er achtete auf sie und darauf, worauf ihr Körper ansprach.

Nur eins hatte ihr Glück getrübt. Dass er kurz nach Mitternacht nach Hause gegangen war. Nicht, ohne sein Bedauern auszudrücken, und doch ...

Sie seufzte und strich sich mit den Händen übers Gesicht, prustete. Sie wusch sich das Haar, seifte ihren Körper ein und stellte fest, dass er letzte Nacht jeden Zentimeter ihrer Haut berührt haben musste. Sie konnte seine Hände noch überall spüren, seine Lippen, die Bartstoppeln. Ein süßer Schauer durchfuhr sie, gefolgt von Sehnsucht, und sie gestand sich ein, dass sie jederzeit und sofort zu ihm gehen würde. Um mehr von ihm zu bekommen, um sich in ihm zu verlieren.

Paula drehte das Wasser ab, schlang sich Handtücher um Kopf und Körper und stieg aus der Dusche. Diese Empfindungen riefen ein flaues Gefühl in ihrem Magen hervor, sie waren ihr suspekt. Weil sie noch nie derart empfunden hatte. Und obwohl sie noch nicht viel von Jan wusste. Bauchgefühl und Körper sprachen jedoch eine eindeutige Sprache. Sie musste nur noch sicherstellen, dass es auf Gegenseitigkeit beruhte.

Kapitel 8

Runa

Die halbe Nacht hatte sie wach gelegen. Gegrübelt. Gelauscht und Felix' Rückkehr registriert. Seine Schritte, den Stuhl, dann Ruhe.

Die Scham war so überwältigend gewesen, dass sie sich am liebsten unter der Bettdecke verkrochen oder, noch besser, die Zeit zurückgedreht hätte. Er war wirklich nett zu ihr gewesen, und sie hatte ihn gekränkt, mit jedem Wort mehr. Und am Ende ihres Abendessens hatte sie kein Fettnäpfchen mehr ausgelassen, sich selten dämlich angestellt. Das war ihr noch peinlicher als das unprofessionelle Einschlafen am Tisch im Frühstücksraum. Beinahe genauso unangenehm waren die Erkenntnisse über ihr Privatleben, ein trauriges Häufchen Elend.

Felix hatte recht gehabt, der Blick eines Außenstehenden konnte einiges bewirken, nur in diesem Fall leider nicht zum Positiven. Oder doch, auf diese Art konnte sie aktiv werden.

Nach Mitternacht war sie endlich eingeschlafen, hatte im Halbschlaf noch schwere Schritte auf der Treppe und die Haustür vernommen.

Als sie nun Paula in die Küche kommen sah, erinnerte sie sich daran und zog ihre Schlüsse. Die Frau strahlte übers ganze Gesicht und von innen, bis in die wuschelig gestylten rotbraunen Haarspitzen.

Runa lächelte, zog ihr Handy hervor und schrieb Jan eine Nachricht.

Soll ich dir vielleicht einen Hausschlüssel geben?

Er antwortete mit einem Emoji, der ihr die Zunge herausstreckte.

Wir reden die Tage.

»Guten Morgen«, flötete Paula, trat an die Kücheninsel und griff nach den Trauben. Sie steckte sich ein paar in den Mund und legte den Rest auf einen Teller. Dann füllte sie ihn mit weiteren Leckereien.

Runa schob das Handy in die Gesäßtasche ihrer Jeans und überlegte, ob sie ihren Gast auf die Nacht ansprechen sollte, nur um sie zu necken, doch sie verwarf den Gedanken wieder. Schließlich war es ihr Privatleben. Und Jans. Sie wollte nicht zu neugierig sein und dadurch eventuell der Grund für weitere Gerüchte rund um die Pension.

»Möchtest du Eier? Spiegel-, Rühr- oder Omelett?«

Paula stöhnte sehnsüchtig. »Du bist so gemein, ich werde noch ein paar Kilos extra mit nach Hause nehmen!«

Runa lachte und stellte eine Pfanne auf den Herd. »Als ob das bei dir auffallen würde! Also?«

»Okay, ich nehme zwei Rühreier.« Paula brachte ihren Teller zum Tisch, zapfte sich einen Cappuccino und setzte sich.

Runa schlug eine Handvoll Eier in die Schüssel, verquirlte sie mit etwas Salz und Pfeffer und fragte: »Möchtest du Schnittlauch? Habe ich frisch geerntet.«

»Oh ja, gerne!«

Im Radio lief »Join Me« von HIM, einer ihrer Teenager-Lieblingssongs, und sie summte mit, während sie die frischen grünen Halme auf ein Brett legte und sie in feine Röllchen schnitt.

»Guten Morgen!«, erklang es von der Tür.

Paula grüßte zurück, und Runa sah auf, als Felix neben ihr an den Schrank trat, um die Teekanne herauszuholen.

»Guten Morgen! Möchtest du auch Rührei mit Schnittlauch?«

Er starrte sie an, seine Kiefermuskeln mahlten, und schwieg.

Sie legte ihm eine Hand auf den Arm und sprach gerade laut genug, dass er sie hörte: »Es tut mir leid, ich habe mich gestern echt blöd benommen. Ich glaube, ich war viel zu lange nicht mehr privat aus.«

Für einen Moment befürchtete sie, er würde sich einfach wortlos von ihr abwenden, doch er nickte. »Rührei klingt super, danke!« Felix brühte seinen Tee auf und ging zum Tisch.

Runa fühlte eine Mischung von Erleichterung und Bedauern in ihrer Brust und wandte sich wieder ihrer Aufgabe zu. Sein Tonfall ließ sie spüren, dass er noch immer verstimmt war.

Das fertige Rührei verteilte sie auf warme Teller und servierte es ihren Gästen. Paula nickte ihr mit vollem Mund zu, Felix bedankte sich zurückhaltend. Sein Blick glitt von ihr zum leeren Stuhl gegenüber, er öffnete und schloss den Mund, sagte nichts und nahm das Besteck auf.

Sie lächelte und deutete über ihre Schulter. »Wenn mich jemand braucht, ich bin im Büro.«

Paula

Herausgeputzt und mit Blumenstrauß und Zigarrenkiste bewaffnet atmete Paula vor der Haustür einmal tief durch und drückte dann auf die Klingel unter dem Schriftzug Christiansen. Wenige Sekunden später wurde die Tür geöffnet.

Eine robuste grauhaarige Dame im eleganten Kleid und mit modischer Kurzhaarfrisur lächelte ihr entgegen. »Frau Hansen?«

»Ja, guten Morgen, Frau Christiansen!« Sie reichten sich die Hand.

»Bitte, kommen Sie doch herein!«

»Danke!«

Paula wartete, bis die ältere Frau die Tür geschlossen hatte, und hielt ihr die Blumen hin. »Ich habe Ihnen eine Kleinigkeit mitgebracht.«

»Ach, das wäre doch nicht nötig gewesen.« Sie nahm die Blumen an sich und wies ins Wohnzimmer. »Gehen Sie doch schon einmal durch, mein Mann Enno sitzt im Wintergarten.«

»Vielen Dank!« Sie wandte sich ab und folgte der Aufforderung, klopfte an die Glastür.

»Herr Christiansen? Guten Morgen!«

Wäre der weißhaarige Mann ihr auf der Straße begegnet, sie hätte ihn für einen Fischer gehalten, so wettergegerbt war das vollbärtige Gesicht. Doch dazu passten weder Stoffhose, Hemd und Pullover noch seine Art zu sprechen.

»Fräulein Hansen, herzlich willkommen!« Er stand auf und trat ihr mit ausgestreckter Hand entgegen. »Haben Sie gut hergefunden?«

»Ich habe mich vom Internet leiten lassen«, gab sie zu und schüttelte seine Hand, sie reichte ihm die verpackte Zigarrenschachtel. »Ein Vögelchen hat mir gezwitschert, dass Sie die am liebsten mögen.«

Ein verschmitztes Lächeln erhellte seine Züge. »Die Damen in dem Laden wissen zu viel, aber mir soll's recht sein, danke! Bitte, setzen Sie sich!«

Sie nahmen am Tisch Platz, auf dem Kaffeegeschirr bereitstand, und seine Frau kam mit einer Kanne herein.

»Sieh nur, Gesa, was die junge Dame mir mitgebracht hat.« Enno Christiansen hielt das Päckchen hoch.

»Ja, Frau Hansen ist wirklich sehr aufmerksam.« Sie zwinkerte ihr zu, nahm ihre Tasse und schenkte ihr ein. Dann ihrem Mann und sich, danach nahm sie Paula gegenüber Platz.

»Ich hoffe, Sie nehmen mir meine Neugier nicht übel, aber warum interessieren Sie sich ausgerechnet für ein Hotel auf Helgoland?«, eröffnete die Grauhaarige das Gespräch und rührte Süßstoff in ihren Kaffee.

Paula lächelte. »Aber nein, es ist ihr gutes Recht, das wissen zu wollen. Ich würde mein Eigentum auch nur in Hände geben wollen, die es zu schätzen wissen.«

In den Augen des Helgoländers glitzerte es auf. »Genau so ist es. Ich will nicht, dass das Hotel das familiäre Ambiente verliert oder am Ende sogar zu Eigentumswohnungen umgebaut wird.«

»Das wäre eine Schande!«, pflichtete Paula ihm bei und erzählte dem Paar von ihrem Werdegang, warum sie Helgoland liebte und sich mit dem Hotel eine Zukunft auf der Insel aufbauen wollte.

»Sind Sie verheiratet? Haben Sie Kinder?«, wollte Gesa Christiansen anschließend wissen.

»Nein, beides nicht.«

»Aber einen Freund, der mit Ihnen herkommen will?«, hakte Enno nach.

»Nein, auch nicht. Das Hotel wäre allein mein Baby.«

Das Ehepaar wechselte einen Blick, dann sah die ältere Frau sie an. »Ihnen ist aber bewusst, dass es sehr schwierig ist, hier einen Partner zu finden, oder?«

»Ja, das weiß ich.«

»Und das stört Sie nicht?«

»Frau Christiansen, ich mache mein Leben nicht von einem Mann abhängig, ich lebe mein eigenes. Ich weiß, was ich will, und ich hatte ausreichend Zeit und Gelegenheiten, darüber nachzudenken.«

»Das Leben hier kann sehr einsam sein«, warf der Hotelbesitzer ein und trank von seiner zweiten Tasse Kaffee. »Es wäre gut, einen Menschen an seiner Seite zu haben.«

»Der kann mir ja noch über den Weg laufen.« Paula zwinkerte ihm zu.

Seine Frau lachte auf und klatschte in die Hände. »Das ist genau die richtige Einstellung für Helgoland. Ich glaube, Sie passen bestens hierher.«

»Das denke ich auch.«

»Na, dann können wir ja jetzt zum Geschäftlichen übergehen«, bemerkte Enno. »Wie haben Sie sich den weiteren Ablauf vorgestellt?«

Runa

Runa nutzte den Schwung aus der geklärten Situation und arbeitete ihr berufliches Pensum bis zum Mittag ab. Zwischendurch gönnte sie sich eine Kaffeepause und wollte in der Zeit die Küche aufräumen, doch als sie sie betrat, blieb sie wie angewurzelt stehen. Es war nichts mehr vom Frühstück zu sehen.

In ihrem Bauch flatterte es, sie ahnte, dass Felix dafür verantwortlich war. Und sie gestattete sich einen Anflug von Aufregung. Interessierte er sich wirklich für sie? Sie erinnerte sich an die Schauer, die seine Berührungen in ihr ausgelöst hatten, und seufzte auf. Vielleicht durfte sie dieses Kribbeln, über das sie mit Jan gesprochen hatte, doch noch einmal spüren?

Nachdem sie den Laptop endgültig zugeklappt hatte, ging sie in die Küche, machte sich noch einen Cappuccino und ließ das Säuberungsprogramm des Vollautomaten durchlaufen. Sie holte einen Notizblock hervor, nahm einen Schluck und pfiff einen alten Rocksong aus den Siebzigern mit, der im Radio lief. Während die Maschine fauchte und spülte, schrieb sie die Reparaturen auf, die ihr spontan in den Kopf kamen.

Im Durchgang zur Haustür nahm sie eine Bewegung wahr und hob den Kopf. Erst dachte sie, Felix würde das Haus verlassen, doch er kam geradewegs auf sie zu. Sein Lächeln wirkte zurückhaltend, aber offen, und sie musste es einfach erwidern.

»Hey«, grüßte er, »bin ich zu spät?«

»Zu spät wofür?«

»Wir waren doch verabredet.« Mit einer verlegen wirkenden Geste strich er sich das Haar zurück.

Runa öffnete den Mund und wollte ihm gestehen, dass sie nach dem Ende des gestrigen Abends nicht damit gerechnet hatte, doch stattdessen meinte sie nur: »Das ist echt lieb von dir, danke!«

Er grinste, zuckte die Schultern und neigte den Kopf, um ihre Notizen zu überfliegen.

Ihr Blick blieb an seinem Mund hängen, und sie biss sich auf die Lippe, als sie den Wunsch verspürte, er würde sie küssen.

Felix schaute auf, ihr Blick zuckte hinauf zu seinen Augen, sie schluckte. »Wo sollen wir anfangen?« Verdammt, das war doch nicht ihre Stimme!

Er räusperte sich. »Vielleicht sollten wir systematisch durch die Räume gehen.«

»Okay.« Sie nickte, trank ihren Cappuccino aus und stellte die Tasse in die Spüle. »Ich säubere nur noch eben die Kaffeemaschine.«

»Wo finde ich denn den Werkzeugkoffer?«

Sie nickte Richtung Flur. »Im Stauraum unter der Treppe, wenn ich mich nicht irre.«

Und so zogen sie von Zimmer zu Zimmer und überprüften das Haus auf sämtliche Funktionalitäten. Gute zwei Stunden später kamen sie wieder in der Küche an, und Runa brühte ihnen Tee auf.

»Ich bin froh, dass sich nichts Größeres ergeben hat.« Sie setzte sich mit den Tassen zu ihm an den Tisch.

»Ich auch, da hätte ich dir dann nämlich nicht mehr helfen können.«

»Du hast mir auch so schon sehr geholfen, beziehungsweise meinen Eltern. Noch mal danke dafür!«

»Gern geschehen.« Sie lächelten sich an, und Runa fühlte wieder dieses Flattern im Bauch, stärker diesmal. Sie atmete tief durch und raffte allen Mut zusammen.

»Wie wäre es heute Abend mit einem Glas Wein und einer Partie Karten? Ganz privat und ohne Bewirtungsbeleg.«

Felix lachte auf und schüttelte den Kopf.

Im ersten Moment wurde ihr heiß, weil sie es als Absage auffasste, doch dann sah er ihr fest in die Augen. »Sehr gerne. Soll ich noch etwas besorgen?«

»Nein, ich habe alles da. Dann um acht? Oder später?«

»Acht Uhr passt gut.«

Runa nickte und nippte an ihrem Tee. »Darf ich fragen, woran du gerade schreibst?«

»Ich habe mir ein älteres Projekt mitgebracht, bei dem ich nicht weiterkam. Ein Thriller über eine Frau, die beim Anblick eines Fotos plötzlich seltsame Erinnerungen hat, von Tod und Blut und so.«

»Hört sich interessant an. Wo spielt das Buch?«

»Zum Teil in Hamburg, zum Teil in Paris.«

Sie seufzte. »Ach, da möchte ich auch mal hin.«

»Warst du noch nie dort?«

»Nein, es hat sich nie ergeben. Und allein in die Stadt der Liebe ...« Sie stockte und fühlte die Hitze in ihren Wangen.

»Stimmt, allein ist es dort ... anders. Ich war nur zu Recherchezwecken dort, und wenn man einen Thriller schreibt, stört die ganze Romantik. Also, zumindest mich ... damals.« Er fuhr sich mit der Hand durchs Haar.

»Aber ich konnte hier auch schon ein paar Ideen für ein neues Projekt sammeln«, meinte er und trank von seinem Tee.

»Verrätst du, worum es geht?«

»Nein, das ist noch zu vage. Ich skizziere gerade erst den Plot.« Felix stockte und drehte den Kopf zum Fenster, sein Blick wurde glasig.

Sie zögerte, doch dann nutzte sie die Gelegenheit, ihn unbemerkt zu mustern. Bis er blinzelte, sie wieder ansah und sie ertappt zusammenzuckte.

Runa wollte sich entschuldigen, doch er kam ihr zuvor. »Bitte sei mir nicht böse, aber ich habe gerade eine Idee, die ich unbedingt notieren muss. Wir sehen uns heute Abend, ja?« Felix nahm seine Tasse, stand auf und eilte in sein Zimmer hinauf.

Sie starrte ihm nach und fragte sich, ob es immer so mit ihm war. Sprunghafte Aufmerksamkeit, gedankliche Abwesenheit. Was konnte ihn fesseln?

Gestern Abend hatte er sich voll auf sie und das Essen konzentriert, wie würde es heute ablaufen?

Sie war viel zu spät dran, um den Tisch vorzubereiten, aber sie schätzte Felix nicht als jemanden ein, der sich an so etwas störte. Außerdem hatte sie unbedingt noch das Gespräch mit der Inhaberin der Marketing-Agentur führen wollen.

Runa entkorkte den Rotwein, damit er atmen konnte, und ging hinüber, um den ersten Tisch freizuräumen. Dann holte sie eine lange, schmale Schale aus dem Schrank, die in verschiedene Fächer unterteilt war, und füllte sie mit den Inhalten einer Knabber-Mix-Box. In Gedanken ging sie die To-do-Liste noch einmal durch, die sie per E-Mail erhalten und mit ihrer Mandantin durchgesprochen hatte.

Die Pension sollte an einigen Stellen neue Farbe erhalten, teilweise moderne Möbel, eine ansprechendere Dekoration. Danach konnte einer der Agenturfotografen Fotos für einen neuen Flyer aufnehmen, und über die Einrichtung einer professionellen Website sollten ihre Eltern auch unbedingt nachdenken. Die Finanzierung der Aktion war noch nicht geklärt, aber Runa würde ihren Eltern unter die Arme greifen.

Trotzdem standen die Gerüchte weiterhin im Raum. Ob sie deswegen mal zur Inselverwaltung gehen sollte? Vielleicht hatten die eine Idee, wie man dem einen Riegel vorschieben konnte. Schließlich sollte ihnen daran gelegen sein, den guten Ruf sämtlicher Gästehäuser aufrechtzuerhalten.

Sie war gerade mit den Spielkarten auf dem Weg zum Tisch, als im Radio die Verkehrsinformationen für Schleswig-Holstein durchgesagt wurden. Dann wurde das Programm mit einem Wunschtitel fortgesetzt. Sie hielt inne. Ob Felix ihre Verabredung vergessen hatte? Ach was, er würde bestimmt gleich kommen.

Der dumpfe Schmerz in ihrem Unterleib, der sie schon seit ein paar Stunden begleitete, glomm auf. Sie presste die Lippen aufeinander, konzentrierte sich und atmete in den Bauch hinein. Bis die Spitze abgeebbt war.

Runa holte tief Luft und ging zurück in die Küche, um die beiden Rotweingläser zu füllen. Dann nahm sie am Tisch Platz und holte die Karten aus der abgegriffenen Kunststoffbox.

Unvermittelt fiel oben eine Tür zu, es eilten Schritte die Treppe hinab und kamen näher.

»Sorry, ich wollte unbedingt noch das Kapitel beenden, sonst wäre ich abgelenkt gewesen.« Felix kam neben dem Tisch zu stehen und schnaufte durch. »Kann ich noch etwas tun?«

Sie lächelte ihn an. »Du kannst dich setzen und zur Ruhe kommen.«

»Okay.« Mit einem schiefen Lächeln auf den Lippen ließ er sich ihr gegenüber auf den Stuhl fallen. »Was spielen wir?«

»Rommé.« Runa begann, die Karten zu mischen.

»Erstes Auslegen bei Dreißig oder Vierzig?« Felix unterzog das Knabberangebot einer Musterung und warf sich schließlich ein paar Erdnüsse in den Mund.

»Vierzig. Und Rommé-Hand nur in der ersten Runde.«

»Alles klar.«

Sie verteilte die Karten, legte den Reststapel zwischen ihnen zur Seite und sichtete ihr Blatt.

Er nahm sein Weinglas und hielt es ihr zum Anstoßen hin, trank einen Schluck und ließ ihn über seine Zunge rollen. Dann sortierte er seine Karten und legte die erste ab. »Hast du schon eine Rückmeldung von der Marketing-Agentur?«

Sie nickte, schluckte und erzählte ihm von dem Telefonat. »Ich hoffe, dass es etwas bringt, aber wir müssen wohl wirklich alles versuchen.« Sie zuckte die Schultern und vollzog ihren ersten Spielzug.

»Warum seid ihr nicht schon eher tätig geworden?«

»Meine Eltern haben mir nie etwas davon erzählt.«

Felix runzelte die Stirn. »Ihr habt kein gutes Verhältnis?«

»Keine Ahnung, wahrscheinlich nicht«, murmelte sie, hielt inne und starrte vor sich hin. »Ich glaube, sie sind nicht damit zurechtgekommen, dass ich abgehauen bin, sobald ich konnte.«

»Bist du ihretwegen abgehauen? Ist ... etwas vorgefallen?«

Seine Stimme war sanft und einfühlsam, sie schaute auf und in seine Augen. Wollte ihm nichts verheimlichen.

»Inselkoller. Sie hatten mich sogar schon zur psychiatrischen Sprechstunde in der hiesigen Klinik geschickt.« Sie atmete tief durch, zittrig, und blickte wieder auf ihre Karten hinab.

Bis heute wussten nur Jan und ihre Eltern die Wahrheit, sie hatte sich niemandem sonst anvertraut. Warum sie es ausgerechnet jetzt tat, war ihr schleierhaft. Warum ihm?

Seine Hand schob sich in ihr Sichtfeld, legte sich auf ihre. Und jagte ihr wieder diesen warmen Schauer über die Haut.

Runa starrte auf seine Finger hinab, lang, blass, die Nägel kurz und gepflegt. Sie hatte sie mit Werkzeug gesehen, stellte sie sich auf einer Tastatur vor.

Und auf ihren Hüften, ihrem Bauch. Ihr Herz begann zu hämmern.

»Das ist keine Schande«, hörte sie ihn sagen. Sie blinzelte und sah auf, vollkommen aus der Bahn geworfen. Worüber hatten sie noch gleich gesprochen?

Also nickte sie, konzentrierte sich auf die Anteilnahme in seinen Augen und hoffte, er könne ihr die lüsternen Gedanken nicht im Gesicht ablesen.

Felix zog die Augenbrauen zusammen. »Alles in Ordnung? Du wirkst so …«

»Ja, klar, alles gut«, beeilte sie sich zu sagen und nahm sich ein paar Chips, stopfte sie sich in den Mund. Er zog die Hand fort.

Sofort vermisste sie seine Berührung, die Wärme, den Schauer.

Verdammt, sie durfte sich hier nicht in irgendetwas verrennen oder gar irgendwelche Gefühle entwickeln. Weder auf körperlicher noch auf tieferer Ebene. Er war nur ein Gast, der in einer guten Woche wieder abreisen und den sie voraussichtlich nicht wiedersehen würde.

»Und nachdem du weggezogen bist? Musstest du dich trotzdem behandeln lassen?«

»Nein, es war fast sofort verschwunden.«

»Wie ist es aktuell? Kommst du damit zurecht?«

Sie nahm eine neue Karte auf und zuckte die Schultern. »Ich hatte schon ein oder zwei kleinere Attacken, aber es hält sich in Grenzen. Ich vermeide Spaziergänge am Klippenrand.« Runa legte einen doppelten König ab und griff nach ihrem Weinglas. Warum erzählte sie ihm das alles? Sie musste damit aufhören, ihr Innenleben ging ihn nichts an.

Sie zwang sich zu einem Lächeln. »Erzähl mir lieber, wie deine Bunkerführung war!«

»Oh, ganz interessant.« Er lachte. »Ich überlege ernsthaft, das neue

Projekt hier anzusiedeln. Auch wenn das schon andere vor mir getan haben.«

»Ich weiß. Das muss mit Helgolands einsamer Lage zu tun haben.«

»Ja, auch, aber nicht nur.« Seine Augen leuchteten auf. »Es gibt einige Orte, die zwiespältige Gefühle wachrufen können, das reicht schon.«

»Zum Beispiel?«

»Na ja, im Bunker kann man leicht Beklemmungen bekommen, wegen der Enge, dem ganzen Fels darüber, der Geschichte. An den Klippen muss man sich nur mal bewusst werden, dass der Zaun ein Witz ist und wie schnell man einen falschen Schritt machen kann. Oder dass ein kleiner Schubs genügt.« Er grinste und legte vier Asse und eine große Zahlenfolge aus. »Ich kann mir auch vorstellen, dass jemand aufgrund eines Inselkollers durchdreht und zum Psychopathen mutiert.«

Runa lachte auf und lehnte sich zurück. »Das kann ich nun sehr gut nachvollziehen. Wenn ich bedenke, wie reizbar ich war, dünnhäutig und aggressiv.«

»Siehst du? Die menschliche Psyche ist eine beinahe unerschöpfliche Inspirationsquelle. Zumindest für mich.«

»Vielleicht sollte ich mal etwas von dir lesen.«

Sein Lächeln wurde weicher. »Das würde mich freuen. Wenn du einen E-Book-Reader hast, gebe ich dir gerne die entsprechenden Dateien.«

»Sorry, ich bin da ziemlich altmodisch, ich will ein echtes Buch in den Händen halten.«

»Dann schicke ich dir eines, sobald ich wieder in Hamburg bin. Oder ich gebe es dir persönlich, wenn du zurück bist.«

Verdammt, ihr blödes Herz klopfte schon wieder schneller. »Oh, bitte, mach dir keine Umstände!« Sie hob eine Hand.

Felix runzelte die Stirn. »Warum sollte mir das Umstände machen? Ich würde mich sehr gerne zu Hause mit dir treffen. Vielleicht zum Essen? Lass uns schauen, ob wir nicht doch noch ein gutes Fischlokal ausfindig machen können.«

Nur ein Essen, redete sie sich ein, ganz unverfänglich. Kein Grund für dieses bescheuerte Herzklopfen! Sie öffnete den Mund, um zuzusagen, doch heraus kam nur ein Stöhnen. Runa presste die Rechte gegen den Bauch und krümmte sich.

»Was ist los? Was hast du?« Er sprang auf und kam um den Tisch herum, ging neben ihr in die Hocke.

»Nur Bauchschmerzen«, presste sie hervor und winkte ab. »Ich nehme eine Tablette, dann geht es wieder.«

Sie schob den Stuhl zurück, stand auf und eilte ins Büro hinüber, wo ihre Handtasche neben dem Schreibtisch stand. Sie fischte die Packung heraus und drückte sich eine Schmerztablette aus dem letzten Blister in die Hand. Mist, sie musste am Samstag unbedingt zur Apotheke und Nachschub besorgen. Irgendein rezeptfreies Medikament, das ihrem gleichkam. Oder sie musste ins Krankenhaus, wenn es gar nicht mehr anders ging.

Runa kehrte in die Küche zurück, nahm sich ein halbes Glas Wasser und spülte die Tablette hinunter. Schloss die Augen und atmete mehrmals tief durch.

Ein Klirren ließ sie aufschrecken und herumfahren. »Lass doch, ich ...«

Felix schüttelte den Kopf und die beiden Weingläser auf der Arbeitsplatte ab. »Es geht dir nicht gut, also leg dich hin. Ich kümmere mich um alles.«

»Du bist echt ein Schatz«, entfuhr es ihr, und sie sah ihn erschrocken an.

Er erwiderte den Blick und lächelte, und sie wäre am liebsten in diesem ungewöhnlichen Schilfgrün versunken. »Nun geh schon! Wir sehen uns morgen früh.«

Sie zögerte, trat dann aber auf ihn zu und legte ihm die Hand auf die Schulter. »Danke!«

Sie spürte seine Wärme und wollte noch mehr von ihm anfassen. Ohne Kleidung darüber. Mit einem zittrigen Grinsen unterbrach sie den Kontakt und ging an ihm vorbei zur Treppe, die sie hinaufeilte. Oben angekommen schloss sie die Zimmertür hinter sich und lehnte sich mit geschlossenen Augen dagegen.

Himmel, wenn sie nicht aufpasste, war es bald um sie geschehen.

Kapitel 9

Paula

Nach dem Gespräch hatten Christiansens sie noch zu einem Mittagessen im Hotel eingeladen und viel aus dem Nähkästchen geplaudert.

Ihr Geschäftsführer Herbert Böllmann war auch noch dazugestoßen, wohl um seine Neugier zu befriedigen. Enno Christiansen hatte es faustdick hinter den Ohren und ihm eine saftige Lüge aufgetischt. Paula sei eine Nichte, die sie schon seit einer Ewigkeit nicht mehr gesehen hätten und die frisch von einer Hotelfachschule kam. Danach hatte es kein Halten mehr gegeben.

Sie hatte bereits die ersten Einsichten in die Abläufe bekommen, eine Komplettführung und auch noch ein Abendessen mit den Christiansens. Dann waren sie zusammen aufs Oberland zurückgekehrt, und das Ehepaar hatte ihr die Jahresabschlüsse der letzten Jahre überlassen.

Die galt es heute durchzuarbeiten, auch wenn Karfreitag war und ihre Gedanken immer wieder zu Jan abdrifteten.

Aber Paula kam erstaunlich gut voran. Zu gut, wie ihr Bauchgefühl zur Mittagszeit meinte. Also tat sie das, was immer half: Ablenkung. Sie zog sich an und brach zu einem ausgedehnten Spaziergang auf. Sie ließ sich den Kopf freipusten, ging in Gedanken noch einmal sämtliche Zahlen und Fakten durch. Und hatte immer noch das Gefühl, dass irgendetwas nicht stimmte.

Sie lief bis zum Südhafen und sah einem kleineren Fährschiff beim Anlegen zu. Ein Haufen Touristen strömte von Bord, überwiegend ohne

Koffer, Richtung Zentrum. Kurzerhand tauchte sie zwischen ihnen unter und ließ sich treiben. Das Büro von Helgoland Immobilien entdeckte sie nur durch Zufall, aber der Gedanke war schnell umgesetzt. Sie drückte die Tür auf und marschierte hinein.

Nur der linke der beiden Schreibtische war besetzt, mit einem älteren Paar davor und einem Mann dahinter. Der richtete sich auf und winkte ihr zu.

»Einen Moment noch, bitte!«

»Kein Problem«, flötete sie, steckte die Hände in die Taschen und sah sich in dem Büro um. Sie musterte die Aushänge verschiedener Objekte. Einige wurden zum Kauf angeboten, die meisten hingen unter der Überschrift »Vermittlung«. Das *Inselkind* fand sie nicht, genauso wenig die anderen der besten Häuser. Dafür viele Pensionen, auch Haus *Dünenblick*.

»Ich wünsche Ihnen eine gute Heimreise«, hörte sie hinter sich, dann wurde die Tür geöffnet und geschlossen. Schritte näherten sich.

»So, jetzt bin ich für Sie da. Wie kann ich Ihnen behilflich sein?«

Paula sah den hellgrauhaarigen Mann mit randloser Brille an und lächelte. »Ich bin gerade mit der Fähre angekommen und wollte mir mal vor Ort ein Bild von den Unterkünften machen. Wissen Sie, ich suche für Pfingsten noch ein lauschiges Plätzchen für meinen Freund und mich.«

»Dann sind Sie hier genau richtig, wir haben ein breitgefächertes Angebot.« Der korpulente Typ wies auf die Bilder an der Wand. »Haben Sie einen besonderen Wunsch?«

»Nun, eine schöne Aussicht wäre super. Also nicht aufs nächste Haus oder den Hafen. Auf die Düne, das würde mir gefallen. Vielleicht sogar vom Bett aus.« Sie zwinkerte ihm zu.

»Oh!« Er kicherte keckernd und schob die Brille seinen Nasenrücken hinauf. »Ich verstehe. Dann lassen Sie uns mal schauen. Ich glaube, diese Häuser hier haben Blick auf die Düne.« Sein Finger tippte auf einige Bilder und verharrte auf einem Haus zwei Straßen von ihrer

Pension entfernt. »Empfehlen kann ich Ihnen das hier, wunderschöne kleine Ferienwohnungen.«

»Hm, ein Mini-Apartment oder Doppelzimmer würde reichen, aber wir möchten wenigstens ein Frühstück mitbuchen, wissen Sie?«

Der Mitarbeiter des Immobilienbüros seufzte, und es klang in ihren Ohren überzogen theatralisch. »Die einzigen Pensionen mit dem gewünschten Ausblick wären diese hier, aber ich kann sie nicht empfehlen.«

»Warum denn nicht?« Paula musste ihre Überraschung noch nicht einmal spielen. »Die sehen doch nett aus.«

»Aber nicht von innen, leider sind sie recht altbacken. Die jeweiligen Eigentümer stehen kurz vor der Rente, und ich glaube, sie haben vor vielen Jahren mit der Modernisierung aufgehört. Ich denke nicht, dass das die richtige Unterkunft für ein Paar wie Sie beide ist.«

»Ach, das ist aber schade.« Sie verschränkte die Arme vor der Brust und ließ den Blick über die Objekte gleiten.

»Ja, finde ich auch.« Wieder seufzte der Grauhaarige. »Ich habe ihnen schon ein paar Hinweise gegeben, aber leider ...« Ein Schulterzucken.

»Und gibt es Pensionen mit einem ähnlich schönen Blick?«

»Hm.« Seine Finger strichen über sein Kinn. »Da hätte ich nur noch diese hier, aber sie befindet sich auf dem Unterland. Der Ausblick ist natürlich nicht der gleiche.«

»Tja.« Paula tat, als würde sie nachdenken. »Hätten Sie denn ein paar Flyer oder anderes Informationsmaterial für mich? Am besten von allen Pensionen mit Blick auf die Düne.«

»Auch von den weniger empfehlenswerten?«

»Ja, die nehme ich einfach mal mit.«

Es gefiel ihm nicht, aber er ging zu dem Regal hinter seinem Schreibtisch und suchte die entsprechenden Faltbroschüren heraus und hielt sie ihr zusammen mit einer Visitenkarte hin. »Unsere Bürozeiten stehen auf der Rückseite, mit Telefon und E-Mail-Adresse.«

»Vielen Dank, Herr ...« Sie beugte sich etwas zurück, um das Schild auf dem Schreibtisch lesen zu können. » ... Pfeffer. Ich komme gerne auf Ihr Angebot zurück. Bis bald!«

»Einen schönen Tag auf der Insel!« Pfeffer verbeugte sich und lächelte.

»Vielen Dank!« Noch ein Winken, dann spazierte sie hinaus.

Auf den ersten Blick sahen die Flyer alle gleich aus, doch sie würde sie genauer unter die Lupe nehmen. Nach den Jahresabschlüssen des Hotels *Inselkind*.

Runa

Die nächsten Gäste würden mit der Mittagsfähre eintreffen, und sie war spät dran, also musste sie sich ranhalten. Runa richtete das Frühstück an, aß ihres nebenbei und machte sich dann über die beiden Apartments im zweiten Stock her, die ihre Mutter für die beiden Paare vorgesehen hatte. Staubwischen, Bad und Küche putzen, saugen, Betten beziehen, lüften. Als sie im zweiten Apartment gerade mit dem Putzen fertig war, klopfte es am Türrahmen.

Sie hob den Kopf und sah Felix dort stehen. »Guten Morgen! Geht es dir besser?«

»Guten Morgen!« Sie zwang sich zu einem Lächeln und hoffte, er würde ihr das Herzklopfen nicht ansehen. Himmel, sie war Ende dreißig, was sollte das?

»Ja danke, eine Tablette reicht da meistens.« Sie klappte das Schrankbett auf und schnallte Oberbetten und Kissen ab.

Er trat neben sie, griff nach einem Spannlaken und bezog die linke Matratze. »Hast du diese Schmerzen öfter?«

»Leider ja.«

»Warst du damit beim Arzt?«

»Ja. Ich muss operiert werden, sobald ich wieder in Hamburg bin.«

»So schlimm? Was ...«

»Hör auf, ich schaffe das alleine«, unterbrach Runa ihn und wollte ihm das Kissen abnehmen.

»Warum bist du nur so stur?« Mit einem Ruck brachte er es aus ihrer Reichweite.

»Das könnte ich dich genauso fragen.« Sie wandte sich der anderen Bettseite zu und presste die Lippen zusammen.

»Himmel!«, murmelte er und schüttelte den Kopf. »Entspannst du dich auch mal?«

»Ich habe keine Zeit dafür.«

»Wenn du mich helfen lassen würdest ...«

»Nein, du ...«

»Dann mach deinen Scheiß halt allein.« Felix warf das Bettzeug auf die Matratze, marschierte hinaus und knallte die Tür hinter sich zu.

Das Geräusch ließ sie zusammenfahren, doch sie schloss nur kurz die Augen und drängte die Tränen zurück. Es war besser so.

Im unteren Zimmer fiel die nächste Tür ins Schloss.

Ach ja? War es wirklich besser so? Warum fühlte es sich dann so mies an?

Runa ließ sich auf den Boden sinken, umklammerte die angezogenen Knie und sah aus dem Fenster, rüber zur Düne. Woher kam nur dieses Gefühlschaos in ihrem Innern? Kehrte der Inselkoller zurück? Oder war ihr einfach nur alles zu viel?

Ihr Job, die Pension, die gefährdete Existenz ihrer Eltern, ihre gescheiterte Beziehung mit Stefan, die Schmerzen und die notwendige Operation ... und jetzt auch noch Felix.

Verdammt, sie wünschte, sie hätte jemanden zum Reden. Sonst würde sie den Kopf niemals freibekommen.

Sie zog ihr Handy aus der Hosentasche und schrieb Jan eine Nachricht, wohl wissend, dass er frühestens gegen vier antworten konnte.

Hey! Können wir uns nach Feierabend auf ein Bier treffen?
Ich muss unbedingt reden.

Mit beiden Händen fuhr sie sich übers Gesicht und seufzte, dann stemmte sie sich hoch. Sie musste dringend weitermachen, ihr blieb nur noch eine knappe Stunde.

Es gelang ihr, das Chaos zu unterdrücken und ihren Kopf auszutricksen. Sie begrüßte die neuen Gäste, putzte auch noch die Wohnung ihrer Eltern und die Küche und machte sich schließlich auf den Weg zu Jans Lieblingskneipe. Gerade als sie die Tür geöffnet hatte, meldete sich ihr Handy.

Wann?

Bin gerade in der Bunten Kuh *angekommen.*

Okay, gib mir zwanzig Minuten.

»Runa? Moin!«

Sie sah auf und in das Gesicht des Barkeepers. »Thevs, hallo!«

»Ich habe schon gehört, dass du da bist.« Der zwei Jahre ältere Mann, der als Teenager zu ihrer Clique gehört hatte, kam hinter der Bar hervor und begrüßte sie mit einer Umarmung. »Wie geht es deiner Mutter?«

»Ganz gut, sie ist gestern zur Reha gefahren.«

»Glück gehabt, würde ich sagen. Triffst du dich mit Jan?«

»Ja, er kommt gleich.«

»Willst du ein Bier?«

»Gerne. Ich setze mich in die Ecke.«

»Alles klar.«

Runa zog ihre Jacke aus, schob ihren Hintern auf einen der beiden Barhocker des Bistrotisches gegenüber der Theke und sah Thevs nach. »Wie geht es deinen Frauen?«, erkundigte sie sich. Er hatte eine Frau und zwei Zwillingsmädchen.

»Alles super, können nicht klagen.« Er kam zu ihr und stellte das

Glas vor ihr auf den Tisch. »Vielleicht sehen wir uns ja morgen beim Osterfeuer.«

»Bestimmt, danke!«

Er ging an die Bar zurück und kümmerte sich um die nächste Bestellung.

Nach einem kräftigen Schluck von ihrem Bier leckte sie sich den Schaum vom Mund und sah aus dem Fenster. Versuchte, ihre Gedanken und Gefühle zu ordnen. Was wollte sie ihrem besten Freund erzählen? Alles?

Nein, sie würde die Operation nicht erwähnen, das war ihr dann doch zu intim.

Außerdem war alles andere schon verwirrend genug.

Bis er endlich eintraf, hatte sie bereits ein weiteres Bier geleert und das dritte bestellt.

»Mach noch eines für Jan«, rief sie zur Theke hinüber, als sie ihn durch das Fenster auf die Kneipe zukommen sah.

»Okay.«

Kurz darauf öffnete sich die Tür, Jan kam herein und rief: »Moin, Thevs!«

»Moin, Jan! Bier kommt sofort.«

»Danke!«

Jan drehte sich zu ihr um, lächelte und kam zum Tisch. Dann stutzte er. »Au Mann, du scheinst es ja wirklich nötig zu haben«, sagte er leise und zog sie in eine Umarmung.

Sie schloss die Augen, lehnte den Kopf an seine Schulter und hielt ihn fest.

»Alles in Ordnung?«

»Nein, nicht wirklich«, gab sie zu und löste sich von ihm.

Er schlüpfte aus seiner Pilotenjacke, hängte sie an die Garderobe und zog den zweiten Hocker näher heran. Thevs brachte die beiden Bier, klopfte Jan auf den Rücken und verschwand wieder.

Jan stieß mit ihr an, sie tranken, dann verschränkte er die Arme vor sich auf dem Tisch und musterte sie. »Okay, raus damit! Und ich will *alles* hören.«

Sie verzog das Gesicht und atmete tief ein, begann zu reden. Über alles, was sie beschäftigte, angefangen bei dem desolaten Zustand der Pension.

»Paula hat diese Gerüchte auch schon gehört«, warf er ein. »Ich habe deswegen herumgehorcht, aber die meisten Insulaner haben davon nichts mitbekommen.«

»Also kursieren sie nur unter den Urlaubern? Aber dann müssen sie immer wieder angefacht werden!«

»Du vergisst, dass die meisten Stammgäste sind.«

»Nein, ich glaube, es steckt viel mehr dahinter.« Sie schüttelte den Kopf. »Wenn ich nur wüsste, woher das kommt und was ich dagegen tun kann.«

»Kommst du morgen zum Osterfeuer? Vielleicht haben wir drei zwischendurch mal Gelegenheit, darüber zu reden.«

Runa lächelte ihn an. »Ich will euch nicht stören.«

»Rede keinen Quatsch.« Er winkte ab. »So, und was liegt dir noch auf der Seele?«

Sie fühlte die Hitze in ihre Wangen steigen. »Sieht man mir das an?«

»Man vielleicht nicht, aber ich schon. Spuck's aus!«

»Ich ... ich weiß gar nicht, wie ich anfangen soll«, gab sie zu und trank ihr Bier aus. Jan drehte sich zur Theke um und orderte Nachschub.

»Geht es um dich persönlich?«

Sie nickte.

»Ums Herz?«

Mit einem jammervollen Gesichtsausdruck sah sie ihn an.

»Los, sag schon! Du weißt doch, dass du mit mir über alles reden kannst.«

»Deswegen bin ich ja hier«, stieß sie mit erstickter Stimme hervor. Und dann brach es sich seinen Weg. Alles, was sie mit Felix erlebt hatte, jede Kleinigkeit.

»Du magst ihn *doch*«, stellte Jan anschließend fest.

»Das befürchte ich auch.«

»Dann lass dich darauf ein, ihr wohnt in der gleichen Stadt.«

»Aber ich kann das doch jetzt nicht brauchen«, erwiderte sie.

»Ach, Runa, danach fragt die Liebe nicht.« Er seufzte.

»Also, das ist jetzt schon ein wenig hoch gegriffen«, versetzte sie.

»Du magst ihn, und er hat eindeutig Interesse an dir.«

»Meinst du?«

»Hast du denn so gar keine Erfahrung in solchen Sachen?«

»Sieht fast so aus, oder?«

»Es könnte genau das sein, was du dir wünschst. Gefühl und Leidenschaft, Aufmerksamkeit. Schon vergessen?« Er zwinkerte ihr zu.

»Nein, natürlich nicht.«

»Wovor hast du dann Angst?«

»Keine Ahnung. Dass es zu schön ist, um wahr zu sein?«

»Soll ich ihn mir mal ansehen? Ich könnte morgen schon zum Frühstück kommen, anstatt Paula erst danach abzuholen.«

»Würdest du das tun?«

»Klar!«

»Aber du musst mir ehrlich sagen, wenn du ihn für einen Arsch oder Idioten hältst, okay?«

»Und wenn ich dir meinen Segen gebe? Fällst du dann über ihn her?«

Runa lachte und schlug ihm scherzhaft auf den Arm. »Natürlich nicht.«

»Warum nicht? Tu es doch einfach mal!«

»Ich denke drüber nach, okay?«

Jan schüttelte den Kopf. »Guck mal, das mit Paula habe ich auch nicht erwartet. Und nicht kommen sehen. Aber ich will auf jeden Fall herausfinden, was da noch ist, wenn sie mich lässt.«

»Du warst schon immer der Mutigere von uns beiden, in allen Belangen.«

»Ich gebe dir gerne was davon ab. Lebe, Runa! Es kann schneller zu Ende sein, als man ahnt.«

Runa musterte sein Gesicht und wusste genau, dass er von seinen

Erlebnissen während der Auslandseinsätze bei der Bundeswehr sprach. Er hatte nicht nur einen Freund verloren.

Sie griff nach seiner Hand. »Bevor man bereut, etwas nicht getan zu haben?«

»Ja.« Er legte seine Hand über ihre. »Besser, man geht ein Risiko ein und es geht schief, als dass man es nie versucht.«

»Ich bin ein Schisser.« Sie ließ den Kopf hängen, und er lachte auf, küsste ihren Kopf.

»Stimmt. Und es wird Zeit, dass du das änderst. Ich trete dir gerne in den Hintern, wenn es hilft.«

»Ich lasse es dich wissen, vielen Dank auch.«

»Frag ihn, ob er Lust hat, mit dir zum Osterfeuer zu gehen. Das ist doch eine super Gelegenheit, sich näher kennenzulernen. Ohne nerviges Drumherum und so.«

»Vielleicht hast du recht«, murmelte sie und drückte noch einmal seine Hand, bevor sie sie losließ. »Aber nur, wenn er deiner Musterung standhält.«

»Arme Sau, der kann was erleben!« Jan schüttelte den Kopf und grinste.

Paula

Tatsächlich, irgendetwas stimmte ganz gewaltig nicht! Es wirkte, als ob jemand die Jahresabschlüsse manipuliert hätte.

Es war bereits halb sieben, als sie die Unterlagen zuklappte, aufstand und sich reckte. Morgen würde sie Runa fragen, ob sie einmal unverbindlich drüberschauen konnte, doch jetzt war es erst einmal Zeit für ein kleines Abendessen.

Paula lief in die Küche hinunter, schaltete den Ofen ein und erschrak.

»Oh, was machen Sie denn hier?«, entfuhr es ihr.

Felix Ferle stand vor der Tür zum Privatbereich, die Hände in den Taschen vergraben.

»Ach, nichts, ich …« Er zuckte die Schultern.

Sie wandte sich dem Schrank zu, in dem ihr Rotwein stand, und holte eine Flasche heraus. »Runa ist gegen vier aus dem Haus gegangen, wenn ich das richtig mitbekommen habe.«

»Ach so. Tja, dann kann man nichts machen. Einen schönen Abend noch!«

»Auch so.« Sie sah ihm nach, wie er zur Treppe ging. Hörte ihn hinauflaufen und zwei Minuten später wieder herunterkommen und aus dem Haus gehen.

Na, wenn da mal nicht jemand echtes Interesse hatte!

Mit einem Grinsen auf den Lippen schob sie ihre vorletzte Tiefkühlpizza in den Ofen. Wie schön, dass ihr Bauchgefühl noch immer richtiglag.

Ihr Handy piepte, und sie zog es heraus, um die Nachricht zu lesen.

Hallo, meine Schöne! Ist es okay, wenn wir morgen zusammen bei dir frühstücken?

Paulas Mund verzog sich zu einem Lächeln.

Gerne. Gibt es denn einen besonderen Grund?

Abgesehen davon, dass ich dich auf diesem Weg schon eher sehen kann, tue ich Runa einen Gefallen. Ich soll mir mal euren Schriftsteller genauer ansehen.

Wieso das?

Lange Geschichte, erzähle ich dir morgen.

Okay. Freue mich.

Und ich mich erst! 😘

Sie seufzte und schickte ihm einen Kussmund zurück. Ja, sie freute sich auf den morgigen Tag. Die beste Gelegenheit, mehrere Stunden am Stück mit ihm zu verbringen und ihm auf den Zahn zu fühlen. Hoffentlich konnte sie in vierundzwanzig oder achtundvierzig Stunden schon etwas dazu sagen, ob zwischen ihnen mehr war als nur guter Sex.

Ihre Gedanken verloren sich in den Erinnerungen an Jan, bis die Zeitschaltuhr des Ofens sie in die Realität zurückholte. Mit Pizza und Wein bewaffnet stiefelte sie hinauf in ihr Zimmer, machte es sich auf der Couch gemütlich und schaltete den Fernseher ein. Leider boten die Programme noch nichts Interessantes an, also griff sie nach dem Essen zum Handy und wählte die Nummer ihrer Cousine. Ihre Füße legte sie neben dem leeren Teller auf dem Couchtisch ab.

»Na endlich! Du hast dir ganz schön Zeit gelassen mit deinem ersten Anruf«, schimpfte Melanie.

Paula lachte. »Sorry, aber die letzten Tage waren ziemlich aufregend.«

»Wie kann diese öde Insel aufregend sein? Oder die Begutachtung eines Hotels?«

»Wer sagt denn, dass meine Tage und Nächte nur aus diesen beiden Dingen bestanden?«

»Was?«, rief ihre Cousine gedehnt. »Was, zum Teufel, treibst du da drüben? Hast du dir etwa einen Typen aufgerissen?«

»Wie sich das anhört!«, entrüstete sich Paula. »Ja, ich habe einen heißen Typen kennengelernt, gleich am ersten Abend, und die Nacht mit ihm verbracht.«

»Das glaube ich jetzt nicht! Ich wusste gar nicht, dass du so ein Vamp bist.«

»Es hat sich eben so ergeben.«

»Warum habe ich das Gefühl, dass noch mehr dahintersteckt?«

»Wahrscheinlich, weil es so ist.«

»Scheiße, jetzt lass dir doch nicht alles einzeln aus der Nase ziehen!«

Paula lachte und erzählte ihr von ihren Treffen mit Jan.

»Hört sich an, als ob du dich verknallt hättest«, schloss Melanie.

»Kann schon sein, vielleicht ein bisschen.«

»Und er?«

»Ach, du weißt doch, wenn es um mich geht, versagt mein Bauchgefühl. Ich glaube, er ist gerne mit mir zusammen, aber ob da mehr ist, weiß ich noch nicht.«

»Kannst du mir nicht mal ein Foto von deinem heißen Insulaner schicken?«

»Mal sehen, ob ich ihn morgen unauffällig zu einem Selfie überreden kann.«

»Gute Idee. Ich drücke dir auf jeden Fall die Daumen, du hättest es echt verdient.« Sie kicherte. »Alter, wenn es mit Hotel *und* Mann klappen würde, das wäre ja der Hammer!«

»Du sagst es.« Paula seufzte und zeichnete mit den Fingern die Struktur des Couchbezuges nach. »Zu schön, um wahr zu sein.«

»Hey, seit wann bist du so pessimistisch? Seit ich dich kenne, hast du immer nur nach vorne geguckt.«

»Ach, ich weiß auch nicht. Mir ist gerade danach.«

»Wie viel Wein hast du schon intus?«

Sie blickte zu ihrem fast leeren Glas auf. »Nur eins, ich schwöre.«

»Dann trink den Rest der Flasche auch noch und freue dich auf morgen.«

»Wenn ich das tue, wird der morgige Tag nicht so toll.«

»Du weißt schon, was ich meine.«

»Okay, aber jetzt mal zu dir. Was gibt es Neues?«

Melanie erzählte ihr den neuesten Klatsch aus ihrem Büro und vom Volleyballverein.

»Sonst nichts? Keine Männer in Sicht?«

»Nee. Der neue Kollege hat sich als Couchpotato herausgestellt, damit kann ich nichts anfangen.«

»Gehst du morgen Abend aus?«

»Klar! Meine Mädels und ich wollen zum Osterfeuer vom Verein, mal sehen, ob es neue Mitglieder gibt«, meinte sie in anzüglichem Ton.

»Übertreib es nicht, sonst überlebst du das Osteressen bei deinen Eltern nicht!«

»Nee, weiß ich doch. Und ansonsten mache ich mir ein chilliges Wochenende. Rufst du deine Eltern an?«

»Hm, mal sehen. Wahrscheinlich schon. Auch wenn ich keine Lust dazu habe.«

»Mann, ich wäre echt gerne dabei, wenn du ihnen von deinem eigenen Hotel auf Helgoland erzählst.«

Paula stöhnte auf. »Es gibt nur zwei mögliche Reaktionen. Entweder es geht ihnen am Arsch vorbei, oder sie reißen mir den Kopf ab.«

Runa

Nach der lauten und fröhlichen Geräuschkulisse in der Kneipe genoss Runa den Spaziergang entlang der Promenade am Südstrand. Hier war kaum noch etwas los, selbst die Dünenfähre dümpelte bereits für die Nacht vertäut am Steg. Sie zog das Gummi aus ihrem Nackendutt und ließ den Wind in ihr Haar fahren, schloss für einen Moment die Augen und atmete tief die salzige Luft ein.

Das Gespräch mit Jan hatte ihr gutgetan, wie immer, und ein paar Knoten in ihrem Bauch gelöst. Vor allem einen. Ihr bester Freund hatte recht, sie musste endlich anfangen zu leben. Sich von unnützem Ballast trennen und nach vorne schauen.

Runa schlenderte auf der Kurpromenade um die Ecke und zog die Kapuze hoch, weil der Wind hier heftiger wehte. Als sie bei der Bücherei ankam, bemerkte sie einige Gäste, die hineingingen. Hatte Frau Taumann nicht gesagt, dass es hier heute eine Lesung gab?

Sie bog zum Gebäude ein und schob sich die Kapuze vom Kopf, las die Ankündigungen im Schaukasten, dann das Plakat für die Lesung.

Eine Autorin von Liebesromanen, die aus ihrem aktuellen Werk vorlas, das auf Helgoland spielte.

Ihr Mund verzog sich zu einem Lächeln. Eine Romanze auf Helgoland? Wo es sonst nur Geheimnisse, Mord und Totschlag gab? Hm, das konnte interessant werden. Sie trat zur Seite, um weitere Urlauber durchzulassen, und ließ den Blick schweifen.

Ihr Herz begann wie wild zu klopfen, als sie die Silhouette des einzelnen Mannes erkannte, der die Aquariumstraße herabkam. Wollte er zur Lesung? Sie vergrub die Hände in den Taschen und drehte sich in seine Richtung. Sie schaute ihm entgegen und kaute auf ihrer Unterlippe, sie musste sich auf jeden Fall als Erstes bei ihm entschuldigen.

Felix überquerte die Promenade, sah auf und stutzte, dann verlangsamte er seinen Schritt. Zwei Schritte vor ihr blieb er stehen und musterte ihr Gesicht. »Du bist hier.«

»Ja, aber das ist eher Zufall.«

»Oder Schicksal.« Er legte den Kopf schräg.

»Glaubst du an so etwas?«

»Es muss doch etwas bedeuten, dass wir uns ständig über den Weg laufen.«

»Helgoland ist klein.«

»Aber man könnte sich trotzdem aus dem Weg gehen.«

Runa fühlte die Röte in ihre Wangen schießen. »Felix, es tut mir leid, dass ich dich so rüde behandelt habe, das war nicht meine Absicht.«

»Aber du schubst jeden weg, der dir zu nahe kommt«, stellte er fest.

»Tue ich das?« Sie sah ihm in die Augen und schluckte.

»Sieht ganz so aus.«

»Es tut mir leid«, sagte sie leise. »Eigentlich ... wollte ich das nicht. Mein Kopf ist im Moment so voll.«

»Dann solltest du ihn mit anderen Dingen füllen. Du hast ein langes Wochenende vor dir, musst nicht arbeiten ... Die Lesung ist schon mal ein guter Anfang.«

»Findest du?«

Felix zuckte die Schultern, und so nahm sie allen Mut zusammen.

»Gehst du mit mir da rein?«

»Du musst nicht ...«

»Ich will aber«, unterbrach sie ihn.

Ein Lächeln breitete sich auf seinem Gesicht aus. »Das trifft sich gut, ich habe nämlich vorhin nach dir gesucht, um zu fragen, ob du mitgehst.«

»Wirklich?« Sie erwiderte sein Lächeln. »Nach all der Kratzbürstigkeit, mit der ich dir begegnet bin?«

»Die einen sagen, ich sei hartnäckig. Die anderen, ich sei zu schwach, weil ich mich immer wieder bemühe. Such dir etwas aus.«

»Dann entscheide ich mich für die Hartnäckigkeit, das klingt ... aufregender.«

Eine seiner Brauen zuckte nach oben. »Wer bist du, und was hast du mit der professionellen Steuerberaterin gemacht?«

»Die hat Wochenende. Im Moment bin ich einfach nur Runa. Die Frau.«

Verdammt, was redete sie denn da? Ihr musste das Bier zu Kopf gestiegen sein! Oder Jans Gerede von Mut hatte doch noch gewirkt.

»Nett, dich kennenzulernen. Gehen wir danach noch eine Runde Dart spielen?«

»Sehr gerne.« Runa grinste und versuchte, den Kolibri in ihrem Magen zu beruhigen. »Aber jetzt lass uns erst einmal reingehen, Frau Taumann startet immer pünktlich.«

»Wo kann man denn hier Dart spielen?« Vor der Bücherei blieb Runa stehen, drehte sich zu ihm um und zog den Reißverschluss zu.

»In der Straße hinter der Apotheke, auf dem Oberland.«

»Okay, dann lass uns den Millstätter Weg hochlaufen.«

»Ich weiß zwar nicht, was und wo das ist, aber ich folge dir einfach.«

Sie vergruben ihre Hände in den Taschen und schlenderten los.

»Und was sagst du als Thriller-Autor zu dem Liebesroman?«, wollte sie nach ein paar Metern wissen.

»Puh, das ist echt nicht mein Genre, aber die Stellen, die sie vorgelesen hat, klangen nett. Nicht zu kitschig oder so.«

»Ich lese so was normalerweise auch nicht, aber ja, es hatte einen gewissen Charme. Vor allem, weil ich alle Orte kenne, die sie in ihrem Buch beschreibt.«

»Das hat in allen Genres einen speziellen Reiz.«

Runa sah zu dem über ihnen aufragenden Oberland hinauf. »Glaubst du, dass man hier die große Liebe finden kann?«

Felix lachte. »Warum nicht? Die kann man immer und überall finden.«

»Glaubst du das wirklich?«

»Ich hoffe es zumindest.«

»Wie lange bist du schon Single?«, fragte sie ins Blaue hinein.

»Ein paar Jahre, zwei oder drei.«

»Woran ist es gescheitert?«

»An meiner Schreiberei. Sie hat sich vernachlässigt gefühlt.«

»Von dir? Kann ich mir gar nicht vorstellen.« Sie blickte schnell nach vorn.

»Sie wollte ständige Aufmerksamkeit und mehr unternehmen als ich. Auf zwei Recherchereisen hat sie mich begleitet und dann gejammert, dass ich keine Zeit habe. Und so weiter und so fort.«

»Hm. Schon blöd.«

»Und du?«

Das Herz klopfte ihr bis zum Hals. »Na ja, ich ... habe bisher nie das Richtige gefunden, nichts Ernstes.«

»Was wahrscheinlich auch an deiner Arbeit liegt.«

»Eine Steuerkanzlei führt sich nicht von allein.« Runa zuckte die Schultern und bog auf die Straße zum Oberland ein.

»So ist das eben. Wenn man keine Menschen trifft, kann man auch niemanden kennenlernen.«

»Hört sich an, als ob du aus Erfahrung sprichst.«

»Eigentlich ist das ja kein Thema für ein Date.«

»Haben wir ein Date?« Sie warf ihm ein Lächeln zu.

»Oh, ich ... war das jetzt ...«

Sie legte ihm die Hand auf den Arm und blieb stehen. »Ich würde mich freuen, wenn es eines wäre.«

Felix' Lächeln geriet in Schieflage. »Ich auch. Ich hatte nämlich die letzten Tage das Gefühl, es zu verbocken.«

»Und ich bin inzwischen so eingerostet, dass ich es nicht erkannt habe. Gleicht sich also aus.« Mit einem Schulterzucken nahm sie den Weg wieder auf.

Die letzten Meter schwiegen sie, betraten das Oberland und schnauften einmal durch.

»Aber um noch einmal auf das Thema zurückzukommen«, begann Runa und schlug den direkten Weg zur Kneipe ein. »Sollte man nicht über möglichst viele Dinge sprechen? Ich habe dir sogar von meinem Inselkoller und der Psychotherapie erzählt.«

»Wahrscheinlich hast du recht.«

»Gut, dann will ich gleich alles über dein Leben als Schriftsteller hören. Abgemacht?«

»Abgemacht.«

»Paula meinte nämlich, du seist berühmt?«

»Paula?«

»Zimmer Zwei.«

»Ah ... Na ja, ich fand es nicht so schlimm, dass du mich nicht gleich erkannt hast. Es tut gut, ab und zu nur eine Privatperson zu sein.«

»Das kann ich gut verstehen.«

Felix beschleunigte seinen Schritt, um die unscheinbare Pinte vor ihr zu erreichen und ihr die Tür aufzuhalten. Gleich dahinter blieben sie stehen und öffneten ihre Jacken, es war voll und warm in dem kleinen Gastraum.

»Da hinten steht der Dart-Automat und ist auch noch frei.« Er deutete ans hintere Ende und ging voran.

Am Tisch angekommen, legten sie ihre Jacken über einen Hocker. »Möchtest du Bier oder Rotwein?«

»Ich bleibe beim Bier, danke!«

Er nickte und schob sich zur Theke durch. Runa beobachtete, wie er ein paar Worte mit dem Mann hinter dem Tresen wechselte, eine Kiste bekam und kurz darauf zwei Gläser Bier. Damit kehrte er zu ihr zurück.

Sie packten die Dartpfeile aus, Felix stellte das Spiel 501 für zwei Personen ein, und nach einem Schluck Bier ging es los. Sie waren keine Profis, und so gewann Felix nur knapp die erste Runde. Die zweite ging an Runa. Sie hob die Hand und bestellte frisches Bier, dann setzten sie sich auf die Hocker und tranken die Gläser aus.

»So, und jetzt kannst du mir in aller Ausführlichkeit von deinem Leben als Schriftsteller erzählen.« Runa verschränkte die Arme auf dem Tisch und beugte sich vor.

Und das tat er auch. Er schilderte ihr seinen Werdegang, wie die Ideen in seinem Kopf auftauchten, zu Geschichten wurden und in den Buchläden erschienen. Was sonst noch dazugehörte und dass es immer stressiger wurde, Erfolg zu haben.

»Die Verlage bauen immer mehr Druck auf, weil sie sich gegen die Flut von Selfpublisher-Titeln behaupten müssen.«

»Man kann heutzutage seine Romane veröffentlichen, ohne bei einem Verlag zu sein?«, hakte sie nach.

»Ja, das große A macht's möglich. Und inzwischen auch einige andere.«

»Und wie macht sich der Druck bemerkbar?«

Er zuckte die Schultern. »Sinkende Verkaufszahlen lassen sie gleich überschnappen und alles infrage stellen. Vor allen Dingen den Autor.«

»Das heißt, du hast das schon erlebt.«

Felix nickte.

»Ich stelle mir das sehr stressig vor für einen kreativen Menschen.«

»Ist es auch, es … blockiert mich.« Ärger schwang in seiner Stimme mit. »Und das setzt eine Spirale in Bewegung, die alles nur noch schlimmer macht.«

Er sah ihr in die Augen, und sie konnte die dunkle Melancholie wieder in diesem wunderbaren Schilfgrün sehen. Seltsam, in den letzten Tagen war sie nicht da gewesen.

»Bedroht es deine Existenz?«

Eine Augenbraue zuckte, und er fuhr sich durchs Haar, schluckte. »Noch nicht, aber wenn es so weitergeht …«

»Aber du hast gesagt, dass du hier gut vorankommst.«

»Tue ich auch, zum Glück. Das war meine Absicht, alles einmal hinter mir lassen.«

»Hast du denn einen Plan B?«

»Ja, ich habe tatsächlich ernsthaft darüber nachgedacht, parallel zum Verlag als Selfpublisher zu veröffentlichen. Einen Namen habe ich bereits, das sollte helfen. Konsequenz wäre, dass ich mich neu organisieren muss. Als Autor sitzt man sowieso viel in seiner einsamen Kammer. Und wenn man mehr als ein oder zwei Bücher pro Jahr veröffentlichen muss, ist das viel Arbeit.«

»Also weniger Sozialleben.«

»Ja, höchstwahrscheinlich. Obwohl ich eh nicht mehr viel davon habe.«

»Wieso denn nicht? Du hast doch bestimmt Freunde.«

»Natürlich, aber nicht mehr viele. Die meisten gucken einen schief an, wenn man hauptberuflich Autor ist. Dann werden sie unleidlich, weil man oft zu anderen Zeiten und manchmal mehr arbeitet. Und irgendwann melden sie sich nicht und haben auch keine Zeit mehr, wenn du anrufst.« Felix zuckte die Schultern. »Ich gebe es nur ungern zu, aber die letzten beiden Jahre waren einsam. Sicherlich bin ich selbst schuld daran, ich habe mich praktisch hinter dem Schreiben versteckt. Und ich habe die Schnauze voll davon.«

Ihrem Bauchgefühl folgend legte Runa eine Hand auf seine und drückte sie. »Das kann ich verstehen. Sehr gut sogar.«

Er legte den Kopf schief und sah ihr tief in die Augen. »Geht es dir ähnlich?«

»Ja, oft.«

Sein Blick wanderte zu ihren Händen, und er drehte seine um, hielt ihre fest. Strich mit dem Daumen über ihren Handrücken und jagte ihr wieder diesen Schauer über die Haut. »Die meisten anderen Frauen wären jetzt schon weggerannt«, sagte er leise und schaute auf.

Himmel, das Herzklopfen schnürte ihr beinahe die Kehle zu. »Hört sich an wie ein Klischee, aber ich bin bestimmt nicht wie die meisten anderen Frauen. Ob das gut oder schlecht ist, musst du herausfinden. Und ... vielleicht ist es ja an der Zeit, deine Hartnäckigkeit wertzuschätzen.« Sie zwang sich zu einem Lächeln und merkte selbst, wie zittrig es ausfiel.

Felix erwiderte es trotzdem.

»Darf ich?«

Die Worte der Kellnerin, die die nächsten Getränke brachte, ließen sie auseinanderfahren.

Nachdem sie die Gläser ausgetauscht und zwei neue Striche auf Felix' Bierdeckel gemalt hatte, ging sie wieder.

Runa musterte ihn und gab sich einen Ruck. Schon die ganze Zeit ging es ihr nicht mehr aus dem Kopf. »Darf ich dich etwas fragen? Etwas Persönliches?«

»Sicher.«

»Du warst in den ersten Tagen so zurückhaltend und hast dich nur in kleinen Schritten gezeigt. Und wenn wir uns unterhalten haben und Paula kam dazu, dann hast du dich sofort in dein Schneckenhaus verkrochen. Hat das etwas mit diesen letzten beiden Jahren zu tun?«

Er nickte langsam und sah seinen Fingern dabei zu, wie sie über die Tischplatte strichen. »Ich habe mich sehr weit zurückgezogen, in meine Wohnung und mich selbst. Habe sogar öffentliche Auftritte gemieden und Lesungsbuchungen gar nicht erst angenommen. Und die Recherchereisen habe ich auch nur noch auf das Nötigste beschränkt. Ich glaube, dass das einer der Punkte ist, warum meine Verkaufszahlen gesunken sind. Weil ich nicht die Atmosphäre erzeugen konnte, die ich erzeugen wollte. Weil ich nur auf das Internet zurückgegriffen habe und nicht selbst vor Ort war. Vermutlich war das auch einer der Gründe, warum ich nach Helgoland kommen wollte. Nicht nur, um den Kopf freizubekommen und wieder zu schreiben, sondern auch, um einen Ort mit einer ganz eigenen Atmosphäre zu erleben. Aber wenn ich geahnt hätte, dass mich inzwischen jeder neue Kontakt einschüchtert, hätte ich nicht im Traum daran gedacht, diese Reise tatsächlich zu machen.«

»Das wäre echt schade gewesen.«

Er sah auf und erwiderte ihr Lächeln.

Runa zog ihre Unterlippe zwischen die Zähne und überlegte, ob sie es wagen sollte, ihn zu fragen. Ach, was sollte es schon, Jan hatte gesagt, sie sollte leben. Und die Chance auf einen Korb war vermutlich nur noch gering. In ihrem Magen erwachte der Kolibri wieder zum Leben. »Hast du schon vom Osterfeuer gehört?«

»Nein.« Felix runzelte die Stirn.

»Es findet drüben auf der Düne statt, mit ein bisschen Programm drum herum. Hast du Lust? Kannst du etwas Schreibzeit ausfallen lassen?«

Ein Lächeln breitete sich auf seinem Gesicht aus. »Da ich, wie gesagt, genug vom Alleinsein habe, stehen einige Veränderungen an. Und Zeit mit dir zu verbringen, erscheint mir doch ziemlich verlockend.«

Sie verdrehte die Augen. »Das ist mir jetzt eine Spur zu schmalzig.«

Felix lachte. »Okay. Ja, ich würde sehr gerne mit dir hingehen.«

»Das reicht mir schon, danke.«

Kapitel 10

Runa

Begleitet von einem Rockhit aus den Achtzigern rotierte Runa bereits um halb acht in der Küche. Schon beim Weckerklingeln um halb sieben war sie voller Energie aus dem Bett gehüpft, hatte sich fertig gemacht und war zum Bäcker gelaufen.

Die Erinnerungen an den vergangenen Abend ließen immer wieder den Kolibri in ihrem Magen aufflattern und zauberten ihr ein Lächeln ins Gesicht. Die gemeinsame Zeit mit Felix war schön gewesen. Ungezwungen und doch vielsagend, unaufdringlich und doch tiefer gehend. Auf jeden Fall schlecht in Worte zu fassen. Was sie positiv überrascht hatte, war, dass er keine weiteren Annäherungsversuche gemacht hatte. Nicht auf dem Weg zur Pension, nicht beim Abschied vor seiner Zimmertür. Er wollte noch schreiben und hatte ihr mit einem intensiven Blick eine gute Nacht gewünscht, mehr nicht. Nun, wenn es nach ihr ging, musste man sich nicht sofort küssen oder zusammen im Bett landen, ihr war die langsame Art lieber.

Runa richtete das Käsebrett an und schmunzelte vor sich hin. Jan hätte jetzt gesagt, dass sie das erst beurteilen konnte, wenn mal so richtig der Blitz einschlug. Leider konnte sie sich das nur schlecht vorstellen; was das anging, war sie zu schüchtern. Und an Chemie oder Liebe auf den ersten Blick hatte sie noch nie geglaubt.

Obwohl ... wenn Felix sie berührte ... da war von Anfang an etwas gewesen.

Kurz vor acht stand das Frühstücksbüfett bereit, doch im Haus rührte sich noch nichts. Auch gut, so konnte sie in Ruhe einen Kaffee trinken. Auch wenn sie ein wenig Gesellschaft bevorzugt hätte.

Sie hatte gerade die Tasse unter den Auslauf gestellt und auf »Cappuccino« gedrückt, als es an der Tür klingelte. Sie lief hinüber. War das etwa schon Jan? Mit einem Grinsen öffnete sie die Tür und begrüßte ihren besten Freund mit einer Umarmung. »Moin, komm rein!«

»Guten Morgen! Bist du noch allein?«

»Ja, warum?«

Er folgte ihr in die Küche. »Darauf hatte ich gehofft. Um noch einmal an gestern anzuknüpfen. Konnte ich dich ein wenig aufbauen?«

Runa lächelte ihn an und machte ihm einen Kaffee. »Ja, konntest du, danke!«

»Du strahlst so. Ist gestern noch irgendetwas passiert, von dem ich wissen sollte?« Er lehnte sich mit dem Hintern an die Arbeitsfläche, sodass er sie ansehen konnte.

Sie reichte ihm die Tasse und erzählte ihm in ein paar Sätzen von dem gestrigen Abend.

»Du hast alles richtig gemacht, nur keine falsche Zurückhaltung. Endlich kommt meine Runa wieder zum Vorschein!« Er beugte sich zu ihr und drückte ihr einen Kuss aufs Haar. Als er sich aufgerichtet hatte, sah er zur Tür, und ein Grinsen zog seine Mundwinkel auseinander. »Ich glaube, jetzt habe ich jemanden eifersüchtig gemacht«, flüsterte er, und sie drehte sich um.

Felix war im Durchgang stehen geblieben und sah sie misstrauisch an, die Stirn in Falten gelegt.

Ihr Herz galoppierte los. »Guten Morgen!«, grüßte sie. »Darf ich dir meinen besten Freund Jan vorstellen? Jan, das ist Felix.«

»Hallo, freut mich.« Der Helgoländer trat Felix entgegen und schüttelte ihm die Hand.

»Mich auch, guten Morgen!«

»Hast du gestern noch ordentlich was geschafft?«, fragte Runa und bereitete seine Teekanne vor.

»Ja, ein paar Tausend Wörter.« Mit einem Räuspern ging er in den Frühstücksraum hinüber und sah sich um.

»Oh, wir frühstücken heute zu viert, wenn das okay ist. Jan ist wegen Paula hier, und ich habe mir gedacht, wir könnten zusammen essen.«

»Sicher.« Sie lächelten sich an, und Runa widmete sich wieder dem Tee.

»Etwas schüchtern, dein Schriftsteller«, bemerkte Jan im Flüsterton.

»Er ist nicht *mein* Schriftsteller«, antwortete sie genauso leise.

»*Noch* nicht. Was genau soll ich denn unter die Lupe nehmen? Ob er dich anschmachtet?«

»Hör auf damit!« Mit einem Knuff in die Seite wandte sie sich von ihm ab, nahm die Teekanne und brachte sie zu den zwei zusammengeschobenen Tischen. Einen Korb mit Brötchen und Croissants hatte sie bereits in der Mitte deponiert.

Im Treppenhaus kamen Stimmen auf, und hinter dem ersten neuen Gästepaar trat Paula zu ihnen. Während Runa den Gästen das Büfett zeigte und die Kaffeemaschine erklärte, beobachtete sie, wie Jan die Cuxhavenerin mit einem Arm an sich zog und zärtlich küsste. Dann bugsierte er sie zum Tisch und schob ihren Stuhl zurück, doch sie wollte sich noch nicht setzen. Sie kam stattdessen zu Runa, um sich mit Kaffee und einem Obstteller einzudecken.

»Irre ich mich, oder kannst du gar nicht aufhören zu lächeln?«, raunte sie ihr zu.

»Kann schon sein. Was dagegen, wenn wir heute zu viert frühstücken?«

»Nein«, meinte Paula gedehnt und drehte sich kurz zum Tisch um, an dem die beiden Männer sich bereits unterhielten. Sie sah wieder zu Runa und legte den Kopf schräg, grinste. »Sag ich doch, da geht noch was. Er guckt her und hat auch so ein … Funkeln in den Augen.«

Runa seufzte und lächelte, machte sich einen kleinen Teller zurecht. »Ja, du hattest wohl recht. Wir hatten gestern ein spontanes Date.«

Paula hob den Daumen, und sie gingen zum Tisch. »Habt ihr keinen Hunger?«

»Doch, aber wir warten, bis der erste Ansturm vorbei ist.« Jan zwinkerte ihr zu und trank seinen Kaffee aus. Nahm Runas Tasse mit und holte Nachschub.

Felix folgte ihm zum Büfett, und so hatten die beiden Frauen noch zwei Minuten für sich.

Paula beugte sich vor. »Runa, ich hätte eine Bitte an dich als Steuerberaterin.«

»Und die wäre?«

»Ich habe dir doch erzählt, dass ich das *Inselkind* kaufen möchte. Und ich habe mir gestern die Bücher angesehen. Irgendetwas stimmt damit nicht. Meinst du, wir könnten morgen oder am Montag mal für ein Stündchen zusammen draufgucken?«

»Ich denke, das lässt sich einrichten.«

»Vielen Dank!«

Runa wandte ihre Aufmerksamkeit dem Küchenbereich zu und sah, dass Jan ihre volle Tasse Felix in die Hand drückte, der gerade zum Tisch gehen wollte. Er stellte sie ihr hin, wofür sie sich mit einem Lächeln bedankte, und setzte sich neben sie.

Das zweite Gästepaar erschien ebenfalls, und sie stand noch einmal auf, um ihnen alles zu erklären, dann konnte auch sie ihr Frühstück beginnen.

Das Gespräch drehte sich bereits um das Osterfeuer und die Düne sowie deren Eigenheiten. Schweifte aber immer wieder zu Schreiben und Fliegen ab, gefolgt von den Wesensmerkmalen der Insel.

»Da haben sich ja zwei gefunden.« Paula grinste und deutete mit dem Kopf zu den beiden Männern.

»Sieht ganz so aus, als ob da Recherche betrieben wird.« Runa zwinkerte ihr zu. »Wann wollt ihr zur Düne?«

»Keine Ahnung, ich lasse mich heute von Jan überraschen. Aber wir sehen uns später bestimmt noch mal, vielleicht auf ein Bier oder so.«

»Ja, bestimmt.« Runa lächelte. »Ich war schon seit Ewigkeiten nicht mehr bei einem Osterfeuer, weder hier noch in Hamburg.«

»Ich musste die letzten Jahre zu solchen Gelegenheiten immer arbeiten, ich werde die Tage also in vollen Zügen genießen.«

»Hast du denn schon einen Blick hinter die Kulissen des Hotels geworfen? Verstehst du dich mit Christiansens?«

Paula nickte und erzählte ihr von ihrem Tag im Hotel. »Nur der Geschäftsführer ist mir nicht ganz geheuer. Mein Bauchgefühl rät mir, vorsichtig zu sein, aber ich weiß noch nicht, warum.«

»Dann drücke ich dir die Daumen, dass es sich bald auflöst.« Sie stand auf und schlenderte mit ihrer Kaffeetasse zum Vollautomaten. Sie verabschiedete sich von den beiden Paaren, die in diesem Moment ebenfalls vom Tisch aufstanden.

Während sie darauf wartete, dass das Gerät ihren Cappuccino zubereitete, sah sie gedankenverloren aus dem Fenster und summte das Lied im Radio mit, ohne wahrzunehmen, um welches es sich genau handelte. Mit Erstaunen stellte sie fest, dass sie entspannt war und sich wohlfühlte. So wohl wie lange nicht mehr. Ob es an der Konstellation lag? Eine neue Freundin, ihr bester Freund und ein interessanter Mann?

Mit einem Lächeln auf dem Gesicht kehrte sie zum Tisch zurück und klinkte sich wieder in das Gespräch ein, das sich inzwischen allgemeineren Themen zugewandt hatte. So verging die Zeit beim Frühstück wie im Flug.

Als Runa auf die Uhr schaute, war es bereits kurz vor zehn. »Ich hoffe, ihr nehmt es mir nicht übel, aber ich werde jetzt anfangen aufzuräumen. Ich habe noch ein paar Dinge zu erledigen, bevor es später zur Düne geht.«

»Ich helfe dir«, meinte Felix und legte die benutzte Serviette auf seinen Teller.

»Ich würde sagen, wir packen alle mit an«, entschied Jan, und Paula nickte.

Runa lachte. »Ihr seid echt super.«

Keine Viertelstunde später war alles aufgeräumt, und Runa wischte noch einmal über die Tische.

»Wir sind dann weg«, rief Jan, »bis später!«

»Bis später!« Sie sah ihnen dabei zu, wie sie die Jacken überzogen und er noch einmal einen Schritt in den Frühstücksraum trat, in Felix' Richtung nickte und beide Daumen hob. Nach ihrem erleichterten Nicken verließen sie das Haus.

Felix klappte die Spülmaschine zu. »Ich habe auch noch ein paar Punkte auf der Liste. Wann wollen wir los?«

»Um drei?«

»Gut, bis später! Ich freue mich.«

Sie erwiderte sein Lächeln. »Ich mich auch, bis später!«

Auch er zog die Jacke über und ging aus dem Haus.

Schließlich wusch Runa den Lappen gründlich aus, nahm sich den Notizblock und schrieb außer den Schmerztabletten ein paar Kleinigkeiten auf, die sie besorgen musste. Danach stand noch etwas Arbeit auf dem Programm.

Hoffentlich würde die Zeit bis drei Uhr genauso schnell vergehen wie die letzten beiden Stunden.

Paula

»Auf was hast du jetzt Lust?« Jan zog die Pensionstür hinter sich zu, schloss zu ihr auf und nahm ihre Hand.

»Am liebsten würde ich erst einmal einen ausgedehnten Spaziergang machen«, meinte sie und schlug die Richtung zum Klippenrundweg ein. »Ich kann mich ja kaum noch bewegen.«

»Soll ich dich rollen?«

»So schlimm ist es nun auch wieder nicht.« Paula lachte und schubste ihn mit der Schulter.

Bis hinter dem Kleingartengebiet schwiegen sie einvernehmlich, dann bat sie ihn, ihr etwas aus seiner Kindheit und Jugend zu erzählen.

»Hm, was möchtest du wissen?« Anstatt den Klippenrundweg zu wählen, wandte Jan sich nach links und nahm die Kartoffelallee in Angriff, die durch die grünen Hügel bis zur Nordspitze der Insel führte.

»Wie ist es, als Kind auf einer so kleinen Insel aufzuwachsen? Ich war ja schon Teenager, als ich das erste Mal herkam.«

»Die meiste Zeit ist es unbeschwert, weil man es nicht anders kennt, und ich kann mich nicht erinnern, großartig Langeweile gehabt zu haben. Wenn doch, bin ich zum Hafen runter und habe die Schiffe und Hubschrauber beobachtet.«

»Wolltest du von Anfang an Pilot werden?«

»Am Anfang habe ich noch geschwankt, zwischen Kapitän und Pilot. Nach der zehnten Klasse bin ich dann zum Gymnasium auf dem Festland gewechselt, inklusive Internat. In der Zeit habe ich mich intensiv mit den beiden Berufen beschäftigt und vor allem Praktika im Bereich Fliegerei gemacht. Da war es dann um mich geschehen. Und du?«

»Na ja, ich bin in der Hotellerie großgeworden und es hat mir auch immer Spaß gemacht, in dem Bereich zu arbeiten. Also ja, ich wusste von Anfang an, was ich werden wollte.«

Sie spazierten bis zum Gipfelkreuz auf der höchsten Erhebung des Kreises Pinnebergs, zu dem Helgoland gehörte, und genossen eine Zeit lang Arm in Arm den Rundumblick. Die riesigen Wattewolken am Himmel zeichneten Schatten auf das dunkelblaue Wasser, auf dem ab und zu Schaumkrönchen sichtbar waren. Am Horizont Richtung Südwesten konnten sie in regelmäßigen Abständen Fracht- und Containerschiffe in verschiedenen Größen sehen, die wie an einer Perlenschnur aneinandergereiht Richtung Hamburg fuhren.

In gemächlichem Tempo liefen sie schließlich den Klippenrandweg Richtung Unterland entlang und erzählten sich weiter von ihrer Jugend. Am Aussichtspunkt überredete Paula ihn zu einem Selfie mit dem Berliner Wappen-Bär, auf dessen Sockel die Entfernung nach Berlin stand. Dann ließen sie noch eine Weile den Blick von der Düne bis zum Hafen gleiten, bevor sie die Südtreppe zum Unterland nahmen. Dort schlenderten sie zwischen den Häusern und Geschäften umher. Zum Mittagessen kehrten sie in ein kleines Fischlokal ein, in dem Jan nur noch einen Tisch bekam, weil der Besitzer einer seiner engsten Freunde war.

Der war dann auch so neugierig, dass er es sich nicht nehmen ließ,

Paula nach dem Essen persönlich zu begrüßen. »Dass ich das noch erleben darf«, meinte der schlanke blonde Hüne und kam hinter dem Tresen hervor zu ihrem Tisch. »Hallo, ich bin Björn.«

»Paula, hallo!« Sie schüttelten sich die Hände.

»Sie machen aber nicht nur Urlaub hier, oder?«

»Vermutlich nicht, warum?«

»Weil Jan dann niemals mit Ihnen hergekommen wäre.«

»Ach nein?« Jan drehte sich zu ihm um. »Weißt du mehr als ich?«

»Nee, aber vermutlich das Gleiche wie du.« Er zwinkerte dem Piloten zu. »Fahrt ihr später noch rüber zum Osterfeuer?«

»Klar. Und du?«

»Mal sehen, ob ich mich für ein paar Stündchen loseisen kann. Viel Spaß noch, euch beiden! Man sieht sich.« Björn klopfte ihm auf den Rücken, nickte Paula noch einmal zu und verschwand.

»So, so. Was wisst ihr beide denn?« Mit einem Grinsen verschränkte sie die Arme auf dem Tisch und beugte sich vor.

Jan kam ihr entgegen. »Dass du eine tolle Frau bist?«

»Aha. Und was noch?«

Er öffnete den Mund, hielt aber inne. »Darüber reden wir später.«

»Aha?« Sie hob die Brauen.

»Wie wäre es jetzt mit einem Nickerchen?«

»Sehr gerne. Und wo?«

»Auf meiner Couch.«

Paulas Magen flatterte. Er wollte sie mit zu sich nehmen? »Hast du denn genug Platz?«

»Komm mit und finde es heraus!«

»Herausforderung angenommen.« Sie grinste und sah sich nach der Kellnerin um, um die Rechnung zu begleichen.

Mit dem Fahrstuhl fuhren sie zum Oberland hinauf, und Jan führte sie nach links, nach Südwesten. Bis zum Süderweg und diesen entlang, Richtung Klippen. Am Ende zog er sie zu einem Hauseingang, schloss auf und scheuchte sie die Treppe hinauf.

Im zweiten Stock entriegelte er die Wohnungstür und ließ ihr den Vortritt. »Immer herein in mein kleines Königreich!«

Im Flur zogen sie Schuhe und Jacken aus, dann nahm er ihre Hand und führte sie ins Wohnzimmer. Auf Helgoland hatten die meisten Häuser kleine Räume, oder es wurden zwei zusammengelegt. Bei Jans Wohnzimmer war das der Fall, was aber nur an den Fenstern auszumachen war. Es war relativ spärlich eingerichtet und trotzdem gemütlich. An dem einen Kopfende hing ein riesiger Fernseher, darunter stand eine TV-Bank. Links neben der Tür gab es ein passendes Sideboard, und am anderen Kopfende stand eine moderne dunkle Couch mit tiefer Sitzfläche und einer Récamiere an einer Seite. Darauf lagen einige Kissen und zwei Decken. Eine davon breitete er an einem Ende aus.

»Löffelchen oder in meinem Arm?« Er setzte sich und zog sie neben sich.

Paula grinste. »Löffelchen.«

»Sehr gern, die Dame.« Er legte sich mit dem Rücken zur Lehne, sie sich davor. Dann zog er die Decke bis zu ihren Armen hoch und legte ihr einen Arm um die Taille.

Nachdem sie sich eines der Kissen unter den Kopf geschoben hatte, verschlang sie ihre Finger vor dem Bauch mit Jans und seufzte. »Doch, hier könnte ich es aushalten.«

Als Antwort küsste er sie in den Nacken und ließ seinen Kopf niedersinken. »Ich auch.«

»Hey, Schlafmütze!«, flüsterte er ihr ins Ohr.

Paula knurrte unwillig und zog seinen Arm noch fester um sich.

»Ich dachte, wir wollten zum Osterfeuer.« Sie hörte das Lächeln in seiner Stimme.

»Jetzt schon?«

»Es ist kurz vor drei.« Jans Lippen strichen über ihren Nacken, küssten ihren Hals und die empfindliche Stelle hinter ihrem Ohr.

»Uns hetzt doch keiner.«

»Ah, ich verstehe. Gnädige Frau haben Lust auf etwas ganz anderes.«

Ein Kichern stieg in ihr auf, und sie drehte sich zu ihm um, legte den Arm um ihn und küsste ihn. »Ja, Lust hätte ich schon.«

»Aber?« Er bedeckte ihre Kinnlinie mit kleinen Küssen, knabberte an ihrem Hals.

»Kein Aber.« Sie stöhnte auf. »Wenn es nach mir geht, können wir ...«

»Nein, nein, wir fahren jetzt zum Osterfeuer. Und danach kümmere ich mich gerne um deine Gelüste. Von mir aus auch mehrfach.«

Ein Schauer durchlief ihren Körper, und sie nahm seinen Kopf in beide Hände, sah ihm in die Augen. »Und wo?«

»Ich dachte, du könntest bis Montag hierbleiben.« Ein Lächeln breitete sich auf seinem markanten Gesicht aus, und seine eisblauen Augen strahlten.

»Meinst du, ich sollte das tun?«

»Ja, meine ich. Bei mir gibt es sogar Frühstück im Bett.«

»Das ist natürlich ein Argument.« Paula sah zur Decke und tat, als müsste sie erst darüber nachdenken, doch in Wirklichkeit flatterten Magen und Herz vor Aufregung. »Okay, du hast mich überzeugt.«

»Geht doch!« Er gab ihr einen zärtlichen Kuss und scheuchte sie hoch.

»Möchtest du noch einen Kaffee, bevor wir gehen?«

»Gerne. Auf der Düne wird es wohl keinen geben.«

In der Küche lehnte sie sich an die Arbeitsfläche und sah Jan dabei zu, wie er Kaffee in einer Stempelkanne zubereitete.

»Soll ich dir die Milch in der Mikrowelle warm machen?«, bot er an.

»Das wäre super.«

Mit den fertigen Heißgetränken setzten sie sich an den Küchentisch unterm Fenster.

»Gibt es denn auch ein Programm auf der Düne?«

»Hm, nicht viel. Bier und Fischbrötchen gibt es bestimmt, vielleicht ein wenig Musik oder ein Auftritt vom Shanty-Chor. Kennst du eigentlich den Friedhof auf der Düne?«

Sie runzelte die Stirn. »Friedhof? Nein.«

»Das ist der Friedhof der Namenlosen. Wir könnten einmal um die Düne spazieren, dann zeige ich ihn dir.«

»Gerne. Meinst du, wir bekommen auch noch ein paar Seehunde zu sehen?«

»Ich denke schon. Als ich vor ein paar Tagen zum letzten Mal über die Düne geflogen bin, lagen da noch ziemlich viele Viecher an den Stränden rum.«

Nachdem sie ihren Kaffee ausgetrunken hatten, zogen sie sich an und liefen zum Anleger der Dünenfähre hinunter. Kauften Fahrkarten und warteten mit ein paar Familien darauf, dass sie an Bord des ehemaligen Rettungsbootes gehen konnten.

Wie beinahe jeden Tag war das Wetter am Nachmittag anders als am Vormittag. Die Sonne hatte die Wolken vollends verscheucht und verströmte bereits eine angenehme Wärme. Jan hatte von hinten die Arme um sie geschlungen und den Kopf an ihren gelegt, während sie mit geschlossenen Augen ihr Gesicht der Sonne entgegenstreckte und sich an seinen Armen festhielt. An das hier konnte sie sich ebenfalls gewöhnen.

»Moin!«, ertönte es unvermittelt hinter ihnen, und der Kapitän der Dünenfähre schlenderte an ihnen vorbei. Löste das Absperrseil, kontrollierte die Passagiere und riss die Fahrkarten ein.

Paula führte Jan zum nicht überdachten Bereich am Heck, wo es noch ein paar freie Sitzplätze gab. Er legte den Arm um sie und zog sie an sich, streichelte über ihren Oberarm. Als das Boot ablegte, ertönte eine Sirene.

Sie schaute sich verwirrt um, dann auf Jan, der sein Handy aus der Tasche gezogen hatte. Er wischte über das Display, der Ton verstummte, und er runzelte die Stirn.

»Was ist denn?«

»Eine Sturmwarnung, für heute Nacht.«

»Und was bedeutet das?«

»So weit erst einmal nichts. Wir werden sehen, wie es sich entwickelt.« Er steckte das Handy ein und küsste sie auf die Schläfe.

»Hast du einen Posten, den du bei Sturm einnehmen musst?«

»Nein.« Er lachte. »Wenn ich morgen fliegen sollte, würde ich vermehrt darauf achten, aber so ... Es könnte höchstens sein, dass das Osterfeuer eher beendet wird und die Fähre die letzte Fahrt nach vorne verlegt. Ich frage Lutz beim Aussteigen.«

»Lutz?«

»Der olle Seebär am Steuerrad.«

Sie lachte auf. »Ab und zu vergesse ich, dass man sich hier ja kennt.«

Kaum hatten sie die Mole umschifft, begann die Fähre zu schaukeln, und Paula schloss mit einem Stöhnen die Augen.

»Was ist? Du bist blass.«

»Ich werde leider leicht seekrank«, meinte sie ächzend.

»Was? Schon bei den kleinen Wellen?«

»Noch hält es sich in Grenzen.«

»Dann weiß ich etwas zur Ablenkung.« Er drehte ihr Kinn zu sich und küsste sie. So innig und zärtlich, dass ihr Körper mit einem Schub Verlangen reagierte. Ihre Hand wanderte zu seinem Hinterkopf, und sie ließ sich tief in diese Mischung aus Lust, Zuneigung und Geborgenheit fallen.

Aus heiterem Himmel zog er sich zurück und raunte: »Wir sind da.«

»Was?« Ihre Augen flogen auf, und sie sah, dass die anderen Passagiere aufstanden. Neben dem Fährboot war die Rampe am Anleger zu sehen.

»Wow, da hast du ja ganze Arbeit geleistet«, meinte sie und grinste. »Wenn wir das auch neunzig Minuten durchhalten können, musst du mich unbedingt mit der Fähre nach Cuxhaven bringen.«

Jan lachte, stand auf und hielt ihr die Hand hin. »Das könnte schwierig werden.«

Auf dem Weg zum Ausgang wechselte er ein paar Worte mit dem Kapitän.

»Der Sturm soll erst gegen zwei Uhr Helgoland erreichen«, erzählte Jan ihr, sobald sie an Land waren. »Wir sind also nicht betroffen, aber ansonsten gibt es Durchsagen.«

»Okay.«

»Wollen wir gleich mit dem Spaziergang anfangen? Dann gehen wir links herum«, schlug er vor, nahm ihre Hand und schwenkte auch direkt in besagte Richtung.

Zunächst schwiegen sie, dann drückte er unvermittelt ihre Hand. »Ich habe schon gemerkt, dass du nicht gerne über deine Familie sprichst, aber warum ist das so?«

»Oh, ich ...« Paula räusperte sich, ihr war heiß geworden. »Willst du das wirklich hören?«

»Natürlich, warum denn nicht?« Mit dem nächsten Schritt betraten sie den Nordstrand und stapften hinab zum Spülsaum.

»Ich will nicht, dass es nach Jammern klingt.«

»Wieso sollte es?«

»Na ja, es ist nicht gerade schmeichelhaft, zugeben zu müssen, dass man bei den eigenen Eltern nur die zweite Geige spielt. Wenn überhaupt.«

»Und warum ist das so?«

»Keine Ahnung.« Sie seufzte. »Mein Bruder war nach dem BWL-Studium nur zwei Jahre außerhalb tätig, dann ist er bereits in unseren Hotelbetrieb eingestiegen. In den nächsten Jahren wird er das Hotel komplett übernehmen. Ich glaube, meine Eltern haben das alles schon bei seiner Geburt geplant und festgelegt. Und dann ihre gesamte Energie hineingesteckt. Ich ... war nur ein Anhängsel.«

»Das hört sich furchtbar an.«

»Ja, aber es entspricht der Wahrheit. Ich habe meine Ausbildung als eine der Besten abgeschlossen, genauso das Studium. Von meinen Eltern gab es dazu nur ein Schulterklopfen, sie sind nicht einmal zu den Abschlussveranstaltungen aufgetaucht. Kannst du dir vorstellen, wie enttäuscht ich war?«

»Ja, kann ich.«

»Deswegen bin ich ins Ausland abgehauen, ich wollte Karriere machen und endlich Anerkennung für meine Leistungen. Aber mein Herz ist hiergeblieben und hat mich immer zurückgerufen. Es war gut, all diese Erfahrungen zu machen, aber es ist Zeit, mir hier etwas Eigenes aufzubauen.«

»Wie ist das Gespräch mit Christiansens gelaufen? Ist das *Inselkind* das richtige Objekt für dich?«

»Ja, ist es. Danke für deine Tipps zu den beiden.« Sie drückte kurz seine Hand. »Nur die Finanzunterlagen machen mich stutzig, irgendetwas stimmt da nicht.«

»Runa kann dir bestimmt helfen.«

»Ich habe sie schon danach gefragt, sie schaut es sich die Tage an.«

»Das ist gut. Sie versteht ihr Handwerk.«

»Du hast sie sehr gern, oder?« Paula sah zu ihm auf und konnte einen kleinen Stich der Eifersucht nicht unterdrücken.

Jan lächelte und erwiderte ihren Blick. »Wir sind seit bestimmt dreißig Jahren befreundet, und als wir Teenager waren, sind wir Vertraute geworden.«

»Wart ihr mal zusammen?«

»Nein.« Er lachte und schüttelte den Kopf. »Funken gab es nie. Obwohl es schon immer Leute gegeben hat, die das anders sahen. Und deswegen Gerüchte in die Welt gesetzt haben.«

»Apropos Gerüchte …«

»Sie weiß es schon.«

»Wann habt ihr darüber geredet?«

»Gestern. Runa brauchte eine Schulter zum Ausheulen, und wir haben ein paar Bier zusammen getrunken. Aber von mir hat sie es nicht erfahren, das waren der Steuerberater der Pension und der Immobilien-Fuzzi unten am Hafen.«

»Ach, dieser Schleimer! Bei dem war ich gestern auch. Habe so getan, als ob ich was buchen möchte. Es hat nicht lange gedauert, bis er über die Pension hergezogen hat, und das Infomaterial von ihm sieht so aus, als ob er da auch Unterschiede macht.«

»Setzt er die Gerüchte etwa in die Welt?«, brummte Jan.

»Ich weiß es nicht. Was hätte er davon?«

»Lass uns die Tage mit Runa darüber reden. Vielleicht können wir ihr irgendwie helfen.«

»Hat sie eigentlich Geschwister?«

»Nein.«

»Du?«

»Ja, eine zwei Jahre ältere Schwester, Thea.«

»Lebt sie auch hier?«

»Nein, in Norddeich. Sie ist so schnell wie möglich von hier geflüchtet, so wie Runa.«

»Geht es etwa nur den Frauen so?«, spekulierte Paula. »Will keine hierbleiben?«

»Deswegen halten wir Helgoländer Männer die richtige Frau auch gleich fest, wenn sie die Insel liebt.« Der Unterton seiner Stimme ließ sie zu ihm aufsehen. Der Ausdruck in seinen Augen war so intensiv, dass sie schlucken musste. Und ihr Herz klopfte nur noch heftiger und drohte ihr die Brust zu sprengen.

»Wenn ihr schlau seid ...«, versetzte sie und wagte ein Lächeln.

»Oh ja, das sind wir.«

Das unvermittelt aufkommende flaue Gefühl im Magen versetzte ihrem Hochgefühl einen ordentlichen Dämpfer. Was war, wenn er sie nicht festhalten wollte?

Ihre Mundwinkel verkrampften sich, und sie sah nach vorn. »Hat dein Vater es genauso gemacht?«

»Äh, nein, musste er nicht.« Irrte sie sich, oder klang er verwirrt? »Sie sind hier zusammen aufgewachsen, und Mama wollte gar nicht weg.«

»Dann wohnen sie noch immer hier?«

»Nein. Meine Mutter leidet an Demenz und musste in ein Pflegeheim. Mein Vater lebt jetzt in meiner Wohnung in Bremerhaven, so kann er bei ihr sein. Und er hatte Glück, dass sein Arbeitgeber ihn dorthin versetzen konnte.«

»Dann ... gehst du also irgendwann wieder zurück? Nach Bremerhaven?«

»So weit habe ich noch nicht gedacht. Aber es gefällt mir hier, Helgoland ist mein Zuhause. Und wenn der wichtigste Mensch in meinen Leben hier wäre ... warum sollte ich dann fortgehen?«

Paula spürte sein Schulterzucken und hätte ihn gerne angesehen, traute sich aber nicht. Es gab einfach noch zu viele Wenn und Abers, auch in ihrem Leben. Ob die sich bis zu ihrer Abreise klären würden? Verdammt, nur noch eine Woche!

Und wenn sie das *Inselkind* doch nicht kaufte? Wäre es dann mit ihnen vorbei? Oder würde er die Insel für die richtige Frau auch wieder verlassen?

Sie musste es einfach wissen. »Und wenn es andersherum wäre?«, murmelte sie und sah ihn doch an.

Jan blieb stehen und zog sie an sich. Nahm ihren Kopf in beide Hände und musterte ihr Gesicht. »Das entscheide ich, wenn es so weit ist«, raunte er und küsste sie.

Sie ließ sich hineinfallen und schlang die Arme um seine Taille. Wahrscheinlich war es wirklich besser, die Entscheidung zu vertagen und die Tage bis dahin zu genießen. Wer wusste schon, was noch alles passierte?

Schließlich hob er den Kopf und strich ihr ein paar verwehte Haare aus den Augen, lächelte. »So, und jetzt gehen wir uns die Herde Seehunde da hinten ansehen.«

Runa

Wetter oder Aussehen, was war wichtiger? Auf einer Insel und bei einer abendlichen Frühlingsveranstaltung unter freiem Himmel definitiv die Funktionalität. Die Jacke würde sie bestimmt nicht ausziehen können, auch wenn inzwischen die Sonne schien. Also hatte die Kombination aus Jeans, Hemdbluse, Pullover und voluminösem Halstuch gesiegt. Und das Haar hatte sie im Nacken zu einem Zopf zusammengefasst.

Seit einer gefühlten Ewigkeit tigerte Runa nun schon um die Kücheninsel herum, und es war noch immer nicht drei Uhr. Über ihr klappte eine Tür, dann erklangen Schritte auf der Treppe. Ein Grinsen breitete sich auf ihrem Gesicht aus, ihr Magen flatterte.

Als er um die Ecke bog und auf sie zukam, riss sie die Augen auf. »Du warst beim Friseur!«

»Ja.« Felix lachte verlegen und fuhr sich durchs ordentlich gestutzte Haar. Der klassische Schnitt war mit Gel gestylt und unterstrich seine Ähnlichkeit mit Keanu Reeves sogar noch. Das gleiche ovale Gesicht, die etwas enger zusammenstehenden Augen, die gerade, schmale Nase.

»Ich habe es viel zu lange schleifen lassen«, gab er zu und riss sie damit aus ihrer Betrachtung.

»Ich sollte auch mal wieder hingehen«, murmelte sie und strich sich über das Haar.

»Du solltest es öfter offen tragen, das steht dir viel besser.«

»Nach ein paar Stunden im Wind ist es aber leider eine Tortur, die Knoten wieder herauszukämmen.«

»Okay, das ist ein Argument. Wollen wir los?«

Sie nickte und ging mit ihm zur Garderobe, zog die Jacke an. Mehr als Handy, Geld und die Wertkarte für die Dünenfähre brauchte sie nicht. Sehr angenehm, mal nicht die Handtasche mit sich herumschleppen zu müssen.

»Hast du noch geschrieben?«, wollte sie auf dem Weg zur Treppe wissen.

»Ja, ich war so richtig im Flow, kein Mittagstief weit und breit. Eigentlich schade, dass ich jetzt aufhören musste.«

Ein Stechen piesackte ihren Magen. »Oh, du musst nicht …«

»Runa, so war das nicht gemeint!«, unterbrach er sie. »Ich sage unsere Verabredung nicht ab, um zu schreiben. Das machen normale Angestellte doch auch nicht. Es ist Samstag, und wir haben uns ein wenig Spaß verdient, findest du nicht?«

»Doch, du hast recht.« Sie lächelte. »Du kommst also gut voran?«

»Sehr gut sogar. Seitdem ich hier bin, habe ich schon vierzigtausend Wörter geschrieben.«

»Wow, das hört sich viel an. Was macht das in Buchseiten?«

»Fünfundzwanzigtausend Wörter sind ungefähr hundert Taschenbuchseiten.«

»Okay, darunter kann ich mir etwas vorstellen.«

Sie schlenderten die Treppen hinunter und die Hauptstraße zum Anleger entlang.

»Was wird einem denn heute geboten?«, wollte Felix schließlich wissen.

»Keine Ahnung, wie das inzwischen läuft. Mein letztes Osterfeuer auf der Düne ist ... bestimmt schon mehr als fünfzehn Jahre her.«

»Dann lassen wir uns überraschen.«

»Ich würde gerne am Strand spazieren gehen. Zu den Seehunden, wenn welche da sind.«

»Schöne Idee, ich kenne Seehunde nur aus dem Zoo. Wie nah kommt man heran?«

»Man sollte schon so dreißig Meter Abstand einhalten, die können echt gefährlich werden. Aber viele Touristen halten sich nicht daran.« Runa seufzte und versenkte die Hände in den Jackentaschen.

Der Anleger war bereits in Sicht, und sie konnte die Menschen sehen, die davor warteten. Als sie dort ankamen, wurde sie gleich erkannt, von Freunden ihrer Eltern.

Natürlich musste sie nicht nur vom Unfall ihrer Mutter erzählen, sondern auch von sich und ihrem Leben in Hamburg. Die Frage nach einem Mann verneinte sie, schließlich würde sie ihre Beziehung in einer guten Woche beenden. Was zur Folge hatte, dass man sie mitleidig ansah. Ende dreißig und ungebunden, keine Kinder ... wie konnte man da nur glücklich sein? Sie biss die Zähne zusammen und ging nicht weiter darauf ein, es nützte ja doch nichts. Und ändern konnte sie es auch nicht.

Auch Felix blieb nicht unentdeckt, und sie stellte ihn als Pensionsgast vor. Dass er der bekannte Thrillerautor war, wurde ihm zum Verhängnis. Sobald sie das herausgefunden hatten, belagerten die Freunde ihrer Eltern und ein paar weitere Wartende ihn. Bombardierten ihn mit Fragen, bis sie auf der Düne angekommen waren.

Runa hatte es willkommen geheißen, sich zwei Schritte zurückgezogen und ein paarmal tief durchgeatmet. Trotzdem blieb ein schlechtes Gewissen. Am oberen Ende der Rampe blieb sie stehen, um auf ihn zu warten, ließ die anderen Passagiere an sich vorbeigehen.

Felix stieg als einer der Letzten aus, zwei weibliche Gäste hingen noch immer wie gebannt an seinen Lippen. Kurz bevor er Runa erreichte, hörte sie ihn sagen: »An dieser Stelle möchte ich mich verabschieden. Viel Spaß noch und einen schönen Urlaub!«

»Ihnen auch, Herr Ferle! Und weiterhin viel Erfolg!«

»Danke!« Er lächelte, ließ sie weitergehen und blieb schließlich neben ihr stehen.

»Tut mir leid, ich hätte nicht gedacht, dass sie so hartnäckig sind.« Mit einem Seufzen sah er sie an.

»Ich muss mich entschuldigen«, erwiderte sie. »Mir war es ganz recht, dass die Freunde meiner Eltern ihre Aufmerksamkeit komplett auf dich gerichtet haben.«

»Das habe ich gemerkt.« Er schmunzelte. »Komm, lass uns zum Strand runtergehen und schauen, wie weit sie sind.« Sie schlenderten die betonierte schmale Promenade entlang zum Südstrand. Dabei kamen sie an einem Flachbau vorbei, der die Verwaltung der Bungalows, den Dünenarzt, öffentliche Toiletten und einen Kiosk beherbergte. Dahinter standen die bunten Comfort-Bungalows, von denen anscheinend sogar einige bereits vermietet waren. Hinter den Gebäuden führte ein Weg in die eigentlichen Dünen, die noch weitere Hütten beherbergten, einen Campingplatz und so manches interessante Detail wie Golfteich und Aussichtsdüne.

Felix ließ die Gegend auf sich wirken, bevor er wieder das Wort ergriff. »Mir geht es genauso, wenn ich mal zu meinen Eltern fahre. Die ersten Jahre als Schriftsteller war es schon unangenehm, schließlich ist das ja kein richtiger Beruf. Und als ich dann auch keine passende Schwiegertochter mitbrachte, wurde es immer schlimmer. Ich glaube, inzwischen haben sie jegliche Hoffnung auf Enkelkinder von mir begraben und konzentrieren sich bei dem Thema nur noch auf meinen Bruder. Der ist auf jeden Fall schon mal verheiratet.«

»Ist er jünger als du?«

»Ja, sechs Jahre. Und genau das, was meine Eltern sich gewünscht haben. Solider Job in einer Bank, spielt Fußball und hat schon mit Ende zwanzig die Richtige gefunden.«

»Schön für ihn.«

»Ja. Auf jeden Fall passt sie zu Martin, Nele ist eine ganz Liebe.«

»Macht es dich nicht traurig, keine Kinder zu haben?« Runa vergrub die Hände in ihren Jackentaschen und schaute hinaus aufs Meer. Es passierte nicht oft, aber manchmal zwickte es sie doch.

»Doch, schon. Aber ich möchte auch eine richtige Familie dazu, und ohne die richtige Frau ...« Er zuckte die Schultern. »Und die Möglichkeit einer Adoption besteht ja auch noch, falls man zu alt für eigene Kinder ist.«

»Du siehst das alles ziemlich locker«, bemerkte sie und sah ihn an.

»Inzwischen schon. Ich habe mich lange genug deswegen fertiggemacht.«

»Ach so.« Nachdenklich kaute sie auf ihrer Unterlippe und erinnerte sich an Jans Worte, die ihr seit gestern nicht mehr aus dem Kopf gingen. *Lebe, Runa!*

»Aber lass uns nicht über diese Themen reden, die einen nur runterziehen«, fuhr er fort. Sie hatten das Ende der Promenade erreicht und gelangten auf den Südstrand.

»Sondern?«

»Wir können mit Büchern anfangen. Welches hast du zuletzt gelesen?«

Und so stapften sie am Strand entlang bis zum Leuchtturm, hinter dem der riesige Holzstapel für das Osterfeuer aufgebaut worden war. Vom *Dünenrestaurant* wehten Musikfetzen und der Geruch von Glühwein und Bratwurst herüber, doch viel war noch nicht los.

»Kann man am Strand einmal um die Insel herumgehen?«, fragte er.

Runa nickte. »Wir müssen nur eventuell den Tieren ausweichen.«

»Dann komm!«

Sie nahmen Weg und Gespräch wieder auf, spazierten an Landebahn 33 vorbei und blieben kurz dahinter stehen, um einer der kleinen zweimotorigen Propellermaschinen bei der Landung zusehen zu können. Hinter dem Flughafen erreichten sie den Übergang zum Nordstrand und kämpften sich über aufgeschütteten steinigen Sand.

Irgendwann hielt Felix ihr die Hand hin, um ihr behilflich zu sein, und ließ sie nicht mehr los. Weder bei der Beobachtung der mächtigen Seehundleiber und der kleinen Nachkommen noch beim weiteren Spaziergang. Ihr Herz klopfte zwar vor Aufregung, aber sie genoss es. Und er schaffte es, sie nur im Hier und Jetzt zu halten. An nichts anderes zu denken, mit ihm zu reden oder zu schweigen. Wann hatte sie sich das letzte Mal so wohl mit einem Mann gefühlt? Runa wusste es nicht. Himmel, war das traurig! Und zugleich verdammt aufregend!

Zurück bei den Bungalows, blieben sie einen Moment stehen und sahen zur Hauptinsel hinüber, hinter der der letzte Teil des Sonnenuntergangs begann. Trotz des starken Windes war der Himmel so gut wie wolkenlos. Das gab ein so schönes Bild ab, dass sie ihr Handy zückte und ein Foto schoss.

»Wenn ich das jetzt meiner Mutter schicken würde, würde sie vermutlich in Tränen ausbrechen«, meinte sie und lachte, dann steckte sie das Handy wieder weg.

»Sieht ja auch wirklich toll aus«, pflichtete Felix ihr bei. »Sag mal, weißt du, wo dieser Friedhof der Namenlosen ist? Ich würde ihn mir gern ansehen.«

»Klar, da hinten in den Dünen.« Sie deutete mit dem Daumen über ihre Schulter.

»Dann mal los.« Wieder nahm er ihre Hand, und in ihr wuchs der Wunsch, er möge sie in die Arme schließen und küssen. Ob er das überhaupt tun würde? Irgendwann?

Verdammt, sie machte sich viel zu viele Gedanken über das alles. So wie immer.

Als Teenager und junge Frau hatte sie fast jeden Satz eines Jungen auseinandergenommen und analysiert, um herauszufinden, ob er sie mochte oder nicht. Der hier mochte sie, reichte das nicht? Nein, sie wollte es genauer wissen. Aber wie? Sollte sie sich noch einmal Schützenhilfe von Jan holen? Unter Umständen wusste der eine gute Methode.

Der Weg war nicht besonders weit, und so schritten sie bald den kleinen Rundgang ab und lasen alle Tafeln und Inschriften, ohne ein Wort zu verlieren. Vermutlich gedachte jeder Besucher automatisch der Männer und Frauen, die hier erwähnt wurden. Runa zog den Kopf zwischen die Schultern und starrte vor sich hin. Wie tödlich die Nordsee sein konnte, war auch einer der Punkte, der ihr seit der Teenagerzeit zusetzte.

»Du fühlst dich hier nicht wohl.« Felix war neben ihr aufgetaucht und strich ihr über den Rücken.

Sie atmete tief durch, schüttelte den Kopf und sagte ihm, warum.

»Dann sollten wir nicht länger hierbleiben.« Seine Hand blieb, wo sie war, und führte sie über den Holzsteg vom Friedhof.

Da er den gleichen Weg zurück einschlagen wollte, nahm diesmal sie seine Hand und zog ihn in die andere Richtung. »Da lang ist es kürzer zum *Dünenrestaurant*.«

Als sie am Strand ankamen, wehte ihnen eine ziemlich steife Brise um die Nase.

»Sieht so aus, als ob es in den nächsten Stunden noch mehr Wind geben wird«, murmelte Runa und schaute sich um.

»Woran merkst du das?«

»Keine Ahnung, Bauchgefühl und Erfahrung.« Sie zuckte die Schultern und grinste schief. »Wollen wir uns ein geschütztes Plätzchen suchen?«

Nicht weit vom *Dünenrestaurant* entfernt standen ein paar offene Strandkörbe, und zwei waren auch noch unbesetzt, also stapften sie hinüber.

»Setz dich, ich hole uns etwas zu trinken. Was möchtest du?« Felix sah sich nah dem Eingang des Restaurants um.

»Am liebsten Glühwein. Oder einen Ostfriesentee.«

»Alles klar.« Sie sah ihm einen Augenblick nach, setzte sich dann in den Korb und streckte die Beine aus. Hier war es schon wesentlich angenehmer, weil der Korb mit dem Rücken zum Wind stand.

Langsam machte sich Nervosität in ihr breit. Was würde die nächsten Stunden passieren? Wie würde er sich verhalten? Wie sollte *sie* sich verhalten? Ach, verdammt, wenn dieses Zwischenmenschliche doch nicht immer so kompliziert wäre!

»Du hast Glück gehabt.« Felix erschien vor ihr und hielt ihr eine Tasse entgegen, die sie ihm abnahm. »Mmh, lecker!« Sie schloss die Augen und sog den Duft des Glühweins ein. »Den kann ich jetzt gut brauchen.«

Er setzte sich neben sie und hielt ihr seine Flasche Bier zum Anstoßen hin, dann tranken sie. Wohlige Wärme breitete sich in ihr aus. Mit ihm war es herrlich ungezwungen, mit Stefan hatte sie ständig unter Spannung gestanden und nie sie selbst sein können.

Das Schweigen zwischen ihnen war nicht unangenehm, aber irgendwann hielt sie es nicht mehr aus und sah ihn an. Lächelte, als er ebenfalls den Kopf drehte. Dann sah sie weg, zehn Sekunden später ihn wieder an.

Weil er den Blick noch nicht abgewendet hatte.

Das Warum lag ihr schon auf der Zunge, doch sie traute sich nicht. Stattdessen versank sie im Schilfgrün seiner Augen, das Lächeln verblasste. Sie bemerkte, wie er ihr Gesicht musterte und an ihrem Mund hängen blieb.

Unbewusst leckte sie sich über die Lippen, schluckte. Schließlich kehrten seine Augen zurück zu ihren, ließen ihr Herz wie wild klopfen.

Verflucht, warum küsste er sie nicht endlich?

Und dann bewegte er sich, beugte sich zu ihr.

Ihre Augen schlossen sich, und ...

»Hey, da seid ihr ja!«

Paula

Die beiden im Strandkorb fuhren auseinander.

»Ich glaube, wir stören!«, meinte Paula und zog an Jans Arm.

»Zu spät, sorry!«, raunte er ihr zu und überbrückte die letzten Meter. »Oh, Glühwein, das ist eine gute Idee. Willst du auch einen?«

Sie nickte, und es tat ihr leid, dass sie die beiden an einem Kuss gehindert hatten. Es war ihnen sichtlich unangenehm. »Aber brauchen wir nicht erst einmal eine Sitzgelegenheit?«

Jan sah sich um und entdeckte den letzten freien Strandkorb. »Komm, wir holen uns den da.« Sie stapften hinüber, packten ihn an den Trageschlaufen und schleppten ihn herüber, stellten ihn in so auf, dass sie sich unterhalten konnten.

»Bin gleich wieder da.« Jan lief zum *Dünenrestaurant*, und Paula ließ sich in den Korb sinken. Wechselte einen Blick mit Runa und formte mit den Lippen eine Entschuldigung.

Die zuckte die Schultern und trank von ihrem Glühwein.

»Seid ihr auch schon einmal um die Insel spaziert?«, versuchte sie es mit Small Talk.

Felix nickte und trank von seinem Bier. »Ist wirklich schön hier.«

»Zu schön für einen Thriller?«, zog sie ihn auf.

»Manchmal steckt hinter dem Schönen das Grauen«, orakelte er und grinste.

Runa schüttelte sich. »Da krieg ich ja eine Gänsehaut.«

»Sollen die Leser ja auch.«

»Kann man danach noch schlafen?«, warf Paula ein.

»Keine Ahnung.«

Jan kehrte mit zwei Tassen Glühwein zurück, setzte sich neben ihr in den Strandkorb und legte die freie Hand auf ihren Schenkel, gleich oberhalb des Knies. Diese unbewusste, besitzergreifende Geste löste ein angenehm warmes Gefühl in ihrer Brust aus. Es fühlte sich an, als ob sie zusammen wären.

Warum, zum Teufel, reagierte sie jetzt so emotional darauf? Was hatte sich verändert? Beim nächsten Schluck schloss sie die Augen und versuchte, den Aufruhr in ihrem Innern zu besänftigen. Es brachte gar nichts, wenn sie jetzt den Kopf verlor und an nichts anderes mehr dachte. Es würde sich schon klären, bis sie wieder abreiste. Das musste es einfach!

Von der Terrasse des *Dünenrestaurants* erklang eine Stimme, die sie nicht verstehen konnte, doch gleich darauf war klar, dass Jan mit seiner Einschätzung recht gehabt hatte. Der Helgoländer Shanty-Chor gab ein paar Stücke zum Besten.

Inzwischen hatten sich noch mehr Gäste und Helgoländer eingefunden, und so langsam kam Stimmung auf. Sie ließen sich sogar von der guten Laune anstecken und sangen und schunkelten mit.

Danach sah Felix in die Runde. »Wie wäre es mit Nachschub?«

»Ich komme mit«, bot Jan an.

Paula und Runa bestellten Alster, die Männer zogen los. Und sie setzte sich zu Runa in den Strandkorb. »Sorry, wir haben es zu spät gesehen«, entschuldigte sie sich noch einmal.

Runa verdrehte die Augen. »Schon okay, ist nun mal passiert.«

»Hey, er wird es bestimmt noch einmal versuchen.«

»Meinst du? Das muss sich doch erst einmal ergeben.«

»Keine Angst, das wird schon. Jan und ich werden eher gehen als ihr, dann habt ihr noch ein wenig Privatsphäre. Ich bin auf jeden Fall stolz darauf, dass mein Bauch genau das vorausgesagt hat.« Paula stieß mit der Schulter gegen Runas und grinste. »Oh, und bevor ich es vergesse, ich bleibe heute Nacht bei Jan, ihr habt also sturmfreie Bude.«

Runa lachte auf. »Hast du die anderen beiden Paare vergessen?«

Sie riss die Augen auf und stockte, dann grinste sie. »Ja, hatte ich. Schade aber auch.«

»Ist ja lieb gemeint, aber ich bin da nicht so wie Jan oder du. Ich lasse es ruhig angehen.« Sie tätschelte Paulas Bein.

»Ich würde jede Wette eingehen, dass es bis zu seiner Abreise noch ordentlich zwischen euch funkt.«

Runas Augenbraue wanderte nach oben. »Ja, sicher!«

»Spotte du nur, wir werden sehen.«

»Könnten wir über etwas anderes reden? Ich mag das nicht«, grummelte sie.

»Jan meinte, du wüsstest von den Gerüchten um die Pension. Weißt du, woher sie kommen?«

»Nein, aber ich vermute inzwischen, dass dieser Pfeffer vom Immobilienbüro damit zu tun haben muss.«

»Das würde auch erklären, was ich erlebt habe.« Sie schilderte ihren Besuch im Immobilienbüro und das unterschiedliche Aussehen des Informationsmaterials. »Das Komische ist nur, dass es auch noch Gerüchte über drei andere Häuser gibt«, fügte Paula hinzu.

»Welche sind das?«

»Weiß ich nicht mehr genau, aber weißt du, was sie gemeinsam haben? Den Blick auf die Düne.«

»Was?«

Paula hob den Kopf, als sie die Männer zurückkommen hörte, und wechselte zu ihrem Platz. Nachdem die Männer sich gesetzt und die Flaschen an die Frauen weitergereicht hatten, sprach sie das Thema noch einmal an.

»Es geht nicht nur um Haus *Dünenblick?*«, hakte Felix nach.

»Anscheinend nicht«, gab Paula zu.

Jan spielte mit den Kiefermuskeln und starrte einen Moment vor sich hin. »Da steckt doch noch etwas anderes dahinter«, murmelte er schließlich.

»Das denke ich auch. Vor ein paar Jahren habe ich schon mal etwas in der Richtung gehört, ich muss mal googeln. Wäre doch gelacht, wenn wir das nicht aufklären können.« Felix lächelte Runa an, deren Wangen etwas Farbe annahmen.

Paula musste grinsen und versteckte es hinter ihrer Bierflasche. »Was haltet ihr davon, wenn wir uns Montagnachmittag mal zusammensetzen und das alles durchsprechen?«, schlug sie anschließend vor.

»Gute Idee«, stimmte Felix zu, und Jan nickte. Dann schauten alle Runa an, die von einem zum anderen sah.

»Klar machen wir das, keine Frage! Kommt irgendjemand an Kuchen ran? Ich spendiere den Kaffee.«

»Ich frage mal Björn oder Thevs, ob sie etwas eingefroren haben«, bot Jan an.

»Ich kann uns auch einen Schokoladenkuchen backen, wenn alle Zutaten vorhanden sind«, meinte Paula.

Jan grinste sie an. »Kannst du auch kochen?«

»Natürlich, was ist das für eine Frage?«

»Jackpot!«, meinte er und zwinkerte ihr zu.

Doch sie hob nur eine Braue und sah ihn an. »Und was hast du so zu bieten?«

Er beugte sich zu ihrem Ohr und flüsterte: »Du meinst, außer meinen Liebhaberqualitäten?«

Ein Schauer rieselte durch ihren Körper, doch sie ließ sich nichts anmerken und nickte. Sie schaute zu den anderen beiden hinüber, die sie neugierig beobachteten.

Doch Jan versuchte nicht, sich zu verkaufen. Er zog nur den Kopf zurück, und sie sahen sich aus kürzester Entfernung in die Augen.

»Am Tag vor deiner Abreise kannst du dir diese Frage sicherlich selbst beantworten«, raunte er und küsste sie.

Paula schloss die Augen und hielt dagegen, sie vergaß alles um sich herum.

»Also«, murmelte er schließlich an ihrem Mund, »entweder hören wir jetzt auf, oder wir fahren rüber und gehen zu mir.«

Sie öffnete die Augen, schaute ihn an und folgte seinem Kopfnicken zum anderen Strandkorb.

»Seid ihr bald mal fertig?«, rief Runa.

Jan drehte sich zu ihr und grinste. »Bist du etwa neidisch?«

Paula verpasste ihm einen Knuff in die Seite, den die anderen nicht sehen konnten.

»Klar«, parierte Runa. »Ich will auch mal mit Paula knutschen.«

Felix verschluckte sich beinahe an seinem Bier und hustete.

Jan brach in schallendes Gelächter aus, lehnte sich zurück und legte einen Arm um Paula. »Das ist mein Mädchen! Endlich wieder eine große Klappe, wie früher.«

Sie hob die Augenbrauen und sah Runa an, genauso wie Felix, doch die zuckte nur die Schultern.

»Hätte ich dir gar nicht zugetraut«, gab Felix zu.

»Oh, die junge Runa war ein echtes Pulverfass, immer unberechenbar.«

Felix sah von Jan zu der Frau neben sich. »Das heißt, so eine Basstölpel-Rettungsaktion wie neulich hast du schon einmal gebracht?«

Wieder antwortete sie nur mit einem Schulterzucken und trank von ihrem Bier. Aber Paula konnte sehen, dass sie rot geworden war.

»Einmal? Sie war die Greenpeace-Aktivistin der Insel«, klärte Jan ihn auf.

»Und du könntest langsam mal deine Klappe halten«, meinte Runa.

»Warum denn?«, wandte Felix ein. »Du erzählst mir solche Details ja nicht.«

Jan lachte wieder, und sie grummelte: »Wie schön, dass ihr euch auf meine Kosten amüsiert.«

Paula stieß dem Mann neben sich den Ellbogen in die Seite. »Komm schon, lass es gut sein.«

»Dass ihr Frauen aber auch immer zusammenhalten müsst!« Er verdrehte die Augen.

»Arsch!« Runa knallte die leere Flasche in den Strandkorb, sprang auf und stapfte in Richtung Holzstapel davon.

Jan seufzte, drückte Paula seine Flasche in die Hand und lief Runa nach, ohne dass es einer Aufforderung bedurfte.

Paula beobachtete, wie er am Spülsaum neben Runa stehen blieb. Wie sie redeten, gestikulierten, er sie in den Arm nahm und das Reden von vorne losging.

»Und die beiden sind wirklich nur befreundet?«, hörte sie Felix leise fragen.

»Ja, wirklich.« Aber sie konnte seine Skepsis verstehen, schließlich schaffte auch sie es nicht, die unterschwellige Eifersucht zu unterdrücken.

Runa

Scheiße, manchmal konnte Jan ein echter Vollidiot sein! Wie hatte sie das nur vergessen können?

Sie stiefelte an dem aufgeschichteten Holz vorbei, an dem sich die Flughafenfeuerwehr nun zu schaffen machte, bis zum Spülsaum und blieb mit vor der Brust verschränkten Armen stehen. Sie starrte in den letzten Rest Licht am Horizont und knirschte mit den Zähnen.

»Es tut mir leid.« Jans Bass und seine Hand in ihrem Rücken ließen sie zusammenzucken.

Ihre Antwort war ein Knurren.

»Was ist denn nur mit dir los? So launisch und empfindlich kenne ich dich gar nicht.« Er zog die Hand fort und steckte sie beide in die Jackentaschen.

»Musste das vor Felix sein? Du hast mich echt lächerlich gemacht.«

»Ist dir deine Vergangenheit etwa peinlich? Also, erstens gibt es nichts, wofür du dich schämen musst, und zweitens kannst du nichts mehr daran ändern, das ist vorbei.«

»Stolz bin ich nicht darauf.«

»Warum nicht? Du warst ein Quergeist und hast auch etwas getan, anstatt nur dummes Zeug zu reden. Ich fand das echt cool und der Rest unserer Clique auch, das weißt du.«

»Und schau, wo es mich hingebracht hat!«

Einen Moment lang schwiegen sie, dann drehte Jan sich zu ihr herum.

»Du hast dich ziemlich verändert, seitdem du fortgegangen bist.«

»Haben wir das nicht alle?«

»In gewisser Weise bestimmt, aber ich habe das Gefühl, du hast dich selbst weggesperrt.«

»Kann schon sein.«

Er nahm sie bei den Schultern und drehte sie zu sich herum, suchte ihren Blick. Mit einer geballten Ladung Trotz sah sie ihm in die eisblauen Augen.

»Willst du unbedingt jemand sein, der du da drin nicht bist?« Mit dem Kinn deutete er auf sie.

»Ich wollte mir ein gutes Leben aufbauen«, platzte es aus ihr heraus. »Glücklich und erfolgreich sein und diese Scheißinsel vergessen. Und wo bin ich hingekommen? Ich arbeite sechzig Stunden die Woche, bin unglücklich, weil Liebe und Leidenschaft in meinem Leben fehlen. Und zurückkommen musste ich auch noch!« Ihre Arme fuchtelten wie von selbst in der Luft herum.

Jan rieb ihr über die Oberarme. »Du bist einsam.«

»Ja, verdammt, das bin ich.« Ärger und Anspannung verpufften, und sie sank in sich zusammen, ließ den Kopf hängen.

Mit einem Seufzer zog er sie in seine Arme und legte das Kinn auf ihren Kopf. Sie schloss die Augen, schlang die Arme um ihn und hielt sich an ihm fest. Die Erkenntnis tat weh.

»Vielleicht ändert sich das mit Felix. Ich mag ihn.«

Sie brummte nur.

»Du brauchst jemanden, der sich um dich kümmert, ohne dich einzuengen, aber du musst es auch zulassen.«

»Das ist verdammt schwer.«

»Ich weiß. Aber nach dem, was du mir von ihm erzählt hast und wie ich ihn kennengelernt habe, glaube ich, dass das sehr gut passen könnte. Du musst es versuchen.«

»Wenn du uns nicht unterbrochen hättest, wären wir schon einen Schritt weiter«, knurrte sie. »Oder es war gut, dass ihr gekommen seid, wer weiß das schon! Ich habe Stefan noch immer nicht erreicht und ...«

»Jetzt hör aber auf! Du hast keine richtige Beziehung mit diesem Stefan, da sind doch schon lange keine Gefühle mehr. Er ruft dich ja noch nicht einmal zurück, was ist das für ein Verhalten? Wenn du mich fragst, war es von Anfang an nur eine Freundschaft mit Benefits.«

»Jan, ich bin so verwirrt! In mir herrscht das reinste Chaos, und ich weiß nicht, wohin ich soll.«

»Schalte deinen Kopf aus! Was sagt dein Herz?«

»Das Gleiche wie du gestern, dass ich leben soll. Und diese Chance ergreifen.«

»Siehst du! Wehr dich nicht, wenn er dir nachher einen Gutenachtkuss gibt. Oder mehr. Wenn es sich gut anfühlt, tu es!«

»Woran du schon wieder denkst!« Runa löste sich von ihm und schüttelte den Kopf.

»Ich bin ein Mann und Realist. Du hast viel zu viel Angst vor allem entwickelt, so warst du früher nicht. So gesehen hat es dir nicht gutgetan fortzugehen.«

»Ich konnte das nicht brauchen.«

»Doch. Einen Teil von deinem alten Ich kannst du sehr wohl brauchen, lass es raus!«

Runa sah ihm in die Augen. »Und was ist, wenn es schiefgeht?«

»Dann stehst du wieder auf, richtest dein Krönchen und machst weiter. Alles kann schiefgehen. Oder gut. Aber wenn du es nicht versuchst, lebst du nicht. Dann kannst du dich genauso gut irgendwo vergraben und darauf warten, dass du stirbst. Ist es das wirklich wert, nur auf Nummer sicher zu gehen?«

Sie schloss die Augen, atmete tief durch und schüttelte den Kopf.

»Na siehst du!«

»Danke!« Mit einem Lächeln tätschelte sie seine Brust. »Ich bin froh, dass ich dich habe.«

»Also war es doch gut, dass du herkommen musstest.«

»Sieht fast so aus.«

»Kannst dich bei deiner Mutter bedanken, dass es sie ausgerechnet letzte Woche erwischt hat.«

Runa lachte auf und boxte ihn in den Bauch.

Hinter ihr wiesen die Feuerwehrmänner die Umstehenden an zurückzutreten. Dann erklang das charakteristische Rauschen, und das Osterfeuer loderte auf.

Jan drehte sie zum Feuer um, legte ihr einen Arm um die Schultern, und sie schauten auf die Flammen, die zum Himmel loderten.

»Komm, wir gehen wieder zurück. Und dann trinken Paula und ich aus und hauen ab.«

»Das müsst ihr nicht.«

»Doch, müssen wir. Ich habe noch andere Pläne für heute Abend.«

Er ließ sie wieder los, und sie stapften zurück zu den Strandkörben.

Während Jan sich neben Paula fallen ließ, blieb Runa vor Felix stehen und nahm ihre leere Flasche. »Möchtest du auch noch ein Bier?«

Mit schräg gelegtem Kopf sah er sie an, das Gesicht ein einziges Fragezeichen, und reichte ihr schließlich seine leere Flasche. »Ja, gerne.«

Sie nahm sie und lief zum *Dünenrestaurant*, stellte sich drinnen am Ende der Schlange an und ließ sich noch einmal durch den Kopf gehen, was Jan zu ihr gesagt hatte. Gestern hatte sie doch schon den ersten Schritt aus der Einsamkeit gewagt, heute war es Zeit für den zweiten. So schwierig konnte das doch nicht sein.

Kurz entschlossen zog sie ihr Handy hervor, rief Stefans Kontakt auf und schrieb ihm eine Nachricht.

> *Wenn du nicht mit mir reden willst, dann sage ich es dir eben auf diesem Weg. Was immer das zwischen uns war, es ist vorbei.*

Die Erleichterung, die sie verspürte, war überwältigend. Von jetzt an konnte es nur noch besser werden.

Auf dem Rückweg legte sie einen Stopp am Grill ein und nahm zwei Bratwurstbrötchen mit. Sie traf Thevs und seine Familie, wechselte ein paar Worte mit ihnen und stapfte zum Strandkorb zurück.

»Ich habe uns einen kleinen Snack mitgebracht«, meinte sie, reichte Felix Bratwurst und Bier und setzte sich auf ihren Platz.

»Kannst du Gedanken lesen?« Felix lächelte und nahm ihr beides aus der Hand.

»Das ist unser Stichwort«, bemerkte Jan und trank sein Bier aus. »In meinem Kühlschrank warten noch Steak und Salat.«

»Warum hast du das nicht schon eher gesagt?«, wollte Paula wissen und stand auf.

»Ich muss dir doch nicht alles verraten. Gebt ihr unsere Flaschen nachher mit ab?«

Jan stellte sie neben Felix' Beine an den Strandkorb und nahm Paulas Hand.

»Klar.« Runa biss von ihrer Bratwurst ab und kaute.

»Wir sehen uns spätestens Montag.« Paula hob die freie Hand zum Gruß. »Schönen Abend noch!«

»Euch auch«, erwiderte Felix. Runa brummte und nickte mit vollem Mund.

»Bis dann!« Jan zwinkerte ihr noch einmal zu, dann liefen die beiden zum Spülsaum hinunter und Richtung Fähranleger.

Eine Weile lang aßen sie schweigend und sahen dabei dem Osterfeuer zu.

»Wenn man euch zwei so sieht, könnte man meinen, ihr wärt doch mal ein Paar gewesen.«

Runa schluckte und sah Felix an, bis er ihren Blick erwiderte. Er wirkte verunsichert, hatte sich zurückgezogen.

»Ich weiß. Aber wir sind höchstens wie Geschwister, sehr vertraut. Kein Kribbeln, keine Funken.« Nein, mit Jan war da nichts.

Aber sie sehnte sich nach *Felix'* Berührung, den Schauern.

Doch er nickte nur und aß weiter.

Ihr sank das Herz, und sie starrte auf den Rest ihrer Bratwurst hinab, stopfte sich ihn in den Mund. Er glaubte ihr nicht. Dann war es das wohl.

Sie wischte sich Hände und Mund ab und griff nach ihrer Flasche.

»Du hast da noch etwas Senf.« Als sie ihn ansah, deutete Felix auf ihren Mundwinkel. »Soll ich …?«

Bevor er sie berühren konnte, wandte sie den Kopf ab und wischte es selbst weg.

»Danke!« Runa streckte die Beine aus, verschränkte die Arme vor der Brust und starrte in das knackende und fauchende Feuer. Dabei nippte sie an ihrem Radler.

Glaubte er wirklich, dass sie ihn anlog? Dass Jan zweigleisig fuhr? Und sie auch?

Oder dass etwaige alte Gefühle immer zwischen ihnen stehen könnten?

Sie bemerkte, dass sie sich zurückziehen wollte, schmollen, ihre Wunden lecken. Nein, das würde sie nicht auf sich sitzen lassen. Da würde sie lieber ihren Ärger schüren und ihm ihre Meinung sagen. »Wenn du meinst, dass Jan und ich euch darüber anlügen, dann hast du echt keine Ahnung von Menschen.«

»Tut mir leid, ich wollte nicht ...«

»Hast du aber«, fuhr sie dazwischen, »und das ist mehr als unfair.«

»Es tut mir leid, ehrlich.«

Sie schüttelte den Kopf. »Lassen wir das. Am besten erlöse ich dich jetzt von meiner Gesellschaft.«

Seine Hand auf ihrem Arm hinderte sie daran aufzustehen. »Das ist totaler Quatsch, und das weißt du auch.«

Sie erwiderte seinen Blick und verlor das Duell schließlich, sie schaute weg. »Ich bin müde.«

»Gut, dann fahren wir zurück. Ich bringe nur eben die Flaschen weg.« Damit nahm er die vier Flaschen und verschwand Richtung *Dünenrestaurant*.

In ihrer Brust breitete sich der Wunsch aus, einfach abzuhauen. Ihm niemals wieder begegnen zu müssen. Es war ein Fehler gewesen, sich auf ihn einzulassen. Als der Wunsch immer größer wurde, stand sie auf und ging los. Es war ihr egal, ob sie sich damit lächerlich machte.

Erst als sie die betonierte Promenade erreichte, hatte er sie eingeholt.

»Weglaufen ist auch keine Lösung, weißt du?«, sagte er keuchend. »Ich wohne noch eine Woche bei dir.«

»Und wenn schon.« Sie stieß ihre Hände in die Jackentaschen.

»Himmelherrgott, es tut mir leid!«

»Das hat mich verletzt«, stieß sie hervor und beschleunigte ihren Schritt. »Ich weiß echt nicht, was du dir dabei gedacht hast.«

Kurz vor dem Fähranleger sprang er ihr in den Weg und japste: »Ich war eifersüchtig, okay?«

Sie blieb abrupt stehen, um nicht mit ihm zusammenzustoßen, und starrte ihn an. Jetzt wollte er sie auch noch verarschen!

»Ja, sicher!«, zischte sie und ging um ihn herum. Der Bereich war menschenleer.

Zwei Schritte später packte er sie am Arm und zog sie zu sich herum. »Was soll ich tun, damit du mir glaubst und verzeihst? Betteln? Bitte! Ich gehe auch vor dir auf die Knie.« Felix ließ sich tatsächlich auf die Knie sinken.

»Hör auf damit!«

Doch er hob die Hände, streckte sie nach ihr aus und rief theatralisch: »Bitte, vergib mir! Ich mache auch jeden Tag Frühstück für alle und pule freiwillig ein paar Kilos Krabben.«

Das Lachen, das aus ihrem Bauch aufstieg, konnte sie nicht unterdrücken. Sie hielt sich eine Hand vor den Mund und prustete los. Nachdem sie sich wieder beruhigt hatte, schob Runa sich die Kapuze auf den Kopf, um sich vor dem heftigen Wind zu schützen, und seufzte. »Steh wieder auf, die Jungs vom Boot gucken bestimmt schon.«

Er ließ die Arme sinken und warf einen Blick hinüber. Erhob sich und klopfte seine Jeans ab. »Vor allem wollen sie gleich ablegen.«

»Was?« Sie wirbelte herum und winkte. »Halt, stopp, wir wollen noch mit!«

»Dann man tau!«, rief einer und wartete damit, die letzte Schlinge zu lösen.

Sie rannten hinüber und sprangen mit etwas Hilfe an Bord.

»Und, Runa? Vergibst du ihm? Was auch immer es zu vergeben gibt?« Lutz, der Kapitän, grinste sie an.

Ihre Wangen begannen zu glühen. »Weiß ich noch nicht«, grummelte sie und ging an ein paar Passagieren vorbei hinaus zum menschenleeren Sitzbereich am Heck. Erreichte die Reling, als das Boot ablegte, vergrub die Hände in den Taschen und balancierte die leichten Bewegungen des ehemaligen Rettungsbootes aus.

»Redest du jetzt nicht mehr mit mir?«

Sie drehte sich zu ihm um, betrachtete ihn einen Moment, wie er am Eingang zum Innenbereich stand, und zuckte die Schultern. Was sollte sie in dieser Situation denn sagen?

Das Boot verließ den geschützten Hafenbereich, traf auf die Nordseewellen und schwankte. Runa verlor die Balance, riss mit einem überraschten Laut die Arme hoch und fand durch einen Schritt zur Seite gerade noch Halt.

»Scheiße, nicht schon wieder! Komm da weg!« Felix trat auf sie zu und streckte ihr die Hand entgegen.

Die nächste Welle erwischte das Heck, als sie auf ihn zuging. Diesmal konnte sie es nicht ausgleichen und verlor das Gleichgewicht. Sie prallte gegen ihn, er fing sie auf, und zusammen fielen sie auf eine der Sitzbänke. Runa landete auf ihm und stöhnte auf.

Dann sahen sie sich an und lachten los.

»Tut mir leid.« Sie machte Anstalten, sich hochzustemmen.

»Mir nicht«, entgegnete er, nahm ihren Kopf in beide Hände und küsste sie.

Überraschung, Freude und ein gewaltiges Kribbeln durchfuhren sie, und sie hielt sich an seiner Lederjacke fest und erwiderte den Kuss.

»Alles in Ordnung da draußen?« Die Stimme des Seemannes kam näher.

Sie fuhr hoch, sprang auf und grinste ihm durch den Eingang entgegen. »Alles klar, danke!«

Felix setzte sich auf und griff nach ihrer Hand, doch sie schüttelte den Kopf. »Lass uns lieber reingehen.« Sie wandte sich ab und ging hinein, dann schob sie sich die Kapuze vom Kopf. Blieb an einer der Haltestangen stehen, lehnte sich dagegen und atmete tief durch. Das Herz klopfte ihr bis zum Hals, der Kolibri in ihrem Magen hatte Verstärkung bekommen.

Felix tauchte vor ihr auf, legte seine Hand über ihrem Kopf um dieselbe Haltestange, blieb aber auf Abstand. Kein Wort kam über seine Lippen, aber sein Gesicht, seine Augen sagten alles, und sie biss sich auf die Unterlippe. Irrte sie sich, oder herrschte in ihm ein ähnliches Gefühlschaos? Trotzdem konnte sie den Blick nicht abwenden, bis sie auf Helgoland anlegten.

Sie reihten sich in die Schlange vor dem Ausstieg ein, und Runa bemerkte die Blicke und die lächelnden Gesichter um sie herum. Hitze schoss ihr ins Gesicht, und sie beeilte sich, von Bord zu kommen.

»Hey, jetzt warte doch mal!«, rief Felix und schloss zu ihr auf.

»Sie starren uns an«, meinte sie.

Er nahm ihre Hand und verlangsamte ihr Tempo, bis sie vor der Skulptur auf dem Nordseeplatz zum Stehen kamen. »Das ist mir ziemlich egal. Wir waren nämlich noch nicht fertig.«

Ihre Brauen schossen in die Höhe, doch er umfasste ihr Gesicht und küsste sie erneut, bevor sie reagieren konnte. Dafür bekam sie von dem Kuss weiche Knie, sie legte die Arme um ihn und erwiderte seine Zärtlichkeit.

Seine Hände wanderten zu ihrem Rücken, strichen darüber, pressten sie an ihn. Die Stimmen der anderen Fährpassagiere kamen näher, doch sie störten sich nicht daran.

Bis sie mit einem Kichern an ihnen vorbeikamen.

Felix hob den Kopf und sah ihr in die Augen. »Hat man hier denn nirgends seine Ruhe?«, murmelte er.

»Das ist Helgoland«, flüsterte sie. »Da hat man nur zu Hause seine Ruhe.«

Er nahm ihre Hand und lief mit ihr Richtung Fahrstuhl. Ohne Worte gingen sie bis zur Pension, er schloss auf und zog sie hinein. Gleich darauf drückte er sie gegen die Tür und küsste sie erneut.

Aus dem Kribbeln wurde Verlangen, das durch ihren Körper waberte. Sein Mund wanderte ihre Kinnlinie entlang, zu ihrem Hals.

»Es sind noch andere Gäste hier«, flüsterte Runa und hielt sich an seiner Jacke fest, schloss die Augen und stöhnte unterdrückt.

»Verdammt!«, murmelte er und ließ von ihr ab. Er hängte seine Jacke an die Garderobe und half ihr beim Ausziehen. Dann nahm er ihre Hand und führte sie die Treppe hinauf. Blieb vor seinem Zimmer stehen, schloss auf und drehte sich um. Er zog ganz sanft an ihrer Hand, die unausgesprochene Frage in den schilfgrünen Augen.

Himmel, ja, es fühlte sich gut an. Sie würde es tun.

Und mit einem Lächeln auf den Lippen folgte sie ihm hinein.

Kapitel 11

Paula

Mitten in der Nacht klingelte ein Handy. Oder träumte sie das nur? Nein.

Jans Arm um ihre Taille verschwand, und das Bett ächzte leise, als er sich zum Nachttisch umdrehte und darauf herumtastete.

»Wick?«, meldete er sich mit belegter Stimme.

»Was? Wer ist da?« Er setzte sich auf, und Paula drehte sich zu ihm um, der Sturm heulte ums Haus.

»Meine Hilfe? Was kann ich tun?« Jan schwang bereits die Beine aus dem Bett und angelte nach seinen Shorts. Er klemmte das Handy zwischen Schulter und Ohr und zog sie hoch.

»Ja, die Lizenzen sind aktuell. Soll ich sie mitbringen?«

»Maximal zwanzig Minuten. In Ordnung, bis gleich!« Er legte auf und warf das Handy aufs Bett, schlüpfte in die Sachen, die er vor ein paar Stunden achtlos zu Boden geworfen hatte.

»Was ist denn los? Wer war das?« Sie setzte sich auf, zog die Decke bis zu den Brüsten hoch und rieb sich über das Gesicht.

»Der Kommandeur des SAR Helgoland. Es gibt einen Seenotrettungseinsatz, aber der zweite Pilot hat Magen-Darm. Ich springe ein.«

»Was?« Ihr Magen zog sich schmerzhaft zusammen, und sie riss die Augen auf. »Das ist nicht dein Ernst! Du bist doch Zivilist.«

»Erstens stehen wir auch nach dem Ausscheiden auf der Reserveliste, und zweitens ist das ein Notfall. Es sind Menschen in Lebensgefahr, ich *muss* helfen. Es gibt sonst niemanden.« Er schob sich das Handy in die Gesäßtasche, stützte sich auf dem Bett ab und küsste sie. »Schlaf einfach weiter, okay?«

Ihre Hände legten sich automatisch um sein Gesicht. »Sei vorsichtig!«, bat sie und küsste ihn noch einmal.

»Bin ich immer. Bis später!« Nach einem flüchtigen Kuss lächelte er sie an und verließ das Schlafzimmer und kurze Zeit später die Wohnung.

Mit einem Seufzer ließ sie sich in die Kissen zurückfallen, starrte an die Decke und lauschte dem Sturm. Erst nach einer gefühlten Ewigkeit hörte sie das Knattern des Hubschraubers, ganz leise. Sie biss sich auf die Unterlippe und schloss die Augen. Hoffentlich kam er unverletzt zurück. Aus heiterem Himmel stiegen ihr Tränen in die Augen, und sie wälzte sich auf seine Seite. Sie vergrub die Nase in seinem Kissen, atmete seinen Duft ein und zog es an sich.

Der vergangene Abend war fantastisch gewesen. Nach dem gemeinsamen Kochen und Essen hatten sie noch etwas auf der Couch relaxt, die Hände aber nicht lange bei sich behalten können. Das erste Mal war wild und leidenschaftlich gewesen, das zweite Mal innig und zärtlich. Und bereits da war ihr bewusst geworden, dass Jan sich immer weiter in ihr Herz schlich.

Nun lag sie hier, zitterte um ihn und wünschte sich, dass mehr zwischen ihnen wäre. Etwas Ernstes. Oder war es das bereits? Wenn sie daran dachte, welche Andeutungen er gestern gemacht hatte, lag diese Vermutung nahe. Aber sie hatte es nicht wahrhaben wollen. Oder sogar verdrängt. Und jetzt wünschte sie sich, sie hätte ihm gesagt, was sie bereits fühlte. Ach, verdammt!

Die Angst um ihn schnürte Paula beinahe die Kehle zu, und so vergoss sie ein paar Tränen. Nein, sie musste stark sein. Er wollte bestimmt keine Frau, die zu Hause saß, auf ihn wartete und sich die Augen ausheulte.

Über ihren angsterfüllten Gedanken schlief sie irgendwann ein.

Einige Stunden später schoss Paula hoch und sah sich desorientiert um. Draußen war es bereits hell, und der Sturm hatte merklich nachgelassen.

Paula griff nach Jans Wecker, es war fast neun. Und Jan war noch immer nicht zurück.

Um sich von ihrer Unruhe abzulenken, stieg sie unter die Dusche und benutzte sein Duschgel, um sich mit einem Teil seines Duftes zu umgeben. Kochte sich einen Kaffee, wusch alles ab und tätigte den obligatorischen Osteranruf bei ihren Eltern.

Zum Glück war das Gespräch nach wenigen Minuten vorbei und sie rief den Chat mit ihrer Cousine Melanie auf, schickte ihr das versprochene Selfie. Ihr Daumen strich über Jans Gesicht, sie schluckte. Verdammt, sie musste dringend raus und sehen, wo er blieb.

Die beste Sicht auf den Südhafen hatte man vom Aussichtspunkt aus, und der war vielleicht dreihundert Meter weit weg, also machte sie sich auf den Weg dorthin. Nachdem sie angekommen war, suchte sie den Himmel ab. Er war voller Wolken, die Sonne hatte kaum eine Chance. Die Nordsee war noch ziemlich unruhig, aber die Kette der Schiffe, die sich in der Einfahrtsschneise nach Hamburg befanden, riss nicht ab.

Mit einem Seufzen zog sie den Reißverschluss bis zum Kinn hoch, schob die Kapuze über den Kopf und vergrub die Hände in den Jackentaschen.

Sie wusste nicht, wie lange sie dagestanden und hinausgestarrt hatte, doch wie aus dem Nichts tauchte etwas Dunkles am Himmel auf. Etwas Längliches, das näher kam.

Der Schall erreichte sie erst, als der Hubschrauber bereits zur Landung ansetzte.

Sofort hüpfte ihr Herz vor Freude und galoppierte dann los. Und sie tat es ihm nach und eilte die Südtreppe hinab, so schnell sie konnte. Dann den Invasorenpfad zur Hafenstraße, an der Nordseeklinik vorbei. Hinter der zweiten Reihe Hummerbuden orientierte sie sich über Google Maps und lief in die Ringstraße.

Erst der versperrte Zugang zum Militärgelände hielt sie auf. Paula reckte den Hals und konnte zwar den riesigen Hubschrauber sehen, jedoch keine Menschen.

»Scheiße!«, murmelte sie. Wenigstens sah alles normal aus.

Als er schließlich aus dem Hangar kam und auf die Ausfahrt des Geländes zuging, sackte ihr vor Erleichterung das Herz in die Hose.

Ein ganzes Stück vorher sah Jan auf und entdeckte sie, legte den Kopf schräg. Schließlich konnte sie sehen, dass er lächelte und die Stirn runzelte.

»Hey, was machst du hier?« Er trat heraus und schloss das Tor hinter sich.

»Ich bin so froh, dass du wieder da bist«, stieß Paula hervor und stürzte sich in seine Arme.

»Ist irgendetwas passiert?« Er klang alarmiert.

»Nein, ich ... ich habe mir nur Sorgen um dich gemacht.«

Er nahm ihren Kopf in beide Hände und sah ihr in die Augen. »Das musstest du nicht, ich war nie in Gefahr.«

»Aber der Sturm ...«

»Die Mühle hält so einiges aus«, beruhigte er sie und deutete mit dem Kinn zu dem Marinehubschrauber. »Alles gut.«

»Jetzt hältst du mich bestimmt für übergeschnappt oder hysterisch oder so.«

»Nein. Irgendwie gefällt mir der Gedanke, dass du dir Sorgen um mich gemacht hast.«

»Schön war es nicht.«

»Kann ich mir vorstellen.« Jan beugte sich zu ihr und küsste sie zärtlich. »Kommst du wieder mit zu mir? Ich könnte eine Mütze Schlaf vertragen.«

Paula nickte und lächelte. Sie runzelte aber die Stirn, als sich ein Grinsen auf seinem Gesicht ausbreitete. »Was?«

»Na ja, wenn ich ehrlich bin, muss ich erst Adrenalin abbauen.«

»Du Lustmolch!« Sie lachte.

»Hey, ich stehe halt auf dich!«

Mit einem Schlag erstarb ihr Lächeln, ihre Brust zog sich zusammen. »Mehr ist es nicht?«

Jan kniff die Augen zusammen, wurde ernst. Dann sah sie die Erkenntnis in seinen Augen und das Lächeln auf seinen Lippen.

»Oh doch! Da ist noch sehr viel mehr. Wenn du willst.«

Ihr Körper drehte durch, anders konnte sie sich nicht erklären, warum alles gleichzeitig passierte. Ihr Magen flatterte, ihr Herz raste, in ihrer Kehle saß ein fetter Kloß, und ihre Augen füllten sich mit Tränen.

Sie blinzelte, um ihn wieder erkennen zu können, und seine Daumen wischten die Tropfen fort. »Und ob ich will!«, krächzte sie.

Er schnalzte mit der Zunge. »Na, das ging jetzt aber schnell. Gestern habe ich noch gedacht, du brauchst wirklich bis zum letzten Tag, um zu erkennen, dass wir zusammengehören.«

»Du bist unverbesserlich!«, stieß sie hervor.

»Nein, ich weiß nur sehr genau, was ich will. Und das bist in dem Fall du. Sofort und für immer.«

Paula trocknete ihre Augen und lächelte ihn an. »Wer bin ich dann, dir zu widersprechen? Lass uns gehen!«

Runa

Auf Zehenspitzen schlich Runa sich ins Haus, hängte ihre Jacke auf und ging mit der Brötchentüte in die Küche. Bei leiser Musik baute sie das Frühstücksbüfett auf und erschauerte bei jedem Gedanken an die letzte Nacht.

Froh, dass ihr Handywecker Felix nicht geweckt hatte, hatte sie sich unter seinem Arm weg und in ihr Zimmer gestohlen, unter die Dusche gehen wollen. Doch sie hatte es nicht getan, weil sie seinen Duft noch auf ihrer Haut haben wollte. Um daran erinnert zu werden, wie schön es gewesen war. Behutsam und doch intensiv, leidenschaftlich und doch zärtlich, mit einer deutlichen Verbundenheit zwischen ihnen.

Etwas in der Art hatte sie sich immer gewünscht, warum hatte sie nur so lange darauf warten müssen? Um es dann ausgerechnet hier und jetzt zu finden? Schicksal?

Egal, sie bereute keine Minute.

Felix hatte sogar darauf gehofft, dass es in den verbleibenden Tagen passierte, und am Morgen Kondome besorgt. Über dieses Geständnis hatten sie zusammen gekichert.

Runa schaltete die Kaffeemaschine ein, nahm sich eine Tasse aus dem Schrank und stöhnte auf, als der bekannte Stich durch ihren Bauch fuhr. Wenigstens hatten die Schmerzen sie gestern verschont.

Nachdem sie eine Schmerztablette geschluckt hatte, machte sie sich einen Cappuccino und lehnte sich damit an die Arbeitsfläche. Im Radio begannen die Acht-Uhr-Nachrichten, und sie trank einen Schluck, lauschte der Stille im Haus.

Und traf eine Entscheidung. Trotz ihrer gestrigen Nachricht würde sie ihn noch einmal anrufen. Nur um ganz sicherzugehen.

Sie nahm ihr Handy aus der Hosentasche, ging in den Wirtschaftsraum ihrer Mutter und wählte Stefans Nummer. Sonntags um acht machte er sich normalerweise fertig fürs Joggen.

Nach drei Freizeichen nahm er das Gespräch an. »Runa, guten Morgen!«

Verdammt, sie hasste es, wenn er in diesem neutral-höflichen Ton mit ihr sprach.

»Morgen, Stefan! Ich hoffe, du hast gestern meine ...«

»Na?«, unterbrach er sie. »Hast du dich wieder zusammengerauft? Kommst du zurück?«

Ihr Körper versteifte sich. »Nein, ich komme noch nicht zurück. Und was meinst du damit, ob ich mich wieder zusammengerauft habe?«

Er lachte leise. »Ich habe mir schon gedacht, dass es hilft, den Kontakt zu unterbrechen. Und dass du früher oder später wieder angekrochen kommst.«

»Angekrochen?«, erwiderte sie verständnislos. »Ich komme bestimmt nicht bei dir angekrochen.«

»Warum rufst du mich dann an?«

In ihr kochte Wut hoch. »Macht man das nicht so in einer Beziehung?«, fragte sie.

»Wenn du meinst …«

»Mir ist schon klar, dass du nicht weißt, was ich dir damit sagen will. Weil du nicht weißt, was eine Beziehung ausmacht.«

»Reg dich nicht auf, ich weiß sehr wohl, was eine Beziehung ausmacht.«

»Wie schade, dass du es mir nie gezeigt hast. Aber das tut jetzt nichts mehr zur Sache.«

»Nein?«

»Nein. Ich wollte nur sichergehen, dass du meine gestrige Nachricht gelesen hast.«

Sein lautes, arrogantes Lachen drang in ihr Ohr. »Guter Witz.«

»Nein, kein Witz. Unsere … Partnerschaft ist vorbei, ein für alle Mal.«

»Ich glaube, das solltest du dir noch einmal überlegen, Runa.«

»Ich habe lange genug darüber nachgedacht, Stefan. Und vor allem habe ich viel zu lange gezögert, es zu tun. Ich wünsche dir alles Gute, leb wohl!«

»Nein, Runa, warte!«

Doch sie beendete die Verbindung, schaltete das Handy aus und seufzte. Geschafft.

Dann ging sie in die Küche, um ihren Cappuccino zu trinken. Und prallte im Türrahmen zurück.

»Felix!«, stieß sie hervor und schluckte.

Er stand am Büfett, einen Teller mit Brötchen in der Hand. Sein Gesicht war wutverzerrt. »Du hast mich angelogen.«

»Es tut mir leid. Ich habe dir nur nicht von Stefan erzählt, weil ich schon vor einer Woche beschlossen habe, es zu beenden. Es war nie eine richtige Beziehung! Und gestern Abend habe ich ihm eine Nachricht geschickt und Schluss gemacht. Als ich die Bratwurst geholt habe.«

»Wer's glaubt!« Mit einem Knall stellte er den Teller aufs Büfett.

»Du kannst Jan fragen, ich habe es ihm erzählt. Und ich habe auch in seinem Beisein versucht, Stefan anzurufen.«

»Jan, immer nur Jan! Warum gehst du nicht auch mit ihm ins Bett, dann hast du alles, was du willst!«

Runa platzte der Kragen. »Du Arschloch!«, zischte sie. »Du willst die Wahrheit gar nicht wissen, oder?«

»Pah, die Wahrheit! Als ob ich dir noch etwas glauben könnte!« Er drehte sich um, marschierte hinaus und die Treppe hinauf, dann knallte er die Tür zu.

Sie konnte ihm nur nachstarren. War das gerade wirklich passiert? Brust und Magen zogen sich zusammen, und sie schlang die Arme um sich. Scheiße, ja, vielleicht hätte sie ihm vorher von Stefan erzählen sollen. Aber warum reagierte er dermaßen über? Stellte alles infrage?

Ein Schluchzen stieg in ihr hoch, doch sie unterdrückte es. Nein, sie würde nicht heulen. Keine einzige Träne. Wie hatte es Jan gestern genannt? Aufstehen, Krönchen richten, weitermachen.

Genau. Sie würde einfach weitermachen wie bisher.

Sie nahm ihren Kaffee, schloss die Tür hinter sich und setzte sich an den Schreibtisch. Fuhr ihren Laptop hoch und vertiefte sich in Arbeit.

Räumte später die Küche auf und säuberte den Kaffeevollautomaten.

Arbeitete wieder am Laptop.

Sie telefonierte mit ihrer Mutter und ihrem Vater.

Arbeitete.

Sie sah aus dem Fenster und versank in Selbstmitleid.

Arbeitete.

Am Nachmittag fiel ihr schließlich die Decke auf den Kopf, und sie wusste nur einen Ort, wo sie sein wollte. Auch wenn sie diesmal allein bleiben würde.

Sie zog Jacke und Schuhe an, griff kurzerhand nach einer Flasche Rotwein und einer Picknickdecke und machte sich auf den Weg zum Nordstrand. Das Wetter war angenehm ruhig, der Himmel bewölkt, und die Touristen flanierten über die Insel oder saßen in einem der geöffneten Cafés. Selbst das kleine Schwimmbad und das Museum waren gut besucht.

Bis zur Jugendherberge begegneten ihr immer weniger Leute, dann nur noch ein paar am Strand. Sie ging bis zum Ende der Mole, breitete die Decke aus und ließ sich darauf nieder. Runa ließ den Blick schweifen, genauso wie die Gedanken. Die sie nach und nach mit Rotwein betäubte. Und das tat verdammt gut.

Doch zwischendurch schien sie sich selbst quälen zu müssen. Sie steckte die Nase unter ihre Bluse und schnupperte nach seinem verblassenden Duft. In diesen Situationen trank sie schneller. Bis die Flasche leer war und ihr Hirn benebelt.

Sie ließ sich auf den Rücken sinken, schaute in den Himmel hinauf und seufzte. Freute sich darüber, dass ihr alles nur noch unwirklich erschien, und grinste vor sich hin. Womöglich hatte sie den gestrigen Tag und vor allem die Nacht nur geträumt. Davon, dass er sie geliebt hatte, während der Sturm über das Oberland pfiff.

Ihre Augen fielen zu, und sie dämmerte davon.

Kinderkreischen riss sie aus dem Schlaf, sie setzte sich auf und griff nach der Rotweinflasche. Leer. Runa seufzte und sah sich um, das Licht schwand. Es war Zeit, nach Hause zu gehen. Unsicheren Schrittes schwankte sie zurück und den Millstätter Weg hinauf.

In der Pension angekommen, ließ sie Schuhe und Jacke an der Garderobe und wankte in die Küche. Dass da jemand stand, nahm sie nur schemenhaft wahr, doch als er sich bewegte, erkannte sie Felix.

»Oh, der Herr Schriftsteller«, entfuhr es ihr eine Spur zu laut, und sie kicherte.

Er hatte sich eine Kanne Tee aufgebrüht, drehte sich damit zu ihr um und wollte an ihr vorbeigehen.

»Nicht so schnell!«, lallte sie und hob einen Finger.

»Du bist betrunken.«

»Ja, bin ich.« Sie nickte. »Aber ... ich muss dir noch etwas sagen. Und zwar habe ich dir noch eine Kleinigkeit nicht gesagt, jawohl.«

»Ach ja?« Jetzt klang er verärgert.

»Ja. Nur damit du es weißt, ich kann keine Kinder bekommen, nie mehr. Weil ich in zwei Wochen ausgeräumt werde, bevor ich daran verrecke. Und niemand außer dir und mir weiß es. So.«

»Was?«

Sie kniff die Augen zusammen. War er etwa schockiert? Ach, auch egal. »Genau. Weil sich kein Schwein für mich interessiert. Weder Stefan noch du, noch sonst irgendjemand.«

»Das stimmt nicht.«

»Ist mir schnurz. Du hast recht, und ich habe dich angelogen, geschenkt. Einen schönen Aufenthalt noch!« Sie knickste, ging in den Privatbereich ihrer Eltern und schloss die Tür ab. Dann kuschelte sie sich auf der Couch unter eine Decke, schloss die Augen und seufzte. So, das hatte mal gesagt werden müssen. Jetzt konnte sie in Ruhe schlafen.

Kapitel 12

Paula

»Kannst du Runa bitte fragen, ob sie nach dem Kaffeetrinken die Bücher mit mir durchsehen kann? Ich habe es bisher versäumt, mich nach ihrer Nummer zu erkundigen«, meinte Paula und schaltete das Handrührgerät aus.

»Ich hatte eigentlich gehofft, dass du heute Nacht wieder hierbleibst«, antwortete Jan vom Küchentisch aus.

»Hatte ich auch vor, genug Klamotten habe ich mir gestern ja mitgenommen, aber ich möchte das heute erledigen. Ich muss Christiansens meine Entscheidung bald mitteilen.« Mit dem Teigschaber kratzte sie die Teigreste sauber aus der Schüssel in die Backform, schob sie in den Ofen und startete den Timer auf ihrem Handy. Dann räumte sie alles in die Spülmaschine, wischte die Arbeitsfläche ab und spülte den Lappen aus.

»Ist erledigt«, meinte er.

»Super, danke!« Sie trocknete sich die Hände ab, ging zu ihm und setzte sich auf seinen Schoß. Seine Arme schlangen sich um ihre Taille, sie legte ihre um seinen Nacken und küsste ihn sanft.

»Fährst du am Samstagnachmittag mit der Fähre zurück nach Cuxhaven?«

»Ja.«

»Und wann kommst du wieder?«

»Am ersten Mai, wenn alles glattgeht.«

»Hast du dir schon Gedanken gemacht, wo du dann wohnen willst?«

Sie stutzte. »Ehrlich gesagt, nicht.«

»Dann komm zu mir!«

»Du willst, dass ich bei dir einziehe?« Mit aufgerissenen Augen starrte sie ihn an.

Jan lachte. »Sicher, warum nicht?«

»Du weißt ja echt verdammt genau, was du willst.«

»Habe ich dir doch gesagt. Es sei denn, du willst es nicht.«

»Oh, ich ...« Sie verstummte und schluckte.

Er legte den Kopf schräg und musterte sie. »Wovor hast du Angst? Du bist doch sonst so entscheidungsfreudig.«

Ein Lächeln stahl sich auf ihre Lippen, und sie strich mit den Fingern über seinen Hinterkopf, durch das kurze Haar. »Es ist nicht so, dass ich nicht will. Es kommt nur so überraschend«, erklärte sie.

»Also ist das ein Ja?« Jan grinste.

»Ja, ich glaube schon.«

»Sehr gut.« Er streckte sich ihr entgegen und küsste sie. »Dann muss es jetzt nur noch mit dem Hotel klappen.« Sein Handy piepte, und er rief die Antwort von Runa auf. »Geht klar.«

»Okay. Ich bin gespannt, was zwischen ihr und Felix noch gelaufen ist.«

»Ich hoffe, sie hat das gemacht, was ich ihr geraten habe.«

»Und was war das?«

»Sie sollte es tun, wenn sie es wollte.«

»Was denn tun?« Sie lachte. »Etwa ...«

»Ganz genau. Das, was wir jetzt auch noch tun werden.« Er schob die Arme um ihre Schultern und unter ihre Knie und stand auf.

»Aber der Kuchen!«

»Das schaffen wir.«

Und er behielt recht. Sie hatten sogar noch genug Zeit, um ausgiebig zu duschen und den Kuchen gut auskühlen zu lassen, bevor sie zur Pension gingen und mehr als pünktlich eintrafen.

»Runa?«, rief Paula und stellte den Kuchen auf den Küchenblock in der Mitte des Raumes.

»Komme.« Die Tür zum Privatbereich öffnete sich, und Runa kam heraus.

Paula japste vor Schreck auf. Jan neben ihr fand die richtigen Worte: »Heilige Scheiße, wie siehst du denn aus?«

Runa

Runa stöhnte auf und zog die Tür hinter sich zu. »Ich habe noch immer einen Mordskater, wie du siehst.«

»Seit wann, zum Teufel, betrinkst du dich?«

»Wenn man mich beschimpft und nicht mal die Wahrheit oder meine Entschuldigung hören will, kommt das schon mal vor.« Sie ging zum Vollautomaten und schaltete ihn ein. Konnte förmlich hören, wie die beiden einen Blick wechselten. »Und bevor ihr fragt, Felix wird nicht kommen.«

»Will ich wissen, was passiert ist?« Jan tauchte neben ihr auf und strich ihr über den Rücken.

»Ach, jetzt ist es auch schon egal.« Mit einem Schulterzucken drehte sie sich um, verschränkte die Arme vor der Brust und lehnte sich an die Arbeitsfläche. Sah von ihrem besten Freund zu Paula und senkte den Kopf.

»Nachdem ihr weg wart, habe ich Stefan eine Nachricht geschickt und Schluss gemacht. Und ja, später gab es besagten Gutenachtkuss und mehr zwischen Felix und mir. Am nächsten Morgen habe ich Stefan noch einmal angerufen, um sicherzugehen, dass er auch wirklich versteht, dass es vorbei ist. Der Arsch hat echt gemeint, ich käme wieder angekrochen. Und das nur, weil er eine Woche nicht mit mir gesprochen hat, pah!«

Sie schüttelte den Kopf und biss sich auf die Unterlippe. »Felix hat es zufällig gehört und gemeint, ich hätte ihn belogen. Ich habe mich entschuldigt und versucht, ihm zu erklären, warum ich ihm nicht von Stefan erzählt habe. Dass ich schon am Sonntag versucht habe, Stefan deswegen anzurufen. Und dass ich es per Nachricht beendet habe, bevor wir uns nähergekommen sind, aber ... ein Wort ergab das andere, und schließlich ist er beleidigt davongerauscht. Meinte, er könne mir wohl nichts mehr glauben. Mir hat das so zugesetzt, dass ich mir nachmittags eine Flasche Wein einverleibt habe. Auf leeren Magen.«

»Kein Wunder, dass du so aussiehst«, bemerkte Paula mit einer guten Portion Mitgefühl in der Stimme.

»Ja, oder?« Runa lachte bitter auf. »Heute Morgen bin ich auf der Couch meiner Eltern aufgewacht, mit einem Filmriss, und verstecke mich seitdem da drin. Keine Ahnung, was seit dem Rotwein passiert ist oder ob ich irgendwelchen Mist gebaut habe.«

»Kommt darauf an, was du darunter verstehst.«

Sie fuhren zum Durchgang zum Frühstücksraum herum, in dem Felix stand, die Hände in den Hosentaschen vergraben.

»Was habe ich getan?«, wollte sie wissen und schluckte.

»Du hast mir deine anstehende Operation an den Kopf geworfen.«

»Ach, du Scheiße!«, fluchte sie und schloss die Augen.

»Was denn bitte für eine Operation?«, fragte Jan und sah sie an.

»Nichts.«

»Du erzählst es ihm im Suff, aber nicht deinem besten Freund?«

»Hey, komm mal runter!« Paula trat näher und legte ihm eine Hand auf den Arm.

»Warum musst du operiert werden? Ist es etwas Schlimmes?«, hakte Jan nach.

»Also gut.« Runa atmete tief durch und sah erst Paula, dann Jan an. Felix' Blick mied sie. »Ich habe jede Menge Myome in der Gebärmutter, hervorgerufen durch eine schwere Entzündung. Deshalb muss sie komplett entfernt werden, schnellstens.«

»Hast du Schmerzen?«, hakte Paula nach.

»Ja, alle paar Tage, aber die kann ich noch mit Tabletten händeln.«

»Wann wirst du operiert?«, wollte Jan wissen.

»Ende nächster Woche.«

»Und dann?«

»Bin ich sechs Wochen krank.«

»Und hast niemanden, der sich um dich kümmert.«

»Das ist nichts Neues für mich.« Sie wandte sich ab, nahm Tassen und Zucker aus dem Schrank und hielt inne.

»Möchtest du Tee?«, fragte sie in höflichem Ton über die Schulter hinweg, sah Felix aber nicht an.

»Ja bitte.«

Mit zusammengebissenen Zähnen schaltete sie den Wasserkocher an und löffelte Tee in die Kanne, während Paula und Jan sich um Kaffee und Kuchen kümmerten.

Eine Berührung an ihrem Ellbogen ließ sie zusammenzucken und die Augen schließen. Himmel, wann hörte das mit den Schauern endlich auf?

»Kann ich dich kurz sprechen?«

»Schieß los.«

»Allein?«

»Wozu?«

»Ich hoffe, er will sich entschuldigen«, knurrte Jan.

»Kannst du dich bitte da raushalten?«, herrschte Felix ihn an.

»Kein Grund, mich so anzumachen.«

Runa drehte sich um und sah, wie die beiden Männer sich anfunkelten.

»Du funkst ständig dazwischen, und das nervt!«, platzte es aus Felix heraus. »Ist ja schön, dass du sie beschützen willst, aber ich werde ihr schon nichts tun.«

»Ach ja? Wenn ich nicht gewesen wäre, hätte sie dich nicht mal auf einen Meter an sich herangelassen.«

»Schluss damit!«, schrie Runa und hieb mit der Hand auf die Arbeitsfläche. »Hört auf, über mich zu reden, als wäre ich nicht anwesend!«

Die Männer starrten sie an und murmelten gleichzeitig eine Entschuldigung, dann sah sie Felix mit gehobenen Brauen erwartungsvoll an. Sie konnte an seinem Gesicht sehen, wie er mit sich rang.

Unvermittelt nahm er ihre Hand und zog sie Richtung Tür, die Treppe hinauf und in sein Zimmer. Er schloss die Tür ab. Sie schluckte.

»Also, worüber willst du sprechen?« Runa verschränkte die Arme vor der Brust.

Er fuhr sich durchs Haar, schob die Hände in die Hosentaschen und atmete tief durch. »Wer ist dieser Stefan?«

Mit einem Seufzen ging sie zum Fenster und sah hinüber zur Düne. »Stefan und ich haben uns vor eineinhalb Jahren auf einem Steuerfachsymposium kennengelernt und sind ein paarmal miteinander ausgegangen. Irgendwann hat sich daraus ... eine Art Partnerschaft ergeben. Bis vor einer Woche hätte ich es als Beziehung betitelt, aber es war einfach nur bequem für uns beide, in manchen Situationen auf jemanden zurückgreifen zu können, den man mag. Essen, Kultur, langweiliger Sex. Tiefe Gefühle waren da nie.«

»Und was hat sich vor einer Woche geändert, als du angeblich beschlossen hast, mit ihm Schluss zu machen?«

»Ich habe ihn von hier aus angerufen, damit er weiß, dass ich gute zwei Wochen nicht da bin. Er hat sich über mich lustig gemacht. Ob ich denn wirklich meinte, mit meiner Ausbildung eine Pension führen zu müssen.«

»Du hilfst doch deinen Eltern.« Felix kam näher.

»Genau. Aber auch das hat er nicht verstanden. Und da ist mir klar geworden, dass ich so nicht weitermachen kann. Weil ich echte Gefühle will. Etwas und jemanden, der mein Herz berührt.« Sie presste die Lippen zusammen und sah ihn an, aber schnell wieder weg. »Ich wollte es ja sofort tun, am Telefon, aber er hat meine Anrufe bis gestern ignoriert. Deshalb habe ich per Nachricht mit ihm Schluss gemacht. Weil es auch noch einen guten Grund dafür gab.«

»Gab es den?«

»Nicht?« Ein Anflug von Angst zog ihren Magen zusammen und ließ sie ihn wieder ansehen.

»Sag du es mir!« Er erwiderte ihren Blick.

»Erwartest du etwa, dass ich dir sage, was du fühlst?«

»Nein. Was ich fühle, weiß ich. Nur bei dir bin ich mir nicht sicher.«

»Du pochst doch so auf dein Bauchgefühl. Meinst du wirklich, dass ich mit dir geschlafen hätte, wenn ich mich nicht in dich verliebt hätte? Oder noch irgendwie gebunden wäre?«

Seine Schultern zuckten, dann schüttelte er den Kopf.

»Gut, dann hast du dir die Bestätigung meiner Gefühle gerade selbst gegeben.«

Sie wandte den Blick ab und atmete tief durch. Zum ersten Mal in ihrem Leben hatte sie jemandem ihre Gefühle gestanden, ohne zu wissen, was genau von der anderen Seite kam. Ihr Glück lag somit in seinen Händen.

Felix trat vor sie und nahm ihre Hände. »Es tut mir leid, dass ich gestern so heftig reagiert habe. Du hattest recht, es war unfair. Und ich kann es nur damit entschuldigen, dass ich mich ebenfalls in dich verliebt habe und es mit der Angst bekam, dass du nicht genauso fühlst. Dass du nur mit mir gespielt hast und ... ja, ich bin eifersüchtig auf Jan.« Ein zögerliches Lächeln umspielte seine Mundwinkel. »Weil ihr euch so nahesteht, wie ich dir sein will.«

Als sie schwieg, fügte er hinzu: »Was mich persönlich angeht, hat mein Bauchgefühl leider viel zu oft versagt. Deshalb bin ich sehr vorsichtig geworden. Und empfindlich.«

Runa holte tief Luft. »Du bürdest dir mit mir ganz schön was auf.«

»Das sehe ich zwar anders, aber selbst wenn, es wäre mir egal. Ich will mit dir zusammen sein. Für dich da sein. Auch in schweren Zeiten, wenn du nächste Woche operiert wirst.«

Ihr Herz zog sich zusammen. »Felix, ich will kein Mitleid deswegen.«

»Hast du mir nicht zugehört? Ich will für dich da sein, immer. Wirst du das zulassen?«

»Muss ich wohl, wenn ich auch mit dir zusammen sein will, oder?«

Er erwiderte ihr Lächeln und seufzte. »Himmel, ich habe dich so vermisst!« Seine Hände legten sich um ihr Gesicht, als wäre sie eine Kostbarkeit, und er küsste sie zärtlich. »Schon als ich gestern ohne dich aufgewacht bin.«

Beim zweiten Kuss schloss sie ihn in die Arme, ließ sich von ihm halten. Und es fühlte sich unglaublich gut an.

Paula bemerkte sie als Erste und reagierte mit einem Lächeln auf ihre ineinander verschlungenen Hände, als sie und Felix an den gedeckten Tisch traten.

»Super, dann gieße ich mal den Tee auf.« Sie stand auf, strich Runa über den Arm und ging in die Küche.

Die schaute auf Jan, der sich ebenfalls erhob und mit zwei Schritten neben Felix stand. Ein breites Grinsen im Gesicht schlug er dem Schriftsteller auf die Schulter. »Willkommen in der Familie! Aber wenn du sie nicht glücklich machst, bekommst du es mit mir zu tun.«

Runa rollte die Augen und stöhnte auf, doch Felix lachte, zum Glück.

»Setzt euch, ich hole noch frischen Kaffee«, meinte Jan.

Felix sah dem Piloten nach und beugte sich zu ihr. »Ich dachte, ihr seid nicht verwandt.«

»Auf Helgoland sind irgendwie alle eine Familie. Zumindest halten die Insulaner entsprechend zusammen.«

»Aber du hast gesagt, dass du nicht hierbleiben willst.« Er führte ihre Hand zum Mund und drückte einen Kuss in die Innenfläche.

»Das stimmt. Der Einfluss reicht allerdings weit bis über die Insel hinaus.« Sie zwinkerte ihm zu.

Jan und Paula servierten die Getränke, dann machten sie sich über den Kuchen her.

»Mmh, der ist grandios«, lobte Jan und nahm sich ein zweites Stück. »Den kann ich nicht zufällig regelmäßig bekommen?«

»Ich weiß nicht, ob ich das zeitlich geregelt bekomme, wenn mir das Hotel erst einmal gehört«, wiegelte Paula ab.

»Du willst hier ein Hotel kaufen?«, hakte Felix nach.

»Ja. Aber vorher muss ich mir mit Runa die Bücher ansehen. Irgendetwas stimmt daran nicht.«

»Machen wir gleich. Doch vorher musst du uns zeigen, um welche Objekte sich noch negative Gerüchte ranken.«

Paula nickte, legte die Gabel beiseite und holte ihr Notizbuch hervor. Schlug es an der Stelle auf, wo sie die Lageskizze erstellt hatte. »Hier, das sind die Häuser. Haus *Dünenblick* und die Ferienwohnungen Schulweg Ecke Skitten Hörn. Auf dem Unterland sind es das *Alt-Helgoländer* und die Ferienwohnungen im Haus daneben.«

»Stimmt, die haben alle besten Blick auf die Düne«, bemerkte Jan.

»Das sollte doch schon ein Magnet sein. Warum ist aber das Infomaterial dann so schlecht gemacht?« Paula breitete ein paar Flyer in der Tischmitte aus.

»Es muss noch eine weitere Verbindung geben«, murmelte Felix und sah Paula an. »Was weißt du noch über die Häuser?«

»Nur, dass sie alle inhabergeführt sind.«

Der Schriftsteller richtete sich auf. »Bingo!«

»Was?« Runa sah ihn an. »Wie meinst du das?«

»Ich habe Samstag doch erwähnt, dass ich schon mal von etwas Ähnlichem gehört habe. Und ich habe gestern recherchiert. In einem Urlaubsort in den Alpen gab es vor ein paar Jahren einen vergleichbar gelagerten Fall. Ich weiß nicht, ob es da auch um den Ausblick ging, aber es war auf jeden Fall die Lage. Und alle Häuser waren inhabergeführt. Der ortsansässige Immobilienmakler hat Gerüchte geschürt, bis die Häuser pleite waren und verkauft werden mussten. An denselben Investor, der alle abgerissen und ein Wellnesshotel dort errichtet hat. Es ging um Millionen.«

»Das kann hier nicht passieren, die Häuser haben Bestandsschutz«, warf Runa ein.

»Aber man kann etwas Neues daraus machen, Luxus-Apartments zum Beispiel.« Jan schüttelte den Kopf. »Wir müssen unbedingt herausfinden, wer dahintersteckt.«

»Ich kann gerne die Details heraussuchen«, bot Felix an.

»Du musst doch arbeiten.« Sie schüttelte den Kopf.

»So lange dauert die Recherche nun auch nicht. Außerdem will ich für dich da sein, schon vergessen? Und das gehört dazu.«

»Wie ist das in diesem Urlaubsort aufgeflogen?«, wollte Paula wissen und führte ihr Latte-Glas mit beiden Händen zum Mund.

»Reiner Zufall. Einer der ehemaligen Inhaber ist kurz nach Eröffnung des Hotels verstorben, und sein Sohn war erstaunt darüber, dass das Erbe nicht so hoch ausfiel wie erwartet. Über Notar und Steuerberater hat er erfahren, dass und wie der Wert des Objekts verfallen war. Und mit Hilfe eines befreundeten Journalisten hat er das Ganze aufgedeckt.«

»Ganz schön kriminelle Energien.«

»Wenn's ums Geld geht, hört alles auf«, meinte Jan. »Wir müssen das verhindern.«

»Hast du auch eine Idee, wie?« Runa trank ihren Cappuccino aus und stand auf, um sich noch einen zu holen.

»Nicht wirklich.«

»Wir müssen erst einmal herausfinden, was und wer dahintersteckt. Dann können wir auch eine Strategie dagegen in Angriff nehmen«, stellte Felix fest. »Ich werde mich gleich morgen früh darum kümmern.«

Ein paar Stunden später brütete Runa noch immer über den Unterlagen, und Paula saß bei ihr. Draußen war es längst dunkel geworden. Sie arbeiteten systematisch die Jahre durch und verglichen sie dabei Punkt für Punkt.

Felix war von seinem Kneipenbesuch mit Jan zurückgekehrt und hatte sich nach einem Kuss oben an seinen Laptop gesetzt. Jan hatte Paula Bescheid gegeben, dass er zu Hause auf sie warten würde. Nackt. Die Frauen waren in schallendes Gelächter ausgebrochen und hatten sich wieder ihrer Aufgabe gewidmet.

»Ha!«, rief Runa. »Ich glaube, wir haben es. Sieh dir die Unterschiede beim Wareneinsatz an. Sie sind immens und ziemlich sprunghaft gestiegen. Und die Entwicklung der Einnahmen passt auch nicht dazu.«

»Ich wusste doch, dass etwas nicht stimmt!« Sie schlug mit beiden Händen flach auf den Tisch.

»Aber … das sind Dinge, die niemand allein bewerkstelligen kann«, wandte Runa ein. »Wer auch immer dahintersteckt, hatte Hilfe. Wahrscheinlich vom Steuerberater.« Sie blätterte zur ersten Seite und sah sich die Firmendaten an. »Hellmann Steuerberatungsgesellschaft, kenne ich gar nicht. Die sind auf jeden Fall nicht von der Insel.«

»Und jetzt? Wie soll ich am besten vorgehen?«

»Du solltest Christiansens direkt darauf ansprechen und sehen, ob sie mit drinstecken.«

»Ach du Schande! Du kannst nicht zufällig mit mir da hingehen?«

»Doch, kann ich. Traust du dich nicht?«

Paula schüttelte den Kopf. »Darum geht es nicht, aber du bist von hier, sie kennen dich. Wenn du ihnen sagst, was da nicht stimmt, werden sie dir glauben. Mir würden sie vielleicht vorwerfen, dass ich nur daran interessiert bin, den Wert des Hotels und damit den Kaufpreis zu senken.«

»Stimmt, das läge nahe. Gut überlegt.«

Sie lächelten sich an.

»Okay, lass uns noch die Seiten kennzeichnen und die Notizen vervollständigen, dann sind wir fertig.« Runa griff nach dem Block mit Haftnotizblättern und legte los.

Am Ende räumten sie die Bücher zusammen, das Geschirr weg, und Runa half, die Unterlagen in ihr Zimmer zu bringen.

»Vielen Dank für deine Hilfe!« Paula schloss sie in die Arme.

»Kein Thema, habe ich gern gemacht. Vor allem, wenn ich damit auch einem schwarzen Schaf unserer Branche das Handwerk legen kann.«

»Okay, ich gehe dann wieder zu Jan.«

»Kommst du morgen zum Frühstück?«

»Ja, aber plane höchstens die Hälfte für mich ein. Ich hoffe, ich kann mit Jan frühstücken, bevor er losmuss.«

»Bestimmt.« Runa strich ihr über die Schulter. »Ich finde es übrigens super, dass ihr zusammen seid.«

»Danke!« Paula schloss sie noch einmal in die Arme, dann verließen sie das Zimmer und Paula das Haus.

Runa kehrte mit einer Flasche Rotwein und zwei Gläsern in den ersten Stock zurück und klopfte an Felix' Tür, hörte aber nur Musik. Also versuchte sie es lauter. Nichts.

»Felix?«

»Was? Oh, komm rein, es ist offen.«

Als sie eintrat, stand er vom Tisch auf und kam auf sie zu. »Störe ich?«

»Niemals. Seid ihr fertig?« Er legte eine Hand in ihren Nacken und küsste sie.

»Ja. Hast du Lust auf ein Glas Wein?«

»Gerne.« Er nahm ihr die Flasche ab, um sie zu öffnen, und folgte ihr dann zu der kleinen Couch.

»Habt ihr die Unregelmäßigkeiten gefunden?«, fragte er und schenkte ihnen beiden ein.

»Ja. Und wer auch immer da die Finger im Spiel hat, der Steuerberater hat geholfen.«

»Scheiße! Sodom und Gomorrha auf Helgoland.«

Sie stießen an und tranken einen Schluck, lehnten sich zurück, und Felix nahm ihre Hand.

»Was macht dein Roman?«

»Entwickelt sich. Ich habe vorhin das Exposé erstellt und überlege gerade, ob ich meinen Agenten beauftrage, ihn Verlagen anzubieten, oder ob ich selbst veröffentliche.«

»Wozu tendierst du?«

Er lachte. »Ich habe keine Ahnung. Das Selfpublishing reizt mich, es ist etwas Neues, ein Abenteuer. Und dieses Projekt fällt auch ein wenig aus meinem bisherigen Raster.«

»Dann probiere es aus. Oder besprich dich mit deinem Agenten.«

»Der wird mir höchstens raten, einen anderen Verlag zu suchen, bei dem er eventuell bessere Konditionen herausschlagen kann. Aber ich weiß nicht ...« Er verschlang seine Finger mit ihren. »Seitdem ich hier bin, dich kennengelernt habe ... Verliebtsein gibt mir neue Energie und Motivation.«

Runa lächelte und legte den Kopf auf seine Schulter. »Mir kommt es so vor, als ob sich mein ganzes Leben auf links gekrempelt hätte, seitdem ich hier bin. Ich glaube, Helgoland macht mir auch nicht mehr so viel Angst. Aber wenn ich mir vorstelle, dass es noch so wäre wie vor Mamas Unfall ...« Sie schauderte. »Erbärmlich. Der reinste Horror!«

»Dann denk nicht mehr darüber nach und schau nach vorne.« Er drückte die Lippen auf ihr Haar.

»Aber ich möchte es verstehen! Warum habe ich mich in dieses Loch manövriert und bin dann auch noch darin hocken geblieben?«

»Ich glaube, dass solche Veränderungen sich einschleichen, ohne dass man etwas davon merkt. Und wie schlimm es ist. Es braucht einen Einfluss von außen, der einem die Augen öffnet und in den Hintern tritt.«

»Jan meinte auch schon, ich solle mich bei meiner Mutter dafür bedanken, dass es sie zeitlich passend erwischt hat.«

»Ich bin definitiv froh darüber«, raunte er, nahm ihr das Glas ab und stellte es mit seinem auf den Couchtisch.

Runa kam ihm zuvor und setzte sich rittlings auf seinen Schoß. Sie lächelte und legte ihm die Arme um den Hals. »Ich glaube, der Meinung kann ich mich anschließen.«

Kapitel 13

Paula

»Ich bin gespannt, wie Christiansens auf die Fakten reagieren.« Paula stieß die Luft aus und fasste die Tasche fester, in der sich die Finanzunterlagen des *Inselkinds* befanden.

»Ich werde sie auf jeden Fall ganz genau beobachten«, bot Runa an.

»Mir ist trotzdem nicht ganz wohl dabei. Im schlimmsten Fall löst sich mein Traum gleich in Luft auf. Und was dann?«

»Du willst auf jeden Fall hierbleiben?«

»Das war mein Plan. Und Jan ist inzwischen der wichtigste Grund dafür.«

»Wenn es keine andere Möglichkeit gibt, wird er dorthin gehen, wo du bist.«

»Woher willst du das wissen?«

»Bauchgefühl.«

Paula verdrehte die Augen und lachte. »Das wird hier noch zum Running Gag!«

Sie schlugen den Weg zum Haus ein, und Paula zupfte noch einmal ihre Jacke zurecht, bevor sie klingelte.

Es dauerte nicht lange, bis die Tür geöffnet wurde und sie einer erstaunten Gesa im Hausanzug gegenüberstanden.

»Guten Morgen, Paula! Waren wir verabredet?«

»Nein, und es tut mir leid, dass ich Sie so früh überfalle. Aber ich muss dringend mit Ihnen und Enno reden.«

Sie runzelte die Stirn, sah zu Runa und stutzte. »Runa? Bist du das?«

Die lächelte. »Ja. Hallo, Frau Christiansen!«

»Himmel, hör auf damit, da fühle ich mich gleich doppelt so alt. Hast du auf dem Festland vergessen, dass wir uns hier alle duzen?«

»Nein, natürlich nicht.«

»Gut. Dann kommt mal beide rein und erzählt uns, was ihr auf dem Herzen habt.« Gesa trat zur Seite und hielt ihnen die Tür auf. »Möchtet ihr etwas trinken?«

»Erst einmal nicht, danke«, entgegnete Paula.

»Kommt mit!«

Die ältere Frau ging voran in den Wintergarten, wo Enno, über die Tageszeitung gebeugt, am Tisch saß. Auf dem Platz neben ihm lag Strickzeug, auf dem Tisch stand eine typisch friesische Teekanne auf einem Stövchen.

»Enno, wir haben Besuch. Paula möchte mit uns reden und hat Runa Eggers als Verstärkung mitgebracht.«

»Runa, Kind! Wir haben uns ja schon ewig nicht mehr gesehen.« Er schüttelte ihr die Hand und tätschelte sie mit der anderen.

»Guten Morgen, Herr ... Enno«, verbesserte sie sich nach einem Blick von Gesa.

»Na, dann setzt euch mal und sagt uns, was ihr auf dem Herzen habt!«

Sie nahmen Platz, und Paula legte die Bücher auf den Tisch. »Es ist mir ein wenig unangenehm, aber ich habe etwas in den Unterlagen gefunden, was da nicht sein dürfte.«

»Und das wäre?« Gesa legte den Kopf schief.

»Unregelmäßigkeiten.« Mit einem mulmigen Gefühl im Bauch sah sie von einem zum anderen und atmete tief durch. »Ich habe dann Runa um Hilfe gebeten, und zusammen konnten wir es eingrenzen. Die Bücher scheinen gefälscht worden zu sein.«

»Gefälscht?«, stieß Enno hervor und wechselte einen Blick mit seiner Frau, die sich an die Kehle fasste.

»Aber wie können sie gefälscht sein? Der Steuerberater hat doch die Abschlüsse gemacht.«

»Der hat auf jeden Fall damit zu tun«, warf Runa ein. »Ohne seine Hilfe hätte das nicht gemacht werden können.«

»Woher weißt du das?«

»Ich bin ebenfalls Steuerberaterin. Ich weiß, wovon ich rede.«

»Ich weiß gar nicht, was ich dazu sagen soll. Ich bin sprachlos.« Der ältere Helgoländer lehnte sich zurück.

Seine Frau griff nach seiner Hand, atmete tief durch und richtete sich auf. »Was habt ihr gefunden und in welchem Jahr?«

»Es beginnt vor drei Jahren, die Unterschiede zu den Jahren davor sind zu deutlich. Hauptsächlich beim Wareneinsatz und den Umsätzen.« Unter dem Tisch knetete Paula ihre Hände, die beiden schienen ziemlich überrascht.

Gesa schluckte und warf ihrem Mann einen Blick zu, bevor sie Paula wieder ansah. »Herbert hat vor vier Jahren angefangen, der Steuerberater hat den Kontakt hergestellt.«

»Und seit wann macht der eure Bücher?«, hakte Runa nach.

»Seit ... fünf Jahren. Hein Lubitz ist in Rente gegangen, und Hellmann hat hier eine Filiale eröffnet.«

»Warum seid ihr nicht zu Hannes gegangen?«

»Der hatte keine Kapazitäten mehr.«

»Wenn Hellmann euch den Geschäftsführer besorgt haben«, überlegte Paula, »dann sieht es für mich ganz danach aus, als ob sie das zusammen eingefädelt hätten.«

»Gibt es sonst noch Interessenten an eurem Hotel?«, schaltete Runa sich ein.

Enno nickte. »Ein Investor aus Berlin, Maschinski oder so. Und eine Kette, aber den beiden haben wir abgesagt. Das *Inselkind* wäre dann nicht mehr das, wofür es jetzt steht.«

»Aber das passt doch nicht zusammen!«, meinte Paula. »Wenn Böllmann und der Steuerberater Geld unterschlagen haben, was hat das dann mit dem Investor zu tun?«

»Nun, er könnte behaupten, das Hotel wäre gar nicht so wirtschaftlich, und dann den Preis drücken«, klärte Runa sie auf. »Aber diese Verbindung müssten wir erst einmal beweisen.«

Paula kaute auf ihrer Unterlippe und schob die Gedanken in ihrem Kopf hin und her. Da war etwas, das am Rand lauerte, aber sie konnte es nicht fassen.

»Wenn das wahr ist oder an die Öffentlichkeit kommt, wird es sich wie ein Lauffeuer verbreiten«, sagte Gesa leise. »Und uns ruinieren.« Das Ehepaar sah sich an.

»Ruinieren ...«, murmelte Paula und dachte an die schlechte Mund-zu-Mund-Propaganda. »Investor ... verkaufen ...«

»Woran denkst du?«, wollte Runa wissen.

Paula stockte, blinzelte und sah Christiansens an. »Haben Sie schon von den Gerüchten um Haus *Dünenblick* gehört?«

»Nein, was denn für Gerüchte?« Gesa sah Runa an.

»Unbegründet schlechte Werbung«, erklärte die. »Aber einer weiteren Pension und zwei Vermietern von Ferienwohnungen geht es genauso. Kann sein, dass wir da etwas auf der Spur sind.«

»Und was ist, wenn dieser Steuerberater auch dahintersteckt? Wenn er für diesen Investor tätig ist?«, warf Paula ein.

»Aber Pfeffer scheint doch diese Gerüchte anzuheizen.«

»Der kann da genauso mit drinhängen.«

»Ich kann euch nicht mehr folgen, Mädchen.« Enno seufzte und schüttelte den Kopf.

Die beiden Frauen sahen ihn an. »Das müssen Sie auch nicht.«

»Aber was heißt das denn nun für uns?«, hakte Gesa nach.

»Den Wert des Hotels schmälert es nicht, im Gegenteil. Aber wenn Böllmann mit Hilfe des Steuerberaters Geld unterschlagen hat ...«

» ... müssen wir es anzeigen«, ergänzte Gesa.

Paula nickte. »Und Sie können den Kaufpreis nach oben korrigieren. Was dann aber vielleicht außerhalb meiner Möglichkeiten liegt.«

Enno setzte sich auf. »Ich werde gleich zur Polizei runtergehen und mit Piet sprechen. Die sollen mir jemanden von der Kripo oder der

Steuerfahndung schicken, das muss umgehend geklärt werden. Ich will Böllmann hinter Gittern sehen, wenn das alles stimmt.«

»Und der Verkauf?«, sprach Paula ihre Sorge aus. »Ich muss am Samstag abreisen und dann wissen, ob er zustande kommt.«

»Sie haben mein Wort, Paula, bis dahin wird es eine Lösung geben.« Enno lächelte.

»Hey, Kopf hoch, das wird schon!«

Auf dem Weg zurück zur Pension legte Runa ihr den Arm um die Schultern, sobald sie außer Sichtweite von Christiansens Haus waren.

»Ach, ich weiß nicht«, murmelte Paula und schüttelte den Kopf. »Wenn die das Ganze jetzt erst einmal rechtlich klären beziehungsweise strafrechtlich verfolgen lassen müssen, werden sie es bestimmt nicht so bald verkaufen können. Und was dann? Dann habe ich kein Hotel und keinen Job.« Der erste Anflug von Angst breitete sich in ihrer Brust aus.

»Wenn Enno sagt, dass es bis zu deiner Abreise eine Lösung geben wird, dann ist das so. Hab ein bisschen Vertrauen.«

»Ist gerade nicht so einfach«, gab sie zu und grinste schief.

»Dann geh eine Runde spazieren und lass dir den Kopf freipusten. Dafür ist Helgoland immer gut.«

Paula sah zu dem grau verhangenen Himmel auf und zog die Schultern hoch. »Ich glaube, du hast recht.«

»Gib mir mal deine Handynummer, dann klingle ich gleich mal durch, und du hast meine auch. Nur für den Fall.« Runa klopfte ihre Taschen ab, fand aber nur einen Zettel.

»Mist, vergessen!«

»Warte.« Paula holte ihres hervor, trug Runas Nummer in einen neuen Kontakt ein und tippte auf den grünen Hörer. »Okay, jetzt hast du meine Nummer.«

»Super, danke! Also, wir sehen uns später, ja? Es ist schon Mittag, ich muss jetzt dringend arbeiten.«

»Okay, bis dann!«

Vor der Pension trennten sie sich, und Paula schlug den Weg zur

Langen Anna ein. Hatte gerade die ersten Kleingärten passiert, als ihr Handy klingelte. Sie nahm an, dass es Runa war, um den Empfang ihrer Nummer zu bestätigen, doch das Klingeln hörte nicht auf. Mit einem tiefen Seufzer zog sie ihr Smartphone aus der Hosentasche, denn sie wollte jetzt in Ruhe nachdenken. Als sie jedoch den Namen des Anrufers sah, blieb ihr fast das Herz stehen.

»Hey, Carsten, was gibt's?«

»Paula! Wo bist du? Können wir uns treffen? Zum Mittagessen?«

»Carsten, ich bin auf Helgoland.«

»Ich weiß, ich auch.«

»Was? Wer hat dir gesagt, wo ich bin?«

»Melli. Und sie hat mir auch den Grund dafür verraten.«

Jetzt sackte ihr das Herz in die Hose. Verdammt! »Äh, ja, klar. Wo bist du?«

»Gerade angekommen.«

»Okay, dann geh einfach geradeaus, an den Hummerbuden vorbei und am Südstrand entlang. Dann kommst du auf dem Nordseeplatz raus, wir treffen uns an der Skulptur.«

»In Ordnung, bis gleich!« Ohne ein weiteres Wort legte sie auf und schob das Handy in die Tasche. Was, zum Teufel, wollte ihr Bruder hier?

Sie drehte um und marschierte zum Aufzug, lief die Treppe zum Unterland hinunter. Kämpfte sich durch einen Haufen Tagestouristen bis zum Nordseeplatz vor.

Ihr Bruder war schon von Weitem gut zu erkennen, kam mit Größe und Äußerem eindeutig nach ihrem Vater. Wobei sie selbst nur die Haarfarbe von ihm geerbt hatte.

»Hey! Warum bist du hergekommen?«

Carsten beugte sich zu ihr hinab und schloss sie in die Arme. »Hallo erst mal. Können wir das in Ruhe beim Mittagessen besprechen?«

Das gefiel ihr gar nicht. »Wenn wir irgendwo ein Plätzchen finden … Es ist noch Nebensaison, und nicht alle Restaurants haben schon geöffnet.«

»Da hinten ist ein Hotel mit Restaurant, wollen wir es da versuchen?« Er deutete ausgerechnet auf das *Inselkind*.

»Nee, das ist zu teuer, und ich habe auch keinen großen Hunger.« Paula drehte sich um und sah zu dem Hotel, vor dem sie standen. »Lass uns in das Bistro gehen.«

Ohne seine Antwort abzuwarten, marschierte sie los und verließ sich darauf, dass er ihr folgen würde. Mit Glück ergatterten sie tatsächlich noch einen Zweiertisch, der gerade frei geworden war.

Erst nachdem sie ihre Bestellung aufgegeben hatten, nahm sie allen Mut zusammen und sah ihren Bruder an. »Also, was willst du von mir?«

»Dich nach Hause holen.«

»Was?« Das laute Lachen brach aus ihr hervor und sorgte für ungewollte Aufmerksamkeit. Sie blickte sich um. »Sorry!«

Auf dem Gesicht ihres Bruders sah sie ... ja, was? Unmut?

Sie beugte sich vor und senkte die Stimme. »Das soll wohl ein Witz sein.«

»Nein, ganz und gar nicht!«

»Was soll ich zu Hause? Ihr habt euch die letzten Jahre doch auch nicht dafür interessiert, wo ich lebe.«

»Das hier ist ja wohl mal eine ganz andere Nummer.«

Paula biss die Zähne zusammen. »Ach, und warum?«

»Du willst uns Konkurrenz machen? Anstatt im Familienbetrieb zu arbeiten?«

»Willst du mich verarschen?«, knurrte sie und konnte den aufsteigenden Ärger nur mit Mühe im Zaum halten. »Erstens kann ein Hotel auf Helgoland gar keine Konkurrenz für euch sein. Und zweitens weißt du genauso gut wie ich, dass ich in eurem Familienbetrieb absolut nicht erwünscht bin.«

»Das ist auch dein Familienbetrieb. Und du bist sehr wohl erwünscht.«

»Seit wann das denn?«

»Ich will, dass du es mit mir führst, wenn Mama und Paps sich zurückziehen.«

»Haben sie dir das erlaubt?«

Carsten schürzte die Lippen. »Das ist meine Entscheidung, nicht ihre.«

Sie lachte und schüttelte den Kopf. »Hör auf zu träumen! Das würden sie niemals gutheißen. Vor allem nicht, weil sie sich zu Lebzeiten niemals aus dem Hotelbetrieb heraushalten würden.«

Die Kellnerin kam an ihren Tisch, und Paula musste sich unterbrechen, damit sie die Getränke abstellen konnte.

Carsten sah ihr einen Augenblick nach, bevor er sich wieder an seine Schwester wandte. »Wie lange warst du schon nicht mehr zu Hause, hm? Ein Jahr? Zwei? Länger?«

»Ich habe euch vor fast drei Wochen besucht.«

»Auf eine Tasse Kaffee, wie schön.«

»Ich wüsste nicht, was ich noch länger da sollte.«

»Du hättest dich mal mit den beiden unterhalten können.«

»Habe ich doch! Sie haben nur über das Hotel und dich gesprochen. Sich nicht einmal für mich oder meinen letzten Job interessiert. Das haben sie nie, Carsten.«

»Das ist nicht wahr. Sie erzählen jedem Stammgast davon, wie erfolgreich du bist. Was du aus deinem Leben gemacht hast.«

In ihrem Herzen glomm Hoffnung auf, doch sie rang sie nieder. »Selbst wenn das stimmt, sie haben mir nie gezeigt, dass sie stolz auf mich sind. Und sie haben immer klargemacht, dass du das Hotel bekommst und ich nichts.«

»Ich glaube, sie wollten dich extragut auf das Berufsleben vorbereiten«, meinte Carsten und trank von seiner Cola.

»Das ist ihnen gelungen.« Ihr Lachen klang selbst in ihren eigenen Ohren verbittert, und sie griff nach ihrer Apfelschorle und leerte das Glas zur Hälfte. »Warum hat Melli überhaupt davon erzählt?«

»Mach ihr keine Vorwürfe, es ist ihr so herausgerutscht.«

»Wissen Mama und Papa es auch?«

»Ich glaube nicht, dass sie es mitbekommen haben. Melli und ich standen gerade mit ihren Eltern zusammen. Ich habe gelästert, dass ich nie verstehen werde, warum du hier Urlaub machst, da meinte sie, das wäre nicht bloß Urlaub. Den Rest habe ich ihr unter vier Augen aus der Nase gezogen.«

»Carsten, wirklich, ich ... ich kann nicht glauben, dass ich auf einmal gut genug sein soll.«

»Dann rede mit ihnen!«

»Was soll das bringen?«

»Komm zurück, wir sind eine Familie. Lass uns den Laden zusammen führen, als gleichberechtigte Partner.«

Paula sah ihrem Bruder in die Augen. »Warum ausgerechnet jetzt?«

»Ich will dich vor einer Dummheit bewahren.«

»Einer Dummheit? Warum ist es dumm, mir etwas Eigenes aufbauen zu wollen?«

»Aber, Paula, doch nicht hier! Keines der Hotels hier kannst du mit unserem vergleichen.«

»Gerade eben hast du mich noch als Konkurrenz betitelt.«

Er rollte mit den Augen und seufzte. »Du weißt schon, was ich meine. Mach dich hier nicht unglücklich! Unser Hotel ist groß genug für uns beide.«

Sie öffnete den Mund, wurde aber erneut von der Kellnerin unterbrochen, die ihnen den Backfisch mit Pommes frites servierte.

»Guten Appetit!«, wünschte sie ihnen und wandte sich ab.

»Danke!« Carsten griff nach dem Salzstreuer und würzte seine Kartoffelstäbchen nach, ohne sie probiert zu haben. Wie immer.

Paula nahm eine Pommes, tunkte sie in das Schälchen mit Remoulade und steckte sie sich in den Mund. Kaute darauf herum, während die Gedanken kreuz und quer durch ihren Kopf schossen. Carstens Worte waren zu schön, um wahr zu sein. Trotzdem glomm die Hoffnung auf, dass ihre Eltern sie und ihre Leistungen endlich anerkannten.

Vor ihrem inneren Auge erschienen Bilder von sich in ihrem Familienhotel. Als engagierte Geschäftsführerin, im Gespräch mit Gästen, im Meeting mit den Führungskräften. Und ihre Eltern lächelten wohlwollend und lobten sie.

Ihre Brust zog sich zusammen, das Herz wurde ihr schwer. Nein, das war total absurd. All die Jahre hatte sie sie ganz anders erlebt, sie würden sich niemals ändern.

Oder doch? Ach, verflucht, diese Gedanken hatten doch nur eine Chance, weil mit dem *Inselkind* zur Zeit alles auf der Kippe stand.

»Bitte, Paula, komm zurück nach Hause«, meinte Carsten schließlich.

»Würden die beiden mir das auch sagen?«, fragte sie und schaute ihn an.

Er öffnete den Mund, zögerte aber.

»Nein, natürlich nicht.«

»Ich rede mit ihnen.«

»Was soll das bringen?« Paula stocherte in ihrem Essen herum, stopfte sich ein Stück Fisch in den Mund.

»Ich werde ihnen schon deutlich machen, warum wir das Hotel zusammen führen sollten.«

Sie seufzte. »Vergiss es, Carsten! Ich bin und bleibe die zweite Geige. Sie werden das Hotel nur dir überschreiben.«

»Dann schenke ich dir die andere Hälfte.«

»Das gibt nur Ärger. Willst du das?«

»Wenn du dafür nach Hause kommst, ja.«

»Ich wünschte, Melanie hätte sich nicht verquatscht«, stieß sie hervor. »Dann hätte sich nichts an der Situation geändert. Und du müsstest hier nicht den Retter spielen.«

»Du tust mir unrecht«, hielt er dagegen.

»Das glaube ich nicht.«

»Himmel, mit was kann ich dich denn überzeugen?«

»Nichts.«

»Du bist so stur!« Carsten rang die Hände.

»Von wem ich das wohl habe«, murmelte sie.

»Bitte, Paula, es ist noch nicht zu spät. Überleg es dir noch einmal.«

Neben der Gangway zur MS Helgoland blieb Carsten stehen und drehte sich zu ihr um.

»Ja, ja«, murmelte Paula.

»›Ja, ja heißt ›Leck mich am …‹«

»Ja doch!«, herrschte sie ihn an.

»Ich will nicht mit dir streiten, Kleine. Ich kann es auch nicht leiden, wie Mama und Papa sich manchmal verhalten, gerade dir gegenüber. Und ich möchte wirklich, dass du nach Hause kommst und wir ein Team werden.«

Seine Stimme war mal wieder ruhig und sanft geworden, wie so oft in den letzten Stunden. Sie hatten sich gestritten, zusammengerissen und vor allem nur im Kreis gedreht.

Über ihnen war ein Hubschrauber zu hören, und Paula sah auf. Die Maschine des Energieversorgers setzte zur Landung an, und ein Lächeln stahl sich auf ihr Gesicht. Das bereits bekannte, wohlig warme Gefühl breitete sich in ihr aus.

»Warum guckst du so verträumt?«

Sie blinzelte und schaute ihren Bruder an. »Weil da drin der Mann sitzt, den ich liebe.«

»Wie bitte?« Die Verblüffung auf Carstens Gesicht ließ sie auflachen. »Seit wann das denn?«

»Das, lieber Bruder, geht dich einen Scheißdreck an. Und jetzt fahr zurück nach Cuxhaven und mach mit deinem Hotel, was du willst.«

Bevor er anderweitig reagieren konnte, drehte sie sich um und marschierte den Kai entlang zurück, hielt nach Jans Hubschrauber Ausschau. Da sie keinen Weg fand, auf dem sie zu ihm gelangen konnte, lief sie weiter und schrieb ihm eine Nachricht, dass sie vor der *Bunten Kuh* auf ihn wartete.

Paula setzte sich auf eine der Bänke, lehnte sich rücklings an den dazugehörigen Tisch und glotzte auf das Treiben in dem kleinen Gewerbehafenbecken. Ihr war immer noch nicht klar, warum Carsten ihr diesen Besuch abgestattet hatte. Aber eins war ihm gelungen. Zweifel zu säen.

Beinahe jedes einzelne Wort der vergangenen Stunden ließ sie sich immer und immer wieder durch den Kopf gehen. Und verstand trotzdem nicht, warum, wieso, weshalb.

»Ich könnte mich daran gewöhnen, dass du mich von der Arbeit abholst.« Der Bass seiner Stimme erklang so unvermittelt, dass sie zusammenzuckte.

Sie sah zu ihm auf, lachte und küsste Jan, als er sich neben sie setzte.

»Ich sehe dir an der Nasenspitze an, dass du Redebedarf hast. Wie war euer Gespräch mit Christiansens?«

»Können wir ein Stück gehen, während ich dir davon erzähle? Ich muss mich bewegen.«

»Sicher.« Er stand auf, nahm ihre Hand und schlug den Weg zum Nordseeplatz ein.

Paula schob die Finger zwischen seine, spürte seine Wärme und hätte sich am liebsten in seine Arme geflüchtet. Doch das konnte sie anschließend ja immer noch tun.

Sie erzählte ihm von dem Gespräch mit den Hoteleigentümern und wie verunsichert sie durch die neue Situation war.

»Ich glaube, Runa hat recht. Wenn Enno sagt, dass es bis zu deiner Abreise eine Lösung geben wird, dann ist das so.«

»Die Aussicht, vielleicht mit nichts dazustehen, macht mir ziemlich Angst. Was wird dann aus uns?«

»Kannst du dich noch daran erinnern, was ich dir über meine Prioritäten gesagt habe? Ich kann da leben, wo das Meer ist und ich fliegen kann. Wenn du jetzt noch dich beziehungsweise uns an die erste Stelle dieser Liste setzt, ist doch alles klar.«

»Du würdest mitgehen?«

»Ja.«

Paula spürte die Feuchtigkeit in ihren Augen und versuchte, sie unauffällig wegzublinzeln. Nach einem tiefen Seufzer meinte sie: »Ich hatte heute Besuch. Sehr unerfreulichen.«

»Unerfreulichen Besuch? Hier? Wer war das?«

»Mein Bruder.«

»Der, der euer Hotel übernimmt?«

»Ja, ich habe nur den einen.«

»Und was wollte er?«

Während sie immer weiterliefen, erzählte sie ihm so genau wie möglich von den Details und welche widersprüchlichen Gefühle das in ihr ausgelöst hatte. Wie verwirrt sie noch immer war.

Inzwischen waren sie auf der Mole am Nordstrand angekommen, und nun schwiegen sie, bis sie das Ende erreicht hatten.

»Ich verstehe nicht, warum ich so einfach zu beeinflussen bin. Warum hat er es geschafft, dass ich zweifle?«

Jan schloss sie in die Arme, legte das Kinn auf ihren Kopf und sie ihre Wange an seine Brust. Ihr Blick wanderte hinaus auf die Nordsee, weit und breit war nichts anderes zu sehen als Wasser.

»Du willst von deinen Eltern geliebt werden, so wie wir alle. Und wenn das auf einmal zum Greifen nah ist, ist es doch klar, dass du darauf reagierst«, sagte er leise.

Paula schloss die Augen und lauschte seinem Herzschlag, der Vibration seiner Stimme in seinem Brustkorb. »Aber ich will das nicht.«

»Hast du dieses Projekt nicht auch in Angriff genommen, um ihnen endgültig zu beweisen, was du draufhast?«

»Ja, schon.«

»Dann zieh es durch und zeig ihnen den Stinkefinger! Oder willst du etwa mit deinem Bruder zusammen das Hotel leiten?«

Sie ließ sich diesen Gedanken durch den Kopf gehen und schüttelte schließlich den Kopf. »Nein.«

»Was willst du dann? Und zwar ganz tief in dir drin?«

In ihrem Kopf flammten verschiedene Szenarien auf, und sie achtete genau darauf, was sie dabei empfand. Es war der Moment, in dem ihr bewusst wurde, dass es sich wie zu Hause anfühlte, hier mit Jan zu stehen. Sie fühlte sich angekommen.

Ja, er war jetzt ihr Zuhause. Weil er sie wollte, wie sie war.

Und sie für ihre Eltern niemals gut genug sein würde.

Also hob sie den Kopf und sah ihm in die Augen. »Ich will bei dir sein, egal wo.«

Er grinste. »Sehr gute Antwort.«

»Aber es hört sich schon ziemlich schnulzig an, oder? Wir kennen uns erst zehn Tage.«

»Elf«, verbesserte er.

»Oh, na, das ändert natürlich alles.« Sie rollte mit den Augen.

»Wat mut, dat mut. Mehr gibt es dazu nicht zu sagen.«

»Deine Selbstsicherheit möchte ich haben!«

»Was mich angeht, kannst du dir hundertprozentig sicher sein.«

»Danke!« Paula streckte sich und küsste ihn.

»Da nicht für. Geht es dir denn jetzt besser?«

»Mir ist auf jeden Fall sehr viel leichter ums Herz, aber wenn es mit dem *Inselkind* nicht klappt, muss ich mir ganz schnell was Neues suchen.«

»Im Zweifel schaffen wir das zusammen. Aber ich glaube ganz fest daran, dass du das *Inselkind* bekommst. Du bist genau richtig für das Leben hier, wie für Helgoland gemacht.«

»Woher nimmst du nur die Zuversicht?« Paula lachte. Runzelte die Stirn, als sein Lächeln verblasste.

»Das hat leider einen nicht so positiven Grund.«

»Erzählst du mir davon?«

Jan atmete tief durch und nickte. »Ja, tue ich. Lass uns ein paar Tiefkühlpizzen holen und zu mir gehen. Das könnte ein wenig länger dauern.«

Dass sie beim Essen das bedeutungsvolle Thema mieden, störte Paula nicht. Es war auf jeden Fall nichts, über das er oft oder mit jedem sprach. Deshalb wertete sie es als Vertrauensbeweis und ließ ihm die nötige Zeit.

Danach räumte Jan die Teller weg und stellte neues Bier auf den Tisch, setzte sich hin und seufzte. »Okay, reden wir über meine Vergangenheit.« Er rang sich ein Lächeln ab, das seine Augen nicht erreichte. »Ich habe dir ja bereits erzählt, dass ich bei der Bundeswehr war. Da ich meistens ungebunden war, habe ich mich oft für Auslandseinsätze gemeldet. Unter anderem im Irak.«

Eine unangenehme Vorahnung schnürte ihr die Brust zu, und sie griff nach seiner Hand.

»2011 gab es einen Zwischenfall, eine Detonation, nach der wir unter Beschuss gerieten. Es war der reinste Horror, und niemand von meinem Trupp ist unverletzt davongekommen, drei wurden getötet. Darunter zwei meiner besten Freunde. Das hat mich aus der Bahn geworfen.«

»Wie schwer wurdest du verletzt?«

»Nur ein paar Fleischwunden, zum Glück. Die Narben hast du bestimmt schon entdeckt. Aber die Leute sterben zu sehen ...« Jan schüttelte den Kopf. »Wir konnten nichts tun. Uns nur verteidigen und auf Hilfe warten. Christian, mein Co-Pilot und, wie gesagt, einer meiner besten Freunde, starb in meinen Armen. Irgendetwas hatte ihm die Kehle aufgerissen.« Seine eisblauen Augen ließen etwas von dem Schmerz erahnen, den er durchgemacht haben musste.

»Bist du sofort nach Deutschland zurückgekehrt?«

»Nein, ich habe die letzten Wochen da unten abgesessen, beim psychologischen Dienst. Ich konnte einfach nicht mehr in den Hubschrauber steigen. Danach war ich noch eine Zeit lang in Betreuung und außer Dienst gestellt. Der Therapeut damals hat mir sehr geholfen, und dafür bin ich ihm verdammt dankbar. Auf sein Attest hin habe ich die Versetzung zu den Marinefliegern beantragt. Du weißt schon, wegen des Meeres. Auch das hat mir geholfen, gesund zu werden. Oder eben damit leben zu können. Aber ich habe meine Dienstzeit nicht mehr verlängert.«

»Und wie hängt das mit deiner grenzenlosen Zuversicht zusammen?«

Er grinste und verschlang seine Finger mit ihren. »Zum einen habe ich gelernt, dass es mich krank macht, zu viel an die Vergangenheit zu denken. Ich konnte nichts mehr daran ändern, nur meine Lektionen daraus mitnehmen. Zum anderen hat mein Therapeut mir gezeigt, wie ich den Blick nach vorn richten und positiv denken kann. Wir haben damals viel und oft über das Schicksal gesprochen oder beeinflussbare Ereignisse. Und wie wichtig Herz und Bauch in solchen Dingen sind. Sie sind inzwischen meine einzigen Ratgeber.«

»Scheint, als ob an dir ein Therapeut verloren gegangen ist«, warf Paula ein.

»Warum soll ich meine Erkenntnisse nicht weitergeben, wenn ich anderen damit helfen kann? Bei dir hat es geklappt und bei Runa letztens auch.«

»Und wer steht dir in Zukunft bei?«

»Wie wäre es, wenn du den Job übernimmst?« Mit einem Lächeln führte er ihre Hand an seine Lippen und küsste die Innenfläche. Was ihr einen Schauer über die Haut jagte.

»Jan, ich ...« Sie stockte und schluckte, das Herz schlug ihr bis zum Hals.

Sollte sie es ihm sagen?

Seine Miene verdunkelte sich. »Was?«

»Nein, nicht, was du denkst, um Himmels willen!« Sie stand auf, ging zu ihm und setzte sich auf seinen Schoß. Legte die Hände um sein Gesicht und sah ihm tief in die Augen.

»Ich liebe dich.«

»Zu spät!« Mit einem theatralischen Seufzen schlang er die Arme um ihre Taille.

»Was soll das denn heißen?« Ihr entschlüpfte ein verunsichertes Lachen.

»Dass ich dich von der ersten Nacht an geliebt habe. Sorry!«

»Das ist unheimlich!« Paula lachte und schüttelte sich.

»Warum?«

»Weil es so schnell ging.«

»Mir macht das keine Angst.«

»Angst macht es mir auch nicht, es ist ... unglaublich.« Ihre Finger strichen über seine Wangen, die Kinnlinie, und ein Daumen über seine Lippen. Er küsste die Spitze und schickte einen erregenden Blitz durch ihren Körper.

»Weißt du, was unglaublich ist? Dass du mir direkt in die Arme gelaufen bist.«

»Das nennt man dann wohl Schicksal.«

»Genau so sieht es aus. Und jetzt küss mich endlich!«

Runa

Nach einem arbeitsreichen Tag war Runa froh, dass Felix für fast jeden Abend seines Aufenthalts einen Tisch bestellt hatte, heute in dem italienischen Restaurant auf dem Oberland. Aber diesmal würde sie die Rechnung übernehmen.

Arm in Arm schlenderten sie am Falm entlang und redeten über ihren Tag.

Runa genoss das warme Gefühl von Geborgenheit, das sie schon fast vergessen hatte, und fühlte sich gleichermaßen entspannt. Erstaunlich, denn sie hatte ein ordentliches Pensum zu absolvieren gehabt und war ziemlich müde. Immerhin hatte sie Spaß an der Arbeit gehabt. Weil sich ihr Leben in den letzten Tagen positiv verändert hatte.

Nachdem sie die Bestellung aufgegeben hatten, holte Felix zwei gefaltete Bögen Papier aus der Tasche und legte sie in die freigeräumte Mitte des Tisches.

»Ich habe heute Mittag diesen Immobilienfall in den Alpen recherchiert, von dem ich gestern erzählt hatte. Hier stehen sämtliche Namen, die darin involviert waren, aufgeteilt nach Tätern und Opfern.«

»Hört sich an wie eine polizeiliche Analyse«, unkte sie und grinste ihn an.

»Es ist tatsächlich eine der Methoden, die die Polizei verwendet, um solche Fälle aufzuklären.«

»Woher weißt du das?«

Diesmal grinste er. »Im Zuge meiner Recherchen für das dritte Buch durfte ich eine Dienststelle der Kriminalpolizei besuchen und beobachten, wie sie arbeiten.«

»Stelle ich mir interessant vor.«

»Ist es auch. Bei solchen Recherchen kann man verdammt viel lernen. Also, schau dir das an!«

Runa folgte seinem Finger und lauschte dabei seinen Ausführungen.

»Das ist der Investor, der das Hotel gebaut hat, und das hier der Immobilienmakler.«

»Hm, weißt du, wie der jeweilige Inhaber hieß?«

»Nein, aber das kann ich herausfinden.« Er nahm einen Kugelschreiber aus der Brusttasche und machte daneben eine Notiz.

»Und versuche herauszufinden, ob auch ein Steuerberater oder Wirtschaftsprüfer involviert war. Zum Beispiel der, der die verkauften Objekte betreut hat«, bat sie, einer Eingebung folgend.

Felix nickte und kritzelte etwas an den Rand des Blattes. »Du meinst, es könnte noch mehr dahinterstecken als nur ein ähnlicher Fall?«

»Ich kann mich natürlich irren, aber solche kriminellen Energien versickern bestimmt nicht einfach, nur weil sie einmal erwischt wurden.«

»Das ist gut möglich. Wir sollten allem auf den Grund gehen, was uns einfällt.«

Der Kellner unterbrach sie und stellte ihnen den Rotwein hin.

Ein tiefer Seufzer stieg in ihr auf, und sie ließ ihn gewähren, schüttelte den Kopf. »Ich darf gar nicht daran denken, wie es vielleicht geendet hätte, wenn meine Mutter nicht gestürzt wäre und die Ereigniskette nicht ausgelöst hätte. Dann wären sie am Ende des Jahres pleite gewesen.«

»Meinst du?«

Sie sah ihm in die Augen und lächelte schief. »Ja, leider. Der Steuerberater meiner Eltern hat es mir bestätigt. Ich muss dringend mit meinem Vater reden, über die notwendigen Veränderungen.«

»Wann kommt er zurück?«

»Freitag.«

»Und wann fährst du?«

»Sonntag.«

»Mit dem Halunder Jet?«

Sie nickte.

»Okay, dann hole ich dich ab.«

»Das ist lieb von dir.«

»Nein, selbstverständlich. Besser, du gewöhnst dich dran.«

Runa lachte auf und nahm seine Hand. »Ich werde mir Mühe geben.«

»Oh, mir ist übrigens eine Idee gekommen. Wie wäre es, wenn ihr eine Art Literatur-Urlaub anbietet? Ich könnte einen exklusiven Rundgang entwerfen, mit allen wichtigen Stellen aus meinem Roman. Sobald er fertig ist. Wenn dein Vater Spaß an so etwas hat, könnte er es als Führung gestalten. Und ab und zu könnte ich sogar selbst eine machen. Kostenlos natürlich.«

Seine Finger spielten mit ihren, und er sah ihnen dabei zu, bevor er den Kopf hob.

»Warum willst du das alles für meine Eltern tun?«

»Weil du mir wichtig bist.«

Ihr Herz schmolz dahin, und ihre Augen füllten sich mit Tränen.

»Hey, das ist doch kein Grund zu heulen«, raunte er, langte über den Tisch und wischte sie fort.

»Ich habe dich echt nicht verdient«, schniefte Runa und fummelte ein Papiertaschentuch aus ihrer Jeanstasche.

»Vielleicht habe ich es ja auch nicht verdient, verliebt zu sein.«

»Das ist doch Quatsch.«

»Dito. Das Einzige, das wir nicht verdient haben, ist, dass wir so lange darauf warten mussten.«

»Möglicherweise hätten wir es früher gar nicht zu schätzen gewusst. Belassen wir es einfach dabei, dass es genau jetzt genau richtig ist.«

»Amen.«

Runa lachte und hielt ihm ihr Glas zum Anstoßen entgegen, dann trank sie einen Schluck und ließ den Rotwein im Mund warm werden.

»Mh, du hast gerade von einem Helgoland-Roman gesprochen. Aber du hast mir doch von einem ganz anderen Projekt erzählt, an dem du gerade schreibst.«

»Ach, zwei Projekte laufen irgendwie immer parallel. Eins schreibe ich, eins plane ich.«

»Kommst du da nicht durcheinander?«

»Manchmal schon.«

»Ich bin echt gespannt auf deine Bücher, es wird Zeit, dass wir nach Hamburg kommen.«

»Oh, mir gefällt es hier ganz gut«, meinte Felix und lachte, als er ihren Blick sah. »Ach komm schon! Uns holt der Alltag noch schnell genug ein.«

»Ich weiß.«

»Ist dein Verhältnis zur Insel in den letzten Tagen nicht besser geworden?«

»Doch, aber die Abneigung ist noch lange nicht verschwunden.«

»Das kriegen wir auch noch hin!«

Kapitel 14

Runa

Himmel, sie hatte tatsächlich vergessen gehabt, wie es war, verliebt zu sein. Das Hochgefühl, die Energie. Kein Wunder, dass sie nach dem Frühstück fast vor Tatendrang platzte. Und es machte ihr noch nicht einmal etwas aus, so früh aufzustehen. Nicht, wenn sie nach dem Klingeln des Weckers mit Zärtlichkeiten überschüttet und per Raketenstart in den Tag katapultiert wurde.

Runa ließ die Tür zum Büro ihrer Mutter angelehnt, setzte sich mit einem Cappuccino an den Sekretär und wartete darauf, dass ihr Laptop hochfuhr. Wobei ihr irgendwann das dümmliche Grinsen auf ihrem Gesicht auffiel. Sicher waren das die Hormone und ersten überschwänglichen Gefühle in einer neuen Beziehung. Aber wenn sie ehrlich zu sich war, hatte sie keine Hoffnung mehr gehabt, überhaupt noch einmal Kolibris im Bauch zu haben.

Sie loggte sich auf dem Kanzleiserver ein, arbeitete E-Mails und Aufgaben ab, widmete sich den letzten Jahresabschlüssen. Dann organisierte sie mit den örtlichen Handwerkern die Renovierungsarbeiten in der Pension und mit der Agentur die Erstellung und Gestaltung der neuen Website. Ein Glück, dass ihr Vater Spaß an Technik und dem Internet hatte, sie würde ihn mit Leichtigkeit einweisen können.

Schließlich schweiften ihre Gedanken zum *Inselkind* und den gefälschten Büchern ab und kamen auf Umwegen zu den Gerüchten zurück. Als ein Impuls in ihr aufkam, griff sie zum Telefon und rief Hannes an.

»Steuerberater Nohse, guten Tag«, meldete sich der ältere Mann nach mehrmaligem Klingeln.

»Hallo, Herr Kollege, Runa hier.«

»Moin, Runa! Wie kann ich dir helfen?«

»Sag mal, betreust du die Ferienwohnungen hier oben, Ecke Skitten Hörn?«

»Nein.«

»Und das *Alt-Helgoländer* oder die Ferienwohnungen daneben?«

»Nein, auch nicht. Warum? Worauf willst du hinaus?«

Die Finger ihrer anderen Hand trommelten unterhalb der Tastatur auf dem Laptopgehäuse herum. »Dann kann ich also davon ausgehen, dass sie ihre Bücher von dieser Hellmann Steuerberatungsgesellschaft machen lassen, oder?«

»Ich denke schon.«

»Ein seltsamer Zufall, findest du nicht?«

»Nicht wirklich. Auf Helgoland gibt es ja nur zwei Steuerberater.«

»Nein, das meine ich nicht.«

»Tut mir leid, aber du redest in Rätseln.«

»Ich erkläre es dir bei Gelegenheit. Sonst geht es dir gut? Hast du Ostern mal schön ruhig gemacht, mit deiner Frau?«

»Wir waren in Berlin, bei den Kindern.«

»Toll! Wie geht es ihnen?«

»Alles wächst und gedeiht, wir werden bald Großeltern, von Stephan und Marie.«

»Das freut mich, Glückwunsch! Grüß sie alle bei Gelegenheit, ja?«

»Gerne.«

»Okay, ich muss dann jetzt weitermachen. Ich melde mich bald wieder.«

»Bis bald!«

Sie legte auf und notierte die neuen Informationen, starrte darauf hinab. Wenn diese Steuerberatungsgesellschaft in Wahrheit für einen

Investor agierte, schloss sich hier der Kreis. Oder zumindest einer davon, bei einem würde es bestimmt nicht bleiben.

Der Blick auf die Uhr zeigte ihr, dass es bereits halb vier war, also fuhr sie den Computer herunter und schaltete ihn aus. Sie ging zu Felix hinauf und erregte nach dreimaligem Klopfen seine Aufmerksamkeit. Runa steckte den Kopf durch die Tür. »Hast du Lust auf einen Spaziergang?«

»Eigentlich schon, aber ich bin gerade so gut im Flow.«

»Schade!«

»Aber kannst du Jan und Paula fragen, ob wir heute Abend zusammen essen gehen? Ich habe ein paar interessante Dinge recherchiert.«

Sie lächelte. »Mache ich. Wo hast du reserviert? Dann frage ich, ob sie einen größeren Tisch haben.«

»Im *Seehund*, um sieben.«

»Gut. Soll ich dich früh genug abholen?«

»Okay.« Damit drehte er sich wieder zu seinem Laptop um und ließ die Finger über die Tastatur fliegen.

Na, dann war sie wohl abgeschrieben. Runa grinste und zog die Tür hinter sich zu, ging wieder hinunter. Nachdem sie beim *Seehund* auf Band gesprochen hatte, zog sie ihre Jacke an, schnappte sich Korb und Einkaufszettel. Auch gut, so konnte sie die Zeit für ein paar Einkäufe nutzen.

Vor der Tür kam ihr Paula vom Joggen entgegen, gerade als sie ihr und Jan eine Nachricht wegen des angedachten Treffens schickte.

»Hey!«, keuchte die Cuxhavenerin und begann auf dem Weg mit dem Stretching.

»Hey, Paula! Ich habe dir und Jan zwar gerade eine Nachricht geschrieben, aber dann kann ich es dir auch gleich sagen. Wir vier gehen um sieben zum *Seehund*, Felix hat wohl ein paar interessante Infos zusammengetragen.«

»Ja? Was denn?« Sie richtete sich auf.

»Keine Ahnung, hat er mir nicht gesagt. Wir sehen uns später.« Sie hob die Hand zum Gruß und marschierte Richtung Treppe zum Unterland.

Im Supermarkt sammelte sie die Lebensmittel auf ihrem Zettel zusammen und legte noch ein paar Süßigkeiten obendrauf. Ingwer-Zitrone für Felix, Perlen-Gelee-Beeren für Jan und sie. Hoffentlich ergab sich am Wochenende noch die Gelegenheit für ein Treffen, bevor sie nach Hamburg zurückfuhr. Vielleicht sogar, um in Erinnerungen zu schwelgen.

Eine angenehm entspannte Ruhe breitete sich in ihr aus, gegen die nicht einmal die neugierigen Insulaner etwas ausrichten konnten, denen sie unterwegs Fragen nach ihrem Befinden und dem ihrer Eltern beantworten musste.

Runa war sich zwar nicht sicher, ob diese Ruhe ebenfalls etwas mit Felix zu tun hatte, aber sie wusste Gebrauch davon zu machen. Indem sie die verbleibende Zeit bis zum Abendessen für eine ausgiebige Wellnessstunde in ihrem kleinen Bad nutzte.

Als es an ihrer Tür klopfte, hatte sie gerade eine frische Jeans und ihre Lieblingstunika übergezogen und einen letzten Blick in den Spiegel geworfen. »Komm rein!«

»Bist du fertig?« Felix trat ein und schloss die Tür hinter sich. »Hübsch siehst du aus.«

»Danke!« Sie lächelte und erwiderte seinen Blick im Spiegel, als er hinter sie trat und sie in die Arme schloss.

»Und du riechst gut«, murmelte er und vergrub seine Nase in ihrem Haar. »Ich schlage vor, wir verspäten uns ein wenig.«

»Spinner!«, wies sie ihn zurecht und legte die Arme über seine. »Heb dir das für später auf.«

Er schnalzte mit der Zunge und küsste zärtlich ihren Hals. »Ich weiß nicht, ob ich das so lange aushalte.«

»Dir bleibt nichts anderes übrig, tut mir leid.« Mit einem übertriebenen Seufzer des Bedauerns löste sie seine Arme von sich, ging zu ihrem Bett und schlüpfte in die bereitstehenden Pumps.

»Wird dieses Zimmer auch vermietet?« Sein Blick schweifte über die weißen Jugendzimmermöbel im Stil der Neunzigerjahre.

»Ja, aber so ziemlich als letztes. Meine Eltern halten mir mein altes Kinderzimmer gerne frei.«

»Aber nur mit einem Einzelbett?« Er schmunzelte.

Dafür wurde sie ernst. »Ich war bisher immer allein hier.«

»Keiner deiner Freunde hat dich begleitet?«

Runa schüttelte den Kopf, trat zum Nachttisch und schob sich das Handy in die Gesäßtasche.

»Tja, dann müssen sie sich ab sofort umgewöhnen.«

Sein Arm streckte sich ihr in den Weg, als sie an ihm vorbeigehen wollte, und zog sie an sich. »Hak es ab, okay?«, flüsterte er ihr ins Ohr.

Sie lehnte sich mit geschlossenen Augen an ihn und den Kopf gegen seinen.

»Weißt du eigentlich, wie erbärmlich mir mein bisheriges Leben vorkommt?«, murmelte sie. »Im Vergleich mit dem Hier und Jetzt?«

»Auch das solltest du abhaken. Aber falls du dich damit besser fühlst – mir geht es nicht anders. Ich habe mich die letzten Jahre zu Hause verkrochen, fast alle sozialen Kontakte einschlafen lassen und sogar die Qualität meiner Romane darunter leiden lassen. Wie man an den Rezensionen und Verkaufszahlen ablesen kann.«

Runa lachte leise und sah zu ihm auf. »Nein, damit fühle ich mich nicht besser. Aber es stachelt den Kampfgeist an, es nicht mehr so weit kommen zu lassen. Gemeinsam.«

Er küsste sie auf die Stirn. »Ganz genau.«

»Also, was hast du herausgefunden?« Jan stellte sein Bierglas ab und sah den Schriftsteller neugierig an.

»Genau. Spann uns nicht länger auf die Folter!«, pflichtete Paula ihm bei.

Felix lächelte und zog seine Notizen aus der Tasche. »Okay, fangen wir mit dem Investor an, eine Holding. Dahinter steckt ein gewisser Holger Maginski.«

Runa richtete sich auf und wechselte einen alarmierten Blick mit Paula. »Wie hat Enno den Investor genannt, der mal Interesse am *Inselkind* hatte?«

»Maschinski oder so ähnlich«, zitierte sie. »Der gleiche Typ? Ist es wirklich so einfach?«

»Moment!«, funkte Felix dazwischen. »Es geht ja noch weiter. Runa meinte, ich solle mal herausfinden, wer der Steuerberater war, der die verkauften Objekte damals in den Alpen betreut hat. Die Kanzlei hieß Hellmann & Pfeffer.«

»Jetzt schlägt's dreizehn!«, entfuhr es Runa. »Das kann doch kein Zufall sein, wenn Christiansens Steuerberater Hellmann heißt! Und der auch noch die anderen drei Objekte außer Haus *Dünenblick* betreut, über die hergezogen wird.«

»Wie bitte?« Paula riss die Augen auf, die anderen starrten sie ebenfalls an.

»Ja, ihr habt richtig gehört. Ich habe Hannes Nohse heute angerufen und einfach mal gefragt.«

»Und dieser Immobilienfuzzi unten am Hafen, der heißt doch auch Pfeffer, oder?«, bemerkte Jan und sah Felix an. »Wer war der Pfeffer-Anteil beim Steuerberater?«

»Eine Michaela Pfeffer. Sie und Roman Hellmann haben geheiratet und dann die Hellmann Steuerberatungsgesellschaft gegründet, kurz nach Eröffnung des Alpenhotels. Seitdem haben sie Niederlassungen in Frankfurt und Berlin etabliert und in touristisch interessanten Gegenden. So wie hier auf Helgoland.«

»Das sind nicht nur touristisch interessante Gegenden, da geht es um einzigartige Stellen und richtig Kohle!«, brummte Jan und schüttelte den Kopf. »Soviel ich weiß, ist dieser Pfeffer noch nicht lange auf der Insel, also wird seine Schwester ihn angelockt haben. Zur Unterstützung.«

»Wenn sie ihre Finger so tief in dieser Scheiße haben«, grollte Paula, »dann könnte es ja sogar möglich sein, dass sie Christiansens diesen Geschäftsführer empfohlen haben. Sie haben gesehen, dass Christiansens nicht an den Investor verkaufen wollen, und gleich gemerkt, was man manipulieren könnte. So haben sie gleichzeitig Geld in die eigene Tasche gewirtschaftet und noch dafür gesorgt, dass der Investor wieder interessant wird. Nie im Leben hätten sie gedacht, dass jemand das Hotel kaufen will, der ihre Abschlüsse infrage stellt und die Manipulation auch noch entdeckt!«

Jan griff nach ihrer Hand. »Du musst Enno morgen früh davon erzählen, vielleicht kann die Polizei das brauchen.«

»Hier, du kannst meine Rechercheergebnisse gerne weitergeben.« Felix schob ihr die beiden Zettel hin.

»Oh Mann, und ich habe gedacht, das sei nur eine Art von Stichelei oder Racheaktion von diesem Immo-Heini.« Ihre Finger strichen die Blätter glatt, während sie auf die Worte starrte, ohne etwas zu sehen.

»Hat Enno sich noch nicht gemeldet?«, wollte Runa wissen.

Paula schüttelte den Kopf. »Dass mein Traum auf diese Weise platzt, hätte ich nicht gedacht. Ich habe fest damit gerechnet, ab ersten Mai auf dieser Insel zu leben.«

»Hey, ich habe dir doch gesagt, das wird schon. Von meiner Zuversicht ist wohl noch nicht genug übergeschwappt, was?« Jan strich ihr über die Schulter, und sie sah auf und lächelte ihn an.

»Anscheinend nicht. Ach, ich weiß auch nicht, warum es mich gerade so runterzieht.«

»Lasst uns einen Schnaps trinken auf diesen Schreck!« Nach einem Blick in die Runde hob der Pilot den Arm und gab seine Bestellung auf.

Kapitel 15

Paula

Mehr als einen Kaffee hatte sie beim gemeinsamen Frühstück mit Jan nicht herunterbekommen. Weil sie darauf wartete, Enno Christiansen anrufen zu können. Paula war sogar dermaßen verzweifelt, dass sie auf dem Weg zur Pension an ihrem Haus vorbeiging, doch es war noch dunkel.

Als sie die Pension schließlich betrat, war außer der unaufdringlichen Radiomusik aus der Küche, in der Licht brannte, noch nichts zu vernehmen. »Runa?«, rief sie leise und durchquerte die leere Küche.

»Hier«, erklang es aus dem Frühstücksraum, und Paula fand sie vor dem Fenster. Eine Tasse Kaffee in der Hand, den Blick auf den Sonnenaufgang und die Düne gerichtet.

»Guten Morgen!«

»Morgen, Paula! Du siehst immer noch bedrückt aus.«

»Ach, ich will endlich wissen, was los ist. Christiansen anrufen und ihm die ganzen Neuigkeiten erzählen, am besten gleich der Polizei.«

»Wenn du einen Flügelmann brauchst, sag Bescheid, dann komme ich mit.«

»Redest du jetzt auch schon wie ein Pilot?« Mit einem Lächeln auf den Lippen schlenderte sie in die Küche zurück und ließ sich von dem Vollautomaten einen Latte macchiato zubereiten.

»Benutzen nur Piloten diesen Ausdruck?«

»Keine Ahnung. Wo ist Felix?«

»Müsste gleich runterkommen. Er hat die Schnäpse gestern Abend nicht so gut vertragen.«

Paula kicherte, löffelte Zucker in das hohe Glas und rührte um. »Gegen dich und Jan konnten wir ja nur verlieren. Lernt man das hier in der Schule?«

»Das klingt, als ob wir euch unter den Tisch getrunken hätten. Wir hatten jeder nur vier Stück, und auf ein gutes Essen kann man die vertragen.«

Sie setzten sich an den zusammengeschobenen Vierertisch.

»Willst du nichts essen?«

»Gleich«, wich Paula aus und hob den Latte an die Lippen. Sie trank und bemerkte, dass Runa sie beobachtete. »Was ist?«

Runa zuckte die Schultern. »Es tut mir echt leid, dich so zu sehen. Ich kann sehr gut nachvollziehen, wie verzweifelt du dich fühlst.«

»Wahrscheinlich jammere ich auf hohem Niveau, aber es ist das erste Mal, dass ich meine Zukunft gerade nicht in der Hand habe. Und dann kommt auch noch alles auf einmal.«

»Was meinst du?«

Paula stellte die Tasse ab und erzählte ihr von dem Besuch ihres Bruders.

»Ganz schön frech, was er da abzieht«, meinte Runa schließlich. »Ich würde zu gerne wissen, warum er das getan hat.«

»Ich auch.«

»Guten Morgen, ihr beiden!«, erklang eine belegte männliche Stimme hinter ihr.

»Morgen, Felix!«, erwiderte Paula und sah zu, wie er Runa mit einem sanften Kuss begrüßte und dann zum Frühstücksbüfett rüberging.

Auch die anderen beiden Gästepaare trafen ein, und schon waren die Räume von Gemurmel erfüllt.

Als das Handy in ihrer Hosentasche vibrierte, zuckte Paula zusammen und zog es hervor. Die Handynummer kannte sie nicht, aber sie stand auf und nahm das Gespräch an, während sie in den Flur hinausging.

»Hansen.«

»Moin, Paula, hier ist Enno.«

»Enno, wie schön, dass Sie sich melden. Ich hätte Sie sonst auch gleich noch angerufen.«

»Ach ja? Was gibt es denn?«

»Runa und ich haben mit ein wenig Hilfe ein paar sehr interessante Zusammenhänge aufgedeckt. Oder glauben es zumindest. Das könnte die Polizei interessieren.«

»Genau deshalb rufe ich an. Polizei und Steuerfahndung kommen heute mit dem Zollschiff her und werden gegen elf hier sein. Ich wollte Sie dazubitten.«

»Natürlich komme ich. Wo treffen Sie sich?«

»In der Polizeidienststelle, unten am Hafen. Nach der Besprechung wird es wahrscheinlich eine kleine Razzia beim Steuerberater geben, und die Polizei wird Herrn Böllmann befragen.«

»In Ordnung, ich werde da sein. Bis später!«

Sie legte auf und stieß einen erleichterten Seufzer aus. Endlich bewegte sich etwas.

Wie bereits vermutet, waren die Behörden sehr interessiert an den Informationen, die Paula ihnen lieferte. Deshalb wurde der Einsatz auch bis zu Pfeffers Immobilienbüro ausgedehnt.

Da der Zugriff zeitgleich erfolgen musste, durften sie und Enno die Polizeidienststelle nicht verlassen, wurden aber mit Kaffee und selbst gebackenen Keksen vom ortsansässigen Beamten versorgt. Außerdem hatten sie auf diese Weise Gelegenheit, über den Verkauf zu reden. Denn Enno hatte die Beamten deswegen befragt.

Enno schob sich den Rest des ersten Kekses in den Mund und seufzte, spülte mit Kaffee nach. »Ich hätte nicht erwartet, dass wir den Verkauf wegen der Ermittlungen erst einmal nicht abwickeln können.«

»Ich habe bereits mit etwas Ähnlichem gerechnet«, gab Paula zu und schluckte an dem dicken Kloß in ihrem Hals. »Damit habe ich nun ein ernsthaftes Problem, nämlich keine Einkommensquelle ab Mai.«

Der ältere Mann griff über den Tisch hinweg nach ihrem Arm und tätschelte ihn. »Keine Sorge, mien Deern, Gesa und ich haben ausführlich darüber gesprochen. Wir möchten, dass auf jeden Fall du das Hotel übernimmst. Du bist die Richtige dafür und wirst es in unserem Sinne und dem der Insel weiterführen.«

Sie legte den Kopf schief und musterte ihn. »Und wie soll das weitergehen? Mir jetzt für ein paar Monate einen Job zu suchen, wird nicht gerade einfach. Und ist ein Heidenaufwand, der mit unnötigen Kosten verbunden ist.«

»Nein, nein, du musst dir keinen anderen Job suchen. Wir stellen dich ab Mai für das *Inselkind* ein. Und wenn dann ...«

»Moment, nicht so schnell!« Sie hob die Hand. »Was habt ihr vor?«

»Du wirst unsere Geschäftsführerin. Und wenn die Behörden sämtliche Ermittlungen abgeschlossen haben, fädeln wir den Verkauf ein.«

»Wow, das ...« Ein ungläubiges Lachen entschlüpfte ihrer Kehle, dann schoss die Freude durch ihren Körper. »Wahnsinn!«

Paula sprang auf, ging zu ihm und fiel ihm um den Hals. »Das ist der Hammer. *Ihr* seid der Hammer!« Zurück auf ihrem Stuhl, faltete sie die zittrigen Hände. »Ich weiß gar nicht, wie ich euch danken soll.«

»Indem du das Hotel mit deinem ganzen Herzblut führst. Und es weiterhin zu einem Ort machst, an dem die Menschen ihren Urlaub verbringen wollen.«

»Dazu habe ich schon so viele Ideen!«, sprudelte es aus ihr heraus. »Ich will es auf eine jüngere Zielgruppe ausrichten. Auf Menschen, die die Ruhe und etwas Luxus genießen wollen. Die Inselverwaltung arbeitet ja bereits daran, jüngere Gäste anzuziehen.«

»Das stimmt, und so langsam kommt es ins Rollen. Es gibt eine Art Inselrat, in dem ich Mitglied bin. Ungefähr fünfzig Unternehmer aus fast allen Bereichen, die sich für die Zukunft Helgolands engagieren. Ich werde dich beizeiten dort einführen, damit du Impulse von außen einbringen kannst. Frischen Wind sozusagen.«

»Unglaublich! Und das alles habt ihr euch seit Dienstag überlegt?«

»Natürlich! Es geht um die Zukunft unseres Hotels. Wir haben doch nicht umsonst unsere ganze Kraft darin investiert!«

Das Herz klopfte ihr bis zum Hals, als sie die Arme ausstreckte und seine Hände nahm. »Ich bin euch sehr dankbar und werde euch nicht enttäuschen. Versprochen!«

»Das freut mich. Und wenn du hier Fuß gefasst hast, finden wir sicher auch noch den passenden Mann für dich.«

Paula lachte auf. »Das ist sehr lieb, aber das müsst ihr nicht.«

»Aber du kannst auf Dauer nicht allein bleiben.«

»Muss ich auch nicht. Ich bin bereits einem waschechten Helgoländer ins Netz gegangen. Liebe auf den ersten Blick, wie mit der Insel selbst damals.«

Enno schnalzte mit der Zunge. »Wer ist es?«

»Jan Wick.«

»Gut, gut. Eine Sorge weniger.«

»Ihr müsst euch um mich doch keine Sorgen machen!«, wehrte sie ab.

»Nein. Tun wir aber. Alle unsere Angestellten liegen uns am Herzen, das ist eine große Familie. Und du wirst einen ganz besonderen Platz darin einnehmen.«

Mit einem Lachen drückte sie noch einmal seine Hände und lehnte sich dann zurück.

»Ich wusste doch, dass ich die richtige Entscheidung getroffen habe!«

Runa

Die beiden Gästepaare vom Osterwochenende hatten von dem Angebot Gebrauch gemacht und waren bis kurz vor drei in ihren Zimmern geblieben. Runa hatte bereits damit gerechnet und die Zeit für ihre eigene Arbeit genutzt. Nun stand sie in Zimmer Vier und zog die Betten ab.

Was fertig war, war fertig. So konnte sie sich morgen auf die Rückkehr ihres Vaters konzentrieren.

Unten fiel die Haustür ins Schloss, und Paula rief ihren Namen.

»Hier oben, zweiter Stock!«, brüllte sie und schüttelte die Kissen und Betten auf. Durch das geöffnete Fenster wehte eine angenehme Brise herein.

Sie raffte die gebrauchte Wäsche zusammen, ging in Zimmer Fünf und warf sie auf dem Weg in eine Ecke des Flurs. Auch hier öffnete sie die Fenster und kümmerte sich um die Bettwäsche.

Paula kam die Treppe heraufgerannt, stürmte ins Zimmer und fiel ihr um den Hals.

»Du wirst nicht glauben, was heute passiert ist!«

»Sie haben das Steuerbüro geschlossen und den Geschäftsführer verhaftet?«

»Woher weißt du das?«

»Helgoland ist klein!« Runa lachte und schüttelte den Kopf. »Silke, die Nachbarin von gegenüber, war schon hier. Sie hilft meiner Mutter regelmäßig und arbeitet halbtags in der Inselverwaltung. Dort sind die Neuigkeiten rumgegangen wie ein Lauffeuer.«

»Ach, Mist! Und ich wollte die Erste sein!« Paula ließ sich auf einen Stuhl fallen. »Aber eins weißt du noch nicht. Meine Zukunft ist gesichert.«

»Wie meinst du das? Was hat Enno sich einfallen lassen?«

»Zuerst einmal mussten wir echt was einstecken, weil die Behörden gesagt haben, das Hotel könne nicht verkauft werden, bevor sämtliche Ermittlungen abgeschlossen sind. Also darf ich ab Mai als Geschäftsführerin im *Inselkind* arbeiten. Ist das nicht genial?«

Runa grinste und zog die Laken ab. »Sehr guter Schachzug von Christiansens, Glückwunsch! Sie wären auch schön blöd gewesen, dich gehen zu lassen.«

»Mann, ich könnte vor Freude rumspringen wie ein Flummi. Kann ich dir helfen?«

»Himmel, was habt ihr nur immer mit dem Helfen? Nein danke, ich schaffe das schon.«

»Okay, wenn ich dir nicht helfen kann, gehe ich joggen. Die überschüssige Energie muss irgendwie raus.«

»Viel Spaß!«, rief Runa ihr noch nach, nahm die Wäsche und warf sie zu der anderen. Dann putzte und saugte sie die beiden Doppelzimmer, klappte die Betten wieder ein, schloss die Fenster und am Ende die Zimmertüren ab.

Mit dem Staubsauger in der einen und dem Eimer mit Putzzeug in der anderen Hand lief sie die Treppen zum ersten Stockwerk hinab und zuckte vor Schreck zusammen, als Felix die Tür zu seinem Apartment aufriss.

»Du bekommst eine Kuhglocke von mir, verdammt!«, rief sie und lehnte sich an das Treppengeländer.

»Uuh, stehst du auf so was?« Er kam zu ihr und küsste sie, nahm ihr den Sauger ab.

»Witzbold!« Ihr Herzschlag beruhigte sich wieder, und sie lief in den Wirtschaftsraum hinunter. Befüllte die Waschmaschine mit Wäsche und Pulver und timte den Start auf sieben Uhr am nächsten Morgen.

Felix hatte den Staubsauger an seinen Platz zurückgestellt und hängte ihre Putzlappen zum Trocknen auf. »Gehen wir essen?«

Sie richtete sich auf und stützte mit einem Stöhnen die Hände ins Kreuz. »Wenn du mir eine halbe Stunde zum Durchschnaufen gibst.«

»Komm mit hoch, dann massiere ich dir den Rücken.«

Als sie ihn ansah, wackelte er mit den Augenbrauen, und Verlangen schoss durch ihren Körper. Verflucht, er hatte sie echt in der Hand.

»Du hast einen verdammt schlechten Einfluss auf mich, weißt du das?« Runa ging zu ihm und legte ihm die Arme um den Hals.

»Kann ich etwas dafür, dass wir was nachzuholen haben und es auch noch so viel Spaß macht?« Seine Arme schlangen sich um ihre Taille, seine Hände in ihrem Rücken drückten sie an ihn.

»Nein. Und dein schlechter Einfluss gefällt mir sogar«, murmelte sie und küsste ihn. »Wie soll das in Hamburg nur weitergehen?«

»Genauso?«

»Da wohnen wir aber nicht in einem Haus.«

»Wir werden schon einen Weg finden. Und jetzt komm, damit ich dich massieren kann. Ich muss dir etwas erzählen.« Felix nahm ihre Hand und zog sie bis in sein Zimmer.

»Mach dich oben rum schon einmal frei«, meinte er und verschwand im Bad. Kehrte mit einer kleinen Flasche zurück, als sie sich gerade quer über das Doppelbett gelegt hatte.

»Was hast du da? Massageöl?«

»Ja, ein wärmendes.« Er hockte sich über ihren Hintern und zog ihre Jeans ein Stück tiefer, nahm etwas Öl und verrieb es zwischen den Händen. »Hilft mir ungemein, wenn ich mal wieder verspannte Nackenmuskeln habe und keinen Masseur oder Physiotherapeuten in der Nähe.«

Runa schloss die Augen und spürte seinen Berührungen nach. Wie seine Hände mit jedem Streichen ihre Muskeln lockerten und die schmerzhaften Verspannungen lösten. Wunderbare Entspannung stellte sich ein. Bevor sie jedoch einschlafen konnte, erinnerte sie sich an seine Worte. »Was wolltest du mir denn erzählen?«

»Oh, ja. Es läuft so gut mit meinem Roman, dass ich den ersten Entwurf spätestens am Sonntag fertighaben werde. Und ich habe mich dazu entschieden, meinen Agenten damit zu beauftragen, das Manuskript an einen Verlag zu verkaufen. Ich will mir nach Möglichkeit nicht noch mehr Arbeit mit den ganzen Nebenschauplätzen aufbürden, die sich beim Selfpublishing auftun, aber mein Agent kann das als Druckmittel benutzen. Außerdem möchte ich die Zeit lieber mit dir verbringen. Und damit auch meine Motivation und Produktivität steigern.«

Sie kicherte. »Also, wenn du Erotik schreiben würdest, könnte ich es nachvollziehen.«

»Ach so? Du meinst also, dass der Sex mich nur dahingehend anregen könnte?«, raunte er. Seine Hände glitten zu ihren Brüsten, sein Mund zu ihrem Nacken.

Doch sie drehte sich zur Seite und warf ihn ab. Grinste und zog sich wieder an. »Sorry, aber erst muss ich etwas essen.«

»Ich war noch gar nicht fertig mit meinen Neuigkeiten«, maulte er und stand ebenfalls auf.

»Na, dann raus damit!« Zum Abschluss fuhr sie sich noch einmal mit den Fingern durchs Haar.

»Mein Agent, Martin, hat mich vorhin angerufen. Der erste Interessent hat bereits angebissen und möchte unbedingt mein neues Buch verlegen.«

»Sehr gut!« Sie nahm sein Gesicht in beide Hände und küsste ihn. »Oder gibt es einen Haken?«

»Ich weiß noch nicht, ob es ein Haken ist. Nachdem mein Agent ihnen erzählt hat, wo ich bin, haben sie auch gleich eine Option auf den Helgolandthriller verlangt.« Er ging ins Bad, um sich die Hände zu waschen.

»Steht die Geschichte etwa schon?«

Zurück im Eingangsbereich, nickte Felix und steckte Portemonnaie und Handy ein. »Das Exposé hatte ich Martin bereits mitgeschickt.«

»Super! Ich freue mich sehr für dich, dass es so gut läuft.«

»Das habe ich nur dir zu verdanken«, sagte er leise und zog sie doch noch einmal für einen Kuss an sich. »Wenn du mich nicht aus diesem Loch herausgezogen hättest …«

»Und womit soll ich das geschafft haben?«

Sie verließen sein Apartment und liefen die Treppe hinunter.

»Deine beiden Beinahe-Abstürze haben mich ganz schön wachgerüttelt.«

»Na, dann hatten sie ja doch noch etwas Gutes.« Runa lachte und zog ihre Jacke an.

Vor der Tür schob sie ihre Hand in seine. »Ach ja, und bevor ich es vergesse. Heute war auf der Insel ganz schön was los.«

»Was denn?«

»Erzähle ich dir gleich ganz genau. Es geht um die widrigen Machenschaften, die wir aufgedeckt haben.«

»Wann kommen denn die nächsten Gäste?«, wollte Felix am Freitagmorgen wissen und hielt ihr das Brotkörbchen hin.

Runa nahm sich ein Croissant heraus und griff nach dem Honig. »Morgen, dann ist die Pension fast ausgebucht. Paula räumt heute ihr Zimmer und bleibt die letzte Nacht bei Jan, dann kann ich mich nachher noch um ihr Apartment kümmern. Und deines ist dann morgen dran.«

»Falls du noch andere Dinge zu erledigen hast, mache ich mein Zimmer selbst fertig.«

Zuerst wallte Widerstand in ihr auf, doch dann lächelte sie. »Das wäre super. Ich muss wahrscheinlich einiges mit meinem Vater besprechen.«

»Gar kein Problem. Wann kommt er denn wieder?«

»Heute Mittag.«

»Und was habt ihr dann vor?«

Sie zuckte die Schultern, zupfte eine Spitze des Blätterteighörnchens ab und steckte es sich in den Mund. »Es ist so viel, dass ich gar nicht weiß, wo ich anfangen soll. Ich glaube, er musste sich noch nie allein um die Pension kümmern. Silke muss ich auch noch dazuholen.«

»Wie sieht es mit heute Abend aus?« Nachdem Felix sein Brötchen aufgeschnitten hatte, befreite er eine Portion Butter von ihrer Verpackung.

»Ich habe gedacht, ich koche uns dreien was.«

Ein Lächeln breitete sich auf seinem Gesicht aus. »Es würde mich freuen, deinen Vater kennenzulernen.«

»Ich bin gespannt, wie er darauf reagiert, dass du mein Freund bist.«

»Warum? Ist er sehr konservativ?«

»Nein, aber er weiß, dass du hier als Gast angemeldet warst. Und jetzt sind wir zusammen.«

»Einfach so! Furchtbar!«

Runa lachte und schlug ihm spielerisch auf den Arm. »Ist halt eine ungewohnte Situation, aber er wird das schon verkraften.«

»Soll ich etwas für das Abendessen besorgen? Wein? Bier?«

»Ja, lass uns ein paar Bier trinken, dann bringe ich etwas Passendes auf den Tisch.«

Die Tür der Pension fiel zu, und fünf Sekunden später kam Paula herein. Sie sah rundum glücklich aus und strahlte das auch aus. »Moin, zusammen! Darf ich mich zu euch setzen?«

Da Runas Mund gerade voll war, antwortete Felix. »Klar, setz dich.«

»Ich hole mir nur eben einen Latte.«

Auch einen Teller mit Obst brachte sie mit und ließ sich auf einen Stuhl sinken.

»Ich habe gestern Abend von deinem Übergangsjob gehört. Super Lösung«, bemerkte er.

»Ja, finde ich auch. Enno und Gesa sind klasse.« Sie warf sich eine Traube in den Mund.

»Und wie hat Jan die Neuigkeiten aufgenommen?« Runa konnte sich ein Lächeln nicht verkneifen.

»Der hat den ganzen Abend diese Hab-ich-dir-doch-gesagt-Miene aufgesetzt und angefangen, Pläne zu machen. Echt, das hättet ihr sehen sollen! Jan hat sich auf sein Fitnessgerät gesetzt, Gewichte gestemmt und mir alles diktiert, was ihm in den Kopf kam.«

»Er war schon immer am liebsten gut auf alles vorbereitet.«

»Und was ich ja total süß finde, er kommt mich übernächstes Wochenende in Cuxhaven besuchen. Dabei bin ich doch in knapp vier Wochen wieder da!«

Runa seufzte theatralisch. »Muss Liebe schön sein!«

»Wie bitte?«, stieß Felix hervor, und sie lachte und warf ihm einen Luftkuss zu.

Paula stimmte in das Lachen ein. »Ja, ist sie. Trotzdem ist es ungewohnt für mich, dass er gleich Nägel mit Köpfen macht und nicht so rumeiert wie manch anderer Mann.«

Runa beugte sich zu ihr und raunte: »Ich suche auch noch den Haken an der Sache.«

»Da ist keiner«, erwiderte Felix lässig und biss von seinem Brötchen ab.

Sie strich Honig auf das Croissant und biss ab, sah ihn an und kaute. Nach dem Schlucken lächelte sie. »Dann will ich dir das mal glauben.«

»Ach, Runa, mien Sööt!« Ihr Vater ließ den Koffergriff los und nahm sie in die Arme.

»Hallo, Papa! Willkommen zu Hause!« Runa schloss die Augen und nahm seinen altvertrauten Duft wahr. »Geht es dir gut? War die Reha erfolgreich?«

»Alles bestens. Keine Schmerzen, volle Beweglichkeit. Und was gibt es hier so Neues?«

»Moin, Gerald! Wann bist du wieder dabei?«, fuhr ein sanftes Brummen dazwischen.

»Mensch, Fiete!« Ihr Vater wich zwei Schritte vom Kurs ab und begrüßte einen seiner Festmacherkollegen mit einem Schulterklopfen. »Du, ich muss mal gucken, von wegen Wiedereingliederung.«

Runa blieb stehen und lächelte.

»Dann lass uns doch nächste Woche mal ein Bier trinken gehen.«

»Abgemacht, ich melde mich.«

Runa nickte dem etwas jüngeren Mann zu und ging mit ihrem Vater weiter.

»Also, hier ist es in den letzten Tagen drunter und drüber gegangen«, begann sie und berichtete von den Entdeckungen und Entwicklungen der vergangenen Tage.

»Ich habe diesen Pfeffer noch nie leiden können«, grummelte Gerald und schüttelte den Kopf. »Aber deine Mutter meinte, es könne nur von Vorteil sein, die Zimmer auch über ihn vermitteln zu lassen.«

»Konnte ja keiner ahnen«, wiegelte sie ab. »Aber jetzt wisst ihr wenigstens, warum die Reservierungen zurückgegangen sind. Warum habt ihr mir nichts davon erzählt?«

»Du hast doch deine eigene Firma und genug Sorgen, da brauchst du nicht auch noch unsere.«

»Wohin das führen kann, haben wir ja nun gesehen. Aber ich habe einiges angeleiert, über das wir uns nachher unterhalten müssen. Zusammen mit Silke.«

Sie bogen auf den Lung Wai Richtung Fahrstuhl ab, und ihr Vater wies mit dem Kinn zum Verwaltungsgebäude hinüber. »Wir werden uns nur noch über die Kurverwaltung vermitteln lassen, ich gehe gleich Montag früh hin.«

»Auch dazu habe ich mir ein paar Gedanken gemacht, warte ab!« Sie tätschelte seinen Arm.

Er sah Runa von der Seite an, bis sie seinen Blick erwiderte. »Was ist?«

»Du siehst gut aus. Entspannter als sonst. Ich würde sogar sagen, glücklich.« Gerald lächelte. »Hat Stefan dir etwa einen Heiratsantrag gemacht?«

Ihre gute Laune verflog. »Nein, Papa, ich habe mit ihm Schluss gemacht. Außerdem war das nie eine richtige Beziehung, wie ich sie wollte.«

»Was ist passiert?«

Sie fasste ihm die Geschichte knapp zusammen.

»Das hast du genau richtig gemacht, ihn in den Wind zu schießen. Und deswegen bist du jetzt so glücklich?«

»Nein.« Ihre Mundwinkel wanderten nach oben, und sie fühlte die Hitze in ihren Wangen. »Ich habe mich verliebt.«

»Hier?« Er riss die Augen auf.

»Ja, aber er ist kein Insulaner.« Runa lachte.

»Sondern?«

»Einer eurer Gäste, Felix Ferle. Er kommt auch aus Hamburg, ist Schriftsteller.«

»Oha! Und da hat es einfach so zwischen euch gefunkt?«

»Sieht so aus.« Sie zuckte die Schultern.

»Lerne ich ihn noch kennen?«

»Ja, wir essen heute Abend zusammen. Morgen reist er ab.«

»Und du?«

»Am Sonntag.«

»Gut, dann lass uns keine Zeit verlieren!«

Paula

Paula hatte es ich zur Angewohnheit gemacht, sich von einem Ort zu verabschieden, wenn sie ihn ganz oder für längere Zeit verließ. Schon damals als Teenager. Dazu gehörten ein Spaziergang und der Besuch ihrer liebsten Plätze, und so hielt sie es auch auf Helgoland.

Nachdem sie das Bett abgezogen, ihren Koffer gepackt und alles bereitgestellt hatte, brach sie zu einer ausgedehnten Inselrunde auf. Erst auf dem Unterland, dann auf dem Oberland. Es war grau und kühl, doch das störte sie nicht, dafür war sie passend gekleidet. Paula genoss den Ausblick auf die Nordsee, beobachtete Menschen und Tiere und verabschiedete sich innerlich. Zum Glück nur für einen knappen Monat.

Auf den letzten Metern zur Pension schlenderte sie noch an den Läden am Falm entlang, als ihr Handy klingelte. Die Nummer kannte sie.

»Moin, Enno! Was gibt's?«

»Moin, Paula! Hast du Zeit und Lust, mit uns Kaffee zu trinken?«

»Das habe ich tatsächlich. Wann denn?«

»Du kannst sofort rüberkommen.«

»Mache ich, bin sowieso gerade unterwegs. Dann bis gleich!«

»Bis gleich!«

Paula änderte die Richtung und lief zu Christiansens Häuschen, wo Gesa die Tür öffnete, sobald sie geklingelt hatte. Die Insulanerin begrüßte sie mit einer Umarmung und bat sie in den Wintergarten, wo ihr Mann schon am gedeckten Tisch wartete.

»Ich hoffe, du magst kandierten Apfelkuchen«, meinte er und wies mit der Hand auf den Platz neben sich.

»Ich liebe fast jede Art von Kuchen.«

»Sieht man dir gar nicht an.« Gesa trat mit der Kaffeekanne an den Tisch und schenkte ein.

»Weil ich mich viel bewege und mir solchen Luxus nur ab und zu gönne. Danke!« Paula gab Milch und Zucker in ihren Kaffee, rührte um und lachte. »Davon abgesehen habe ich das Gefühl, mehr als die Hälfte meines Aufenthalts mit Essen verbracht zu haben.«

»Das gehört hier dazu, Genuss in allen Bereichen.« Enno verteilte lächelnd den Kuchen, seine Frau setzte sich auf ihren Platz und wünschte guten Appetit.

»Du nimmst die Fähre morgen Nachmittag?«, plauderte Enno drauflos und schob sich ein Stück Kuchen in den Mund.

»Ja, warum?«

»Ach, nur so.«

Paula musterte ihn, kaute langsamer und schluckte den Bissen schließlich hinunter.

»Raus damit!«

Gesa kicherte. »Er war noch nie gut im Geheimhalten.«

»Was denn geheim halten?«

»Musst du denn gleich alles verraten?«, meckerte Enno und sah seine Frau an.

»Ich habe doch gar nichts verraten! Jedermann kann es dir an der Nasenspitze ansehen, wenn dir etwas auf der Seele brennt.«

»Bitte, nicht streiten. Worum geht es denn? Kann ich irgendetwas für euch tun?«, wollte Paula wissen und sah die beiden abwechselnd an.

»Nicht doch! Wir wollen doch etwas für dich tun!«, wehrte Gesa ab.

»Genau«, sprang Enno ihr bei und angelte nach etwas auf dem niedrigen Beistelltisch. Dann hielt er ihr eine Mappe entgegen. »Das hier ist unser Vorvertrag, für deine Einstellung und den Kauf. Ich wollte nicht, dass du ohne eine Garantie abfährst.«

»Aber …« Paula nahm die Mappe an sich. »Ich weiß gar nicht, was ich sagen soll.«

Der Helgoländer winkte ab »Unterschreib einfach und komm‹ am Monatsende wieder. Bis dahin habe ich einen ordentlichen Vertrag aufsetzen lassen.«

Paula legte die Kuchengabel zur Seite, klappte den Deckel auf und las den einseitigen Vorvertrag, der ihr eine probezeitfreie Anstellung als

Geschäftsführerin ab dem ersten Mai zusicherte und dass das *Inselkind* an sie verkauft werden würde, sobald die rechtliche Situation geklärt und die Ermittlungen abgeschlossen seien.

»Habt ihr einen Stift?« Sie blickte auf und sah sich bereits einem Kugelschreiber gegenüber. Mit einem Lächeln griff sie danach, legte die Mappe auf den Tisch und unterschrieb beide Ausführungen des Vorvertrages. Ein feierliches Gefühl durchflutete sie, jetzt war es besiegelt. Ihre Zukunft auf Helgoland lag gesichert und offen vor ihr.

»Wow, das fühlt sich gut an«, sagte Paula leise und sah die beiden an.

»Das will ich doch wohl meinen!« Enno nickte.

Sie beugte sich vor, streckte die Arme aus und drückte die Hände der beiden. »Ich weiß gar nicht, wie ich euch dafür danken soll.«

»Indem du das *Inselkind* mit dem Herz einer Helgoländerin führst«, erwiderte Gesa.

Paula konnte die Feuchtigkeit in ihren Augen sehen und spürte den wachsenden Kloß in ihrer Kehle. »Darauf könnt ihr euch verlassen.«

»Das wissen wir.« Enno tätschelte ihre Hand mit seiner anderen. »So, und nun iss und lass den Kaffee nicht kalt werden. Den muss man heiß trinken.«

»Hey, meine Schöne! Wartest du schon lange?«

Paula sah von ihrem Handy auf und lächelte Jan an, der vor ihr stehen geblieben war. »Nein, vielleicht ein paar Minuten.« Ihr Blick fiel auf etwas Eckiges in Alufolie und dünner Plastiktüte, das er in der Hand hielt. »Was hast du da?«

»Das ist eine Überraschung.« Er beugte sich für einen Kuss zu ihr hinab und drückte es ihr anschließend in die Hand. »Hier, schön gerade halten!« Dann griff er nach ihrem Koffer, holte den Schlüssel aus der Tasche und ging zum Hauseingang rüber.

Sie stapfte hinter ihm die Treppe hinauf und in die Wohnung. »Wo soll ich es hinstellen?«

»In die Küche«, rief er aus dem Schlafzimmer, »das ist unser Abendessen.«

Vor der Garderobe trafen sie sich wieder und streiften Jacken und Schuhe ab.

»Komm her, ich will eine ordentliche Begrüßung!« Jan zog sie in seine Arme, küsste sie und hob sie hoch, sodass sie die Beine um seine Taille schlingen konnte.

Irgendwann zog er den Kopf zurück. »Lust auf einen Kaffee?«

Paula nickte, ließ sich von ihm in die Küche tragen und auf der Arbeitsfläche absetzen. Sie sah dabei zu, wie er mit der Stempelkanne und einem Topf mit einer Portion Milch hantierte. »Wann verrätst du mir denn, was du da mitgebracht hast?«

»Nicht so ungeduldig, mien Deern!«, schalt er sie scherzhaft und mit übertrieben norddeutschem Akzent. »Oder hast du etwa schon Hunger?«

»Nein, geht noch.« Sie drehte sich um und holte die Zuckerdose aus dem Schrank. »Erzähl, wie war dein Tag?«

Sie tauschten sich aus, wechselten zwischendurch mit ihren Tassen zum Tisch und von einem Thema zum nächsten. Bis Paulas Magen vernehmlich knurrte.

»Na, dann wird es wohl Zeit, meine Überraschung zu enthüllen, oder?« Jan lachte, stand auf und ging zur Arbeitsfläche hinüber. Er packte alles aus und nahm einen durchsichtigen Kunststoffdeckel ab.

Paula gingen fast die Augen über, als er die Platte voller Sushi-Variationen mitten auf den Tisch stellte und noch einmal zurückging, um Teller und Bier zu holen. »Wo hast du die denn her?«, rief sie verblüfft aus und sah ihn an.

»Habe ich extra für heute bestellt. Weil du letztens erwähnt hast, wie gerne du das isst.« Die Stäbchen fand er noch in der Tüte, dann setzte er sich auf seinen Platz und reichte ihr welche über den Tisch. »Guten Appetit!«

»Danke, auch so.« Ihr Blick überflog das Angebot, und sie entschied sich als Erstes für ein Nigiri mit Lachs. »Mmh, ist das gut«, nuschelte sie mit halb vollem Mund und nahm sich eines der aufgeteilten Schälchen mit Sojasoße, Wasabi und eingelegtem Ingwer. »Ich wusste gar nicht, dass man das hier auf der Insel bekommen kann.«

»Wenn man Beziehungen hat, geht alles.« Jan stellte sein Schälchen auf den Teller und legte verschiedene Makis und Nigiris daneben. »Warst du schon einmal in Japan und hast dort Sushi gegessen?«

»Nein, leider nicht, aber würde ich gerne.«

Diesmal kreiste ihr Gespräch um die asiatischen Kulturen und welche Berührungspunkte sie bereits damit gehabt hatten.

Schließlich räumten sie die Küche auf, gingen mit einem zweiten Bier ins Wohnzimmer und machten es sich auf der Couch gemütlich.

»Ich habe übrigens noch eine Überraschung für dich«, meinte Jan und stellte sein Bier neben ihrem auf dem Couchtisch ab.

»Du verwöhnst mich.« Paula drehte sich zu ihm um und zog die Beine hoch. Stützte den Ellbogen auf die Rückenlehne und den Kopf in die Hand.

Er lächelte nur, zuckte die Schultern und griff in seine Hosentasche. Dann streckte er ihr die Faust entgegen, bis sie ihre geöffnete freie Hand darunter hielt.

Sie spürte etwas Metallisches, Warmes und starrte auf ihre Hände hinab. Wie hypnotisiert wartete sie darauf, dass er seine Hand fortzog. Seine Finger strichen dabei sanft über ihre Haut, und sie genoss das Kribbeln, das dabei entstand. Was sie schließlich auf ihrer Hand entdeckte, ließ ihren Magen flattern und ihr Herz heftig klopfen. »Du bist ja wahnsinnig!«, flüsterte sie mit erstickter Stimme, ein dicker Kloß der Rührung saß in ihrem Hals. Die Lange Anna als Schlüsselanhänger lag in ihrer Hand, mit zwei Schlüsseln am Ring.

Paula sah auf und in seine Augen, er strich ihr über die Wange.

»Warum bin ich wahnsinnig? Du ziehst bald zu mir, warum soll ich dir nicht schon die Schlüssel geben?«

»Deine Entschlossenheit macht mich fertig«, stieß sie hervor und schloss die Finger darum. »Danke!«

»Paula, ich war noch nie der Typ für unentschlossenes Rumgeeiere, und ich fange jetzt bestimmt nicht damit an.«

»Okay.« Ihr Lächeln fiel zittrig aus, sie bemerkte es selbst, doch dann atmete sie tief durch, beugte sich zu ihm und küsste ihn. »Dann will ich mal versuchen, mir bewusst zu machen, dass das alles keine Illusion ist. Ich bekomme das Hotel, das ich mir gewünscht habe, und noch meinen Traummann dazu. Herz, was willst du mehr?«

Kapitel 16

Runa

»Schläfst du schon?«, flüsterte Felix.

Runa lachte leise. »Nein, mir geht zu viel im Kopf herum.«

Sein Arm um ihre Taille zog sie fester an ihn, und sie konnte seinen Herzschlag an ihrem Rücken spüren. »Geht mir genauso.«

»Hoffentlich bekommt Papa das alles hin, solange Mama noch nicht da ist. Und wenn sie da ist, muss sie auch eingebunden werden.«

»Das wird schon, dein Vater ist ein helles Köpfchen.«

»Das sagst du, obwohl er dich mit diesen aufdringlichen Fragen gelöchert hat?«

Er lachte leise. »Neugier ist nichts Schlimmes.«

»Nein, aber es hat nur noch gefehlt, dass er dich über deine Absichten mir gegenüber ausgefragt hätte. So konservativ habe ich ihn noch nie erlebt.«

»Vielleicht wollte er nur sichergehen, dass du diesmal glücklich wirst.« Er küsste sie in den Nacken. »Sag mal, wic hast du dir das mit deiner OP vorgestellt?«

»Was genau meinst du? Ich werde am Freitag operiert und höchstwahrscheinlich Montag entlassen, dann sitze ich zu Hause rum.«

»Was hältst du davon, wenn du das bei mir tust?«

Runa stockte, drehte sich auf den Rücken und sah zu ihm auf, als er den Kopf in die Hand stützte. »Wie meinst du das?«

»So, wie ich es gesagt habe, du kannst die sechs Wochen gerne bei mir wohnen. Und auch länger. Ich kann dir zwar nicht versprechen, dass ich die ganze Zeit über ansprechbar bin, aber zumindest hast du Gesellschaft. Und ich kann mich um dich kümmern.«

»Ist das dein Ernst?« In ihrer Brust wurde es wohlig warm.

»Natürlich, warum nicht?« Im Halbdunkel sah sie, dass er die Stirn runzelte.

Sie legte die Hand an seine Wange, fuhr mit dem Daumen über das Kinngrübchen und schluckte. »Das hört sich bestimmt total bescheuert an, aber ... so etwas Selbstloses hat noch niemand für mich getan.«

»Schlimm genug! Da wurde es höchste Zeit, findest du nicht?«

»Wenn du mich so fragst ... ja!« Ein Grinsen schlich sich auf ihr Gesicht, dann stockte sie. »Mein Vater hat aber nichts in der Richtung zu dir gesagt, oder? Dass du auf mich aufpassen sollst oder so?«

Felix rollte mit den Augen, drehte den Kopf und drückte die Lippen in ihre Handfläche. Schließlich erwiderte er ihren Blick. »Nein, du misstrauisches Weib! Der Gedanke schwirrt schon seit Montag in meinem Kopf herum, als du von der OP erzählt hast.«

»Zum Glück!« Sie stieß erleichtert die Luft aus, strich mit der Hand seinen Arm hinab und schob ihre Finger zwischen seine.

»Du musst damit aufhören.«

»Womit?«

»Alles infrage zu stellen. Zumindest, was mich angeht.«

»Ich werde mich bemühen. Hab etwas Geduld, okay? Die ganzen Jahre lassen sich nicht in wenigen Tagen ausradieren.«

Er sah zur Decke und tat, als müsste er darüber nachdenken. »In Ordnung, aber dafür musst du mir einen Gefallen tun.«

»Welchen?«

»Du wirst meine Testleserin für den Helgoland-Thriller.«

Runa lachte auf. »Oh, okay. Wenn es um die Verbindung von Helgoland und Horror geht, bin ich genau die Richtige für dich.«

»Aber wir bleiben auf jeden Fall in Kontakt, ja? Ich will auf dem Laufenden gehalten werden, wie es mit dir und dem *Inselkind* weitergeht.« Runa zog Paula in eine Umarmung und hielt sie fest. »Und ich will wissen, ob ihr glücklich seid«, flüsterte sie ihr zu.

»Als ob Jan sich entgehen lassen würde, dir regelmäßig Bericht zu erstatten!«, erwiderte Paula leise.

»Ja, aber es gibt immer zwei Seiten.« Runa hielt sie ein Stück weg und sah sie an. »Du wirst mir echt fehlen.«

»Ich bin doch nicht aus der Welt!« Paula lachte. »Wenn du das nächste Mal auf die Insel kommst, gehen wir einen trinken, okay?«

»Geht das auch zu viert?«, schlug Felix vor.

»Mal sehen, ob wir einen Mädelsabend brauchen oder nicht«, entgegnete Runa und ließ die neu gewonnene Freundin los. »Komm gut nach Cuxhaven und in vier Wochen zurück.«

»Danke! Und dir alles Gute für die Operation! Melde dich mal, wie es dir geht.«

»Mache ich.«

Felix verabschiedete sich ebenfalls von Paula, dann nahm er Runas Hand, warf sich die lederne Reisetasche über die Schulter, und sie ließen das andere Paar allein.

Sie schlenderten zum Anleger des Halunder Jets hinüber und konnten hinter der ersten Biegung noch sehen, wie innig Jan und Paula sich umarmten und küssten.

»Also, ich bin froh, dass ich dich morgen schon wiedersehe«, meinte Felix und drückte ihre Hand. »Ich hole dich an den Landungsbrücken ab und nehme dich mit zu mir. Dann kannst du dir schon mal ansehen, wo du sechs Wochen lang hausen musst.«

Runa lachte auf und stieß mit der Schulter gegen seine. »Ich glaube nicht, dass es so schlimm werden wird.«

»Oh, du unterschätzt, in welchen Höhlen Schriftsteller mitunter vor sich hin vegetieren.«

Als er wieder nach vorn sah und den Blick schweifen ließ, musterte sie sein Gesicht. Heute früh war ihr zum ersten Mal aufgefallen, dass seine Augen nicht mehr so melancholisch dreinblickten wie vor zwei Wochen, und die Dunkelheit war verschwunden.

»Ich bin froh, hergekommen zu sein«, meinte er unvermittelt, schaute sie an und lächelte. »Ich würde sogar so weit gehen zu sagen, es war eine der besten Entscheidungen meines Lebens.«

»Wie dramatisch, Herr Schriftsteller!«, erwiderte Runa. »Aber ja, ich würde dem wohl zustimmen. Du hast in einer schönen Pension gewohnt, hast geschrieben, Ideen für ein neues Projekt gesammelt und bereits Interessenten dafür. Das nenne ich erfolgreich.«

»Du vergisst das Wichtigste.«

»Ach ja?« Die Kolibris in ihrem Magen flatterten auf.

»Die Schönheit der Insel.«

Enttäuschung fuhr ihr in die Glieder, sie schluckte. Natürlich ahnte sie, dass er sie aufzog, aber sie konnte nichts gegen die Reaktionen ihres Körpers tun.

»*Meine* Schönheit.« Felix blieb stehen, zog sie zu sich herum und umarmte sie mit dem freien Arm. »Hast du mir gestern nicht zugehört? Du sollst doch damit aufhören.« Er setzte die Tasche ab, hob die Hand und strich über ihre gerunzelte Stirn.

»Mein Kopf weiß es schon, aber der Rest ...« Sie zuckte die Schultern.

»Auf jeden Fall bin ich dem Schicksal verdammt dankbar. Ich hätte nicht gedacht, dass ich mich noch einmal verliebe«, gestand er.

Runas Hände strichen über seinen Rücken. »Meinst du, ich hätte erwartet, dass sich mein Wunsch nach Liebe und Leidenschaft so schnell erfüllt, als ich vor zwei Wochen Jan davon erzählt habe?«

»Schicksal, sag ich doch.« Felix zog sie an sich, legte das Kinn auf ihren Kopf, und sie schmiegte sich an seine Brust und genoss das Gefühl der Geborgenheit.

So blieben sie stehen, bis er schließlich an Bord gehen musste. Nach einem letzten Kuss raunte er ihr ein »Bis morgen!« zu und lief über die Gangway, winkte ihr noch einmal zu und verschwand dann im Innern.

Sie trat ein paar Schritte zurück, um den Festmachern und letzten Gästen nicht im Weg zu stehen, und schob die Hände in die Jackentaschen. Als die Gangway und Leinen eingeholt wurden, trat Jan neben sie. Zusammen sahen sie dem Katamaran nach, wie er vom Anleger der Hafenausfahrt zustrebte und dann das Tempo erhöhte.

»Tja«, meinte ihr bester Freund. »Jetzt sind es wieder nur wir beide. Wenigstens musst du nicht so lange auf ein Wiedersehen warten wie ich.«

»Ich glaube, dass du die zwei Wochen gerade noch ertragen kannst. Aber falls nicht, ich hätte hier ein paar Seelentröster für uns.« Runa zog eine Tüte der Geleebeeren hervor.

Sofort stahl sich ein Grinsen auf sein Gesicht, und er legte ihr einen Arm um die Schultern. »Der Abend ist gerettet. *Bunte Kuh* oder Mole?«

Sie sah zum Himmel auf, dann in seine eisblauen Augen, und legte ihm einen Arm um die Taille. »Störtebekers Flaggschiff ist genau der richtige Ort, um in Erinnerungen zu schwelgen. Lass uns zu Thevs gehen.«

Diesmal war Runa eine derjenigen, die es nicht abwarten konnten und sich schon angezogen und mit ihrem Gepäck bewaffnet zur Tür begaben, als der Halunder Jet noch auf der Elbe drehte und sich dann an Brücke 3 der St. Pauli Landungsbrücken drückte. Sie versuchte, auch einen Blick auf den Anleger zu erhaschen, doch außer den vorbeiströmenden Touristen konnte sie nichts erkennen.

Sobald sie durfte, eilte sie die Gangway hinab und hielt im Dämmerlicht nach Felix Ausschau.

»Runa? Hier oben!«, ertönte da unvermittelt seine Stimme, und sie blickte zu dem schmalen Übergang über den Treppen von Brücke 3 auf. Da stand er und deutete hinter sich. Sie nickte, packte ihren Koffer fester und lief die Treppen hinauf. Oben angekommen, stürmte er auf sie zu, nahm sie in die Arme und wirbelte sie herum. Dann stellte er sie wieder auf die Füße, legte seine Hände um ihren Kopf und küsste sie.

»Endlich!«, stieß er schließlich hervor und strahlte sie an. »Die letzten achtundzwanzig Stunden waren furchtbar.«

»Stimmt! Himmel, ich fühle mich wie ein Teenager«, kicherte sie und küsste ihn noch einmal.

»Hast du Hunger? Willst du essen gehen?«

»Nein, ich will gleich zu dir.«

»Dann komm!« Er nahm ihren Koffer und ihre Hand und führte sie Brücke 3 hinauf.

Auf dem Weg in seine Wohnung erzählte Runa ihm von ihrem letzten Abend mit Jan und wie sie in Erinnerungen geschwelgt hatten.

»Ich glaube, so langsam kann ich mich mit Helgoland aussöhnen«, schloss sie und folgte Felix in den Hausflur und zum Fahrstuhl.

»Es war höchste Zeit dafür, es hat dir nicht gutgetan.«

»Ich weiß.«

»Ist mit deinen Eltern alles geregelt und in die Wege geleitet?«

»Ja, warum?«

»Weil du dich jetzt erst einmal auf dich selbst konzentrieren musst. Deine OP und die Heilung sind das Wichtigste. Geht es dir so weit gut?«

Sie hängte ihre Jacke an die Garderobe, hob eine Augenbraue und grinste ihn an. »Die letzte Schmerzattacke hatte ich am Donnerstag, während ich gearbeitet habe. Warum?«

»Ich wollte nur wissen, ob wir die verbleibende Zeit noch voll auskosten können.« Felix krümmte den Finger, winkte sie heran und wich gleichzeitig vor ihr zurück, bis sie sein Schlafzimmer erreicht hatten.

Zwei Wochen später hatte Runa die anfängliche Erschöpfung und die Nebenwirkungen der Operation überstanden und genoss das Nichtstun. Sie lungerte auf Felix' Couch herum und las seine Bücher, während er die ersten zehntausend Wörter des Helgoland-Thrillers bereits in sein Laptop tippte.

Ab und zu beobachtete sie ihn in seiner kreativen Versunkenheit und lächelte. Felix kümmerte sich um sie, wo er nur konnte, und war in jeglicher Form für sie da. Ja, es war genau die Art von Beziehung, die sie sich gewünscht hatte. Und er hatte sich längst tief in ihrem Herzen eingenistet, sie konnte und wollte nicht mehr ohne ihn sein.

Suse besuchte sie einmal pro Woche, um wichtige geschäftliche Angelegenheiten zu besprechen, und schrieb ihr schon nach dem ersten

Treffen, dass sie den Schriftsteller mochte und sie echt süß zusammen seien.

Mit Jan und Paula schrieb sie regelmäßig, und sie bekam auch Bilder der beiden. Erst aus Cuxhaven, dann aus Helgoland. Von Paulas Umzug, ihren ersten gemeinsamen Tagen, dem Start im *Inselkind*. Und Jan schaute bei ihrem Vater regelmäßig nach dem Rechten, wenn auch unnötigerweise. Haus *Dünenblick* kämpfte sich zurück in die Wirtschaftlichkeit dank all dem, was Runa in die Wege geleitet hatte.

Im Gegenzug schickte sie ihrem besten Freund und seiner großen Liebe kleine Beweise dafür, dass auch sie glücklich war und seinen Rat befolgte. Sie lebte. Und liebte.

Am Anfang der sechsten Woche in seiner Obhut fuhr Felix mit ihr zur ärztlichen Kontrolluntersuchung und lud sie anschließend zum Mittagessen ein. Die Rohfassung seines Helgoland-Thrillers war fertig, nun wollte er sich ein paar Tage Pause und Zeit mit ihr gönnen, bevor er den vorherigen Roman überarbeiten und dann an seinen Agenten schicken würde. Danach genossen sie den warmen Frühlingstag mit einem ausgedehnten Spaziergang durch den Park der Kleinen Wallanlagen.

Runas Handy meldete sich mit dem Ton, den sie für Paula hinterlegt hatte, und sie zog es aus ihrer Jackentasche, um die Nachricht zu lesen.

»Paula hat uns für Ende Juni zum Sommerfest im *Inselkind* eingeladen«, meinte sie dann, lächelte und steckte das Smartphone zurück in die Tasche. »Hast du da schon einen Termin?«

»Nein, erst wieder im September.«

»Super, dann lass uns hinfahren! Ich frage meinen Vater nachher, ob der Umbau meines Zimmers bis dahin fertig ist.«

Er sah sie an und runzelte die Stirn. »Was denn für ein Umbau?«

»Ich habe meine Eltern gebeten, ein Doppelzimmer aus meinem alten Kinderzimmer zu machen. Wenn sie es schon für einen Besuch frei halten, müssen wir auch beide dort übernachten können.«

»Sehr gute Idee.«

Sie verließen den Park und überquerten den Johannes-Brahms-Platz, um sich im nächsten Café niederzulassen. Nachdem die Kellnerin ihre Bestellung aufgenommen hatte, ergriff Felix über den Tisch hinweg ihre Hände. »Geht es dir auch wirklich gut? Keine Komplikationen oder Nachwirkungen?«

Runa musste über seine Fürsorglichkeit lächeln, doch gleichzeitig genoss sie es. »Es ist alles in Ordnung, und ich fühle mich super.«

»Das ist gut. Nicht, dass ich mir Sorgen machen muss, wenn du wieder anfängst zu arbeiten und ich nicht ständig bei dir bin.«

Ihr Herz stolperte und schlug dann umso schneller weiter, sie schmolz innerlich dahin. Obwohl sie die ersten Wochen der Beziehung rund um die Uhr zusammen gewesen waren, drängte er nicht darauf, es auch so fortzuführen. In den vergangenen Tagen war ihnen nämlich bewusst geworden, dass sie beide noch ihren Freiraum und einen eigenen Rückzugsort brauchten. Besonders wenn Felix im Endstadium eines Romans steckte und schrieb wie ein Besessener.

»Übrigens habe ich mir etwas vorgenommen«, meinte er und strich mit den Daumen über ihre Handrücken

»Ja?«

»Ich werde meine Arbeitszeiten an deine anpassen. Also, nicht, dass du meinst, du müsstest dann jeden freien Abend mit mir verbringen. Aber ich will auch nicht die gleichen Fehler machen wie früher, dich nicht vernachlässigen. Und ich möchte die Zeit voll auskosten, wenn wir uns sehen. Was meinst du dazu?«

»Klingt gut.«

Er grinste erleichtert. »Finde ich auch. Tut mir leid, dass ich letztens so grantig war. Mir war gar nicht bewusst, wie tief ich in diesem Roman versunken bin.«

»Ich kann das sehr gut nachvollziehen, ich bin da ähnlich veranlagt, wenn es um meine Arbeit geht.«

»Danke für dein Verständnis«, meinte Felix und zog ihre Hand an seinen Mund, küsste die Innenseite des Handgelenks. Dann nahm sein Lächeln einen zärtlichen Zug an. »Habe ich dir eigentlich schon gesagt, wie froh ich bin, dich gefunden zu haben?«

»In gewisser Weise, das eine oder andere Mal.« Runa leichte leise.

»Und weißt du, worüber ich froh bin? Dass Jan mir am Karfreitag einen symbolischen Tritt in den Hintern verpasst hat. Sonst hätte ich mich all das nicht getraut, was ab der Lesung in der Bücherei passiert ist.«

»Was hat er denn zu dir gesagt?«

»Ich solle endlich wieder leben.«

Paula

Drei Tage Sommerfest vor und hinter dem Hotel *Inselkind* neigten sich dem Ende zu, und Paula war rundum zufrieden. Der Mini-Jahrmarkt war ein voller Erfolg gewesen und hatte nicht nur die Urlauber angezogen, die bereits auf der Insel waren, sondern auch die jeweiligen Tagestouristen. Fast alle Sonderbroschüren waren verteilt worden, und ein paar Reservierungsanfragen hatte es ebenfalls schon gegeben.

Nun hatte auch die letzte Tagesfähre den Südhafen Helgolands verlassen, und ihre Mitarbeiter konnten sich darum kümmern, die verschiedenen Buden und Attraktionen abzubauen. Nach einem letzten Kontrollgang ging Paula zurück in den abgelegensten Teil des Restaurants, wo Jan mit Runa und Felix bei Kaffee und Kuchen an einem Fenstertisch saß.

Zwei Monate war ihr letztes Zusammentreffen nun her, und Paula war froh, besonders Runa so entspannt und glücklich zu sehen. Sie strich Jan im Vorbeigehen über die Schultern und setzte sich wieder auf den Stuhl neben ihm.

Das Gespräch drehte sich gerade um Felix' Veröffentlichung im Herbst, und bei der nächsten Gelegenheit klinkte sie sich ein. »So, jetzt sag mir noch einmal, wann dein Helgoland-Thriller erscheinen wird.«

»Höchstwahrscheinlich im nächsten Frühjahr.«

»Hast du schon mit den hiesigen Buchläden gesprochen, damit sie ihn auf jeden Fall in ihr Angebot aufnehmen?«

»Habe ich, klar.«

»Wie sieht es mit Lesungen aus? Ich weiß, dass die Bücherei welche durchführt, aber ich würde auch gerne eine oder zwei exklusiv in unser Programm aufnehmen.«

»Das kriegen wir bestimmt hin. Übrigens werde ich mit Runas Vater eine spezielle Inselführung dazu ausarbeiten.«

»Tolle Idee! Habt ihr etwas dagegen, wenn ich das ebenfalls anbiete? Hat dein Vater ausreichend Kapazitäten frei?«, wandte sie sich an Runa.

Die lachte auf. »Ganz bestimmt, er ist schon Feuer und Flamme! Besonders wenn er die Pension in dem Zusammenhang auch noch erwähnen kann.« Runa breitete die Arme aus und imitierte die Stimme ihres Vaters: »Hier an diesem Tisch ist die Idee zum Helgoland-Thriller entstanden.«

Paula grinste. »Ich hoffe, die Pension hat sich inzwischen von den negativen Zahlen erholt.«

»So weit ja. Sie ist bis Ende September ausgebucht, aber wie es in der Nebensaison weitergeht, müssen wir erst noch abwarten.«

»Ach, das wird schon«, gab Jan seinen grenzenlosen Optimismus zum Besten. »Ich habe ein Auge auf die beiden.«

»Oh, was mir gerade einfällt ... habt ihr mitbekommen, wer noch in die Sache mit den gefälschten Büchern des Hotels verwickelt war?«, fragte Runa und schenkte sich Kaffee nach.

Jan runzelte die Stirn. »Nein. Noch jemand von der Insel?«

Seine beste Freundin schüttelte den Kopf. »Mein Ex-Freund.«

»Was?« Paula riss die Augen auf. »Wie denn?«

»Er ist ... oder war ... Teilhaber einer Wirtschaftsprüfungsgesellschaft. Und irgendwie bekannt mit diesem Steuerberater Hellmann. Das ging dann weiter bis zu Pfeffer und seinem Immobilienbüro. Langer Rede kurzer Sinn – Stefan hat Pfeffer erst den Tipp mit der Pension meiner Eltern gegeben. Woraufhin auch die anderen drei Objekte in seinen oder besser ihren Fokus geraten sind.«

»Und warum?«

»Wenn ich es richtig aus dem Zeitungsartikel verstanden habe, wollte er sich als Investor betätigen.«

»Was für ein Arschloch!«, stieß Jan hervor und schüttelte den Kopf. »Wie gut, dass du ihm früh genug den Laufpass gegeben hast.«

»Ich hätte es viel eher tun sollen«, murmelte Runa und trank von ihrem Kaffee.

Felix strich ihr über den Rücken, sah aber Jan und Paula an. »Ihr könnt euch sicher vorstellen, wie sehr Runa getobt hat, als sie davon erfahren hat. Vor allem, weil er vielleicht nie auf diese Idee gekommen wäre, wenn sie nicht zusammen gewesen wären.«

»Das ist doch totaler Quatsch!«, wandte Paula ein. »Du kannst doch überhaupt nichts dafür.«

»Eben«, pflichtete Jan ihr bei. »Mach dir bloß keine Vorwürfe deswegen!«

»Du hast echt gut reden!« Runa verzog das Gesicht.

»Wann ist das Ganze aufgeflogen?«, hakte Jan nach.

Sie atmete tief durch. »Letzte Woche.«

»Hast du deinen Eltern schon davon erzählt.«

»Ja, beim Mittagessen.«

»Und wie haben sie es aufgenommen?«

»Sie sind froh, dass ich Felix kennengelernt und mit Stefan Schluss gemacht habe, bevor es aufgeflogen ist. Sonst hätte es mich noch viel härter getroffen.«

»Stimmt ja auch.« Jan sah Felix an. »Sitzt der Arsch im Gefängnis?«

Der runzelte die Stirn. »Nicht, dass ich wüsste. Warum?«

»Dann lass uns beide zu ihm fahren und ihm eine ordentliche Abreibung verpassen.«

Paula brach in Gelächter aus. »Himmel, die Rächer aller unschuldigen Jungfrauen!«

Die Männer grinsten sich an, und Jan wandte sich ihr zu. »So etwas nennt man Ritterlichkeit.«

»Ach so, dann ist das natürlich etwas anderes!« Sie schüttelte den Kopf und versetzte ihm einen Knuff.

Runa lächelte und schaute zwischen ihnen hin und her. »Danke, Jungs, aber lasst es gut sein. Er wird schon seine gerechte Strafe bekommen. Und nie mehr als Steuerberater tätig sein dürfen. Damit hat er Ansehen und Prestige verloren, ich glaube, das trifft ihn am meisten.«

»Darauf trinke ich!« Jan hob die Kaffeetasse, trank sie aus und griff nach der Thermoskanne.

Runa wandte sich an Paula. »Weißt du denn schon Genaueres, wann ihr den Verkauf des Hotels abwickeln könnt?«

»Nein, noch nicht. Die Staatsanwaltschaft meinte aber, wir sollten lieber nicht damit rechnen, dass es dieses Jahr noch etwas wird«, entgegnete Paula.

»Dann sieh es doch als verlängerte Probezeit.« Runa zuckte die Schultern. »Vielleicht sagst du Weihnachten ja, dass du Helgoland hasst.«

»Hey, setz meiner Verlobten bloß keine Flausen in den Kopf!«, rief Jan und griff nach Paulas Hand.

Runa verschluckte sich an ihrem Kaffee und sah von ihm zu Paula. »Deiner was?«

Die kicherte und nickte.

»Der Wahnsinn!« Runa sprang auf, umrundete den Tisch und umarmte sie, dann Jan. Dessen Gesicht und Blick hielt sie noch einen Moment fest, ein melancholisches Lächeln auf den Lippen. »Ich kann mich da an ein Gespräch auf der Mole erinnern, eine Woche vor Ostern.«

»Ich auch«, erwiderte er und küsste sie auf die Wange.

»Scheiße, jetzt fange ich gleich an zu heulen«, murmelte Runa, ließ ihn los und ging zu ihrem Platz zurück. In der Zwischenzeit sprach auch Felix ihnen seine Glückwünsche aus.

»Habt ihr schon einen Termin?« Sie wischte sich über die Augenwinkel.

»Nein, aber wenn es so weit ist, bekommt ihr Bescheid«, antwortete Paula und wechselte einen Blick und ein verliebtes Lächeln mit Jan.

»Und deine Eltern?«, wollte Runa wissen. »Hast du es ihnen schon erzählt?«

Paulas Lächeln erstarb. »Nein. Nicht nach dem, was sie sich geleistet haben.«

»Was ist denn passiert?«

»Ich hatte dir doch erzählt, dass Carsten hier war, um mich nach Cuxhaven zu holen, oder?« Runa nickte. »Ja, und als ich zurück in Cuxhaven war, standen sie vor der Tür meiner Cousine wie die spanische Inquisition.«

»Was genau wollten sie?«

»Mir das *Inselkind* ausreden.«

»Auf einmal?«, hakte Runa nach.

»Ja. Bis zu dem Zeitpunkt haben sie wohl gedacht, dass ich irgendwann bei ihnen betteln würde, ins Familienhotel einsteigen zu dürfen. Als Carsten ihnen dann von meinen Plänen erzählt und ihnen vorgeworfen hat, sie würden die Familie zerstören, sind sie aufgewacht. Aber nicht so, wie es hätte sein sollen. Im Gegenteil, sie sind regelrecht auf mich losgegangen und haben versucht, mir die Schuld für alles zuzuschieben. Dann haben sie gemerkt, dass sie das nicht schaffen, und meinten, ich hätte keine Ahnung davon, wie man ein eigenes Hotel führt. Ich würde auf Helgoland untergehen.«

»Hast du ihnen wenigstens von Jan erzählt?«

»Wozu? Ich bin eh kaum zu Wort gekommen.« Paula lehnte sich zurück, verschränkte die Arme vor der Brust und sah mit zusammengebissenen Zähnen zum Fenster hinaus. Die Erinnerung an diese Konfrontation schmerzte noch immer.

Jan legte ihr einen Arm um die Schultern, zog sie an sich und küsste sie auf die Schläfe. »Paula hat mich abends vollkommen aufgelöst angerufen«, erzählte er weiter. »Mehr als zwei Stunden haben wir telefoniert, bis sie sich beruhigt hat, und ich habe es gehasst, nicht zu ihr fahren zu können. Am nächsten Tag habe ich dann die Fähre genommen und ihr beim Packen geholfen. Nach einer Nacht bei ihrer zerknirschten Cousine haben wir alles, was wir tragen konnten, nach Helgoland gebracht. Den Rest hat Melanie nachgeschickt.«

»Ich nehme an, du hast seitdem weder mit deinen Eltern noch mit deinem Bruder gesprochen«, sagte Runa leise.

Paula stieß die Luft aus und sah sie an. »Doch, Carsten hat mich zweimal angerufen und sich entschuldigt, aber das war mir ziemlich egal. Mit meinen Eltern bin ich durch.«

»Das klingt echt hart«, murmelte Runa.

»Zumindest vorerst«, wiegelte Paula ab, nahm ihr Wasserglas und trank einen Schluck. Jans Finger strichen beruhigend über ihre Schulter, immer wieder.

Einen Moment lang herrschte Schweigen, dann räusperte Felix sich. »Was ist eigentlich aus den anderen drei Objekten geworden, die von den negativen Gerüchten betroffen waren? Habt ihr da etwas gehört?«

»Die haben sich auch ein wenig erholt, aber sie werden erst nach der Saison reagieren und ein paar Modernisierungsarbeiten durchführen können«, meinte Jan.

»Ich war mit Enno letztens bei der Sitzung dieser Unternehmerrunde, da kam das alles auf den Tisch«, ergänzte Paula und sah auf. »Sie wollen auf jeden Fall verhindern, dass so etwas noch einmal passieren kann, und noch mehr Hand in Hand arbeiten, sich gegenseitig unterstützen. Ich finde, das ist ein guter Ansatz, wir müssen hier zusammenhalten.«

»Das sehe ich genauso«, pflichtete Runa ihr bei. »Was ist mit den Kunden des geschlossenen Steuerbüros?«

»Keine Ahnung. Ein oder zwei sind zu Nohse gewechselt, und ich wollte dich fragen, ob du das Mandat des Hotels übernehmen kannst.«

Runa kaute auf ihrer Unterlippe und starrte ins Leere. »Ich denke, das bekommen wir hin. Unsere Auszubildende hat jetzt Abschlussprüfung, und wir wollten sie eh behalten, das passt gut.«

»Du, es kann gut sein, dass demnächst noch mehr Kunden bei euch anfragen. Hannes wird in ein paar Jahren in Rente gehen, und du als Insulanerin hast die besten Voraussetzungen, seine Mandanten zu übernehmen«, warf Jan ein. »Du weißt, wie die Helgoländer sind.«

»Hat Hannes nicht auch eine Angestellte?« Runa legte den Kopf schief und sah ihn nachdenklich an.

»Ja, warum?«

»Und von dem zweiten Steuerbüro gibt es bestimmt auch jemanden, der jetzt unschuldig arbeitslos ist.«

Felix sah sie an. »Worauf willst du hinaus?«

»Oh, mir kam nur gerade die Idee, hier eine Zweigstelle unseres Steuerbüros zu eröffnen«, sinnierte Runa, schwenkte den Kaffee in ihrer Tasse und trank ihn aus.

»Aber ... muss dafür nicht ein Steuerberater vor Ort sein?«, hakte Paula nach.

»Ja, zumindest regelmäßig.« Sie sah Felix an. »Da du ja überall arbeiten kannst, könnte ich doch ab und zu pendeln, oder?«

Er riss Augen und Mund auf, doch Jan kam ihm zuvor und griff nach ihrer Hand. »Willst du damit andeuten, dass du deinen Frieden mit der Insel gemacht hast?«

Runa lächelte und zuckte die Schultern. »Vielleicht noch nicht ganz, aber immerhin jagt sie mir keine Angst mehr ein. Manchmal muss ich sogar daran denken, wie schön es sein kann, oben an den Klippen zu stehen und aufs Meer zu schauen.«

»Es geschehen noch Zeichen und Wunder«, stieß Jan hervor und lehnte sich kopfschüttelnd zurück. »Die verlorene Tochter kommt zurück nach Hause.«

Runa lachte. »Jetzt wirst du aber pathetisch! Wie gesagt, ich wäre nur gelegentlich hier. Außerdem ist das erst einmal nur eine Idee. Ich muss es mit Suse besprechen, mit meinen Eltern und so weiter.«

»Das wäre mehr als in den letzten Jahren zusammen.« Jan grinste. »Wenn ich das dem Wildfang Runa prophezeit hätte, kurz vor ihrem Weggang, sie hätte mich ausgelacht.«

»Nein«, korrigierte Runa, »ich hätte dich einweisen lassen, wegen Wahnvorstellungen.«

Danksagung

In erster Linie gilt mein Dank meiner Familie, die mich immer unterstützt. Gleich dahinter kommen natürlich meine Alpha- und Testleserinnen. Bei einigen konnte ich bereits Urlaubsgelüste wecken – und den Wunsch nach je einem Roman pro deutscher Insel. Mal sehen, was sich machen lässt.

Ein ganz besonders großes Dankeschön geht an Dr. Uhlig, Chefarzt der Paracelsus-Nordseeklinik Helgoland, für die Beratung zu allgemeinen Abläufen bei Notfällen auf Helgoland. Während meines nächsten Inselbesuchs komme ich Sie gerne besuchen.

Ihre Sontje Beermann